日知文丛

为书作嫁

程章灿 著

浙江古籍出版社

图书在版编目（CIP）数据

为书作嫁 / 程章灿著 .-- 杭州 ：浙江古籍出版社，2021.11
（日知文丛）
ISBN 978-7-5540-2118-7

Ⅰ. ①为… Ⅱ. ①程… Ⅲ. ①中国文学—当代文学—作品综合集 Ⅳ. ① I217.2

中国版本图书馆 CIP 数据核字（2021）第 211010 号

为书作嫁

程章灿　著

出版发行	浙江古籍出版社 （杭州体育场路 347 号　电话：0571-85068292）
网　　址	https://zjgj.zjcbcm.com
责任编辑	沈宗宇
封面设计	吴思璐
责任校对	张顺洁
责任印务	楼浩凯
照　　排	浙江时代出版服务有限公司
印　　刷	浙江海虹彩色印务有限公司
开　　本	889mm × 1194mm　1/32
印　　张	9.375　**插　　页**　8
字　　数	195 千字
版　　次	2021 年 11 月第 1 版
印　　次	2021 年 11 月第 1 次印刷
书　　号	ISBN 978-7-5540-2118-7
定　　价	60.00 元

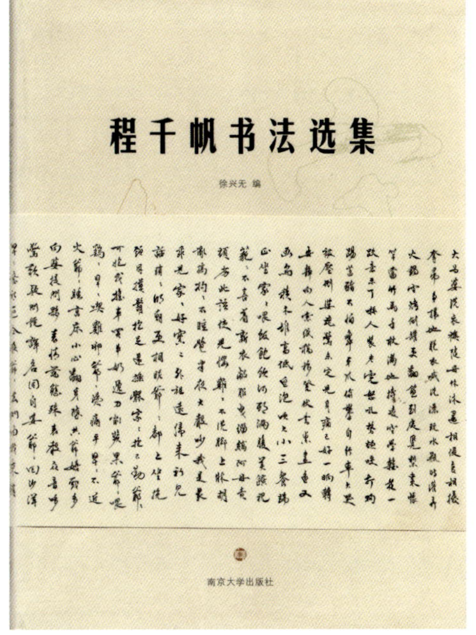

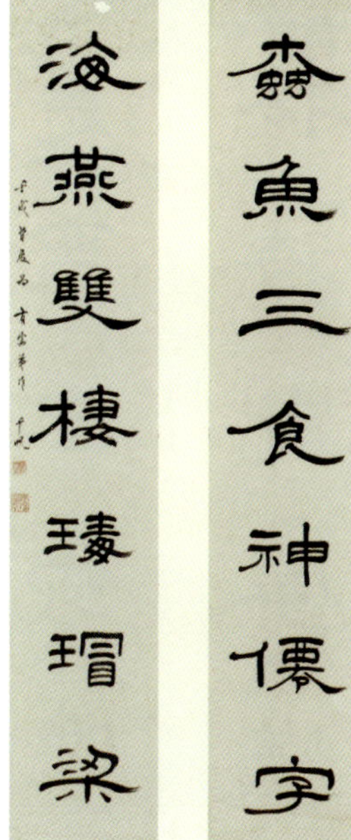

《程千帆书法选集》（徐兴无编，南京大学出版社 2013 年版）

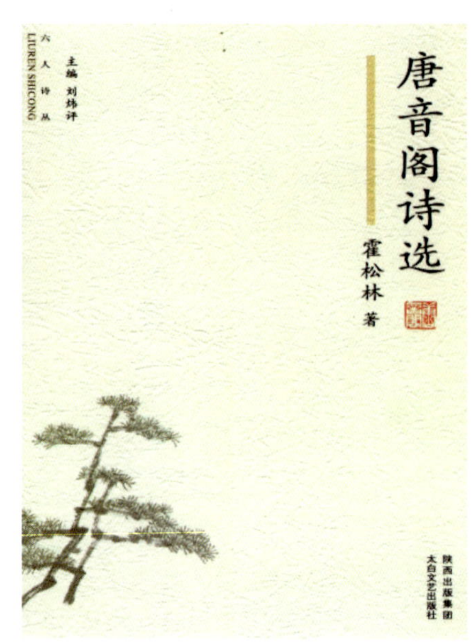

《唐音阁诗选》（霍松林著，河北教育出版社 2000 年版）

《牛津通识读本·中国文学》（【美】桑禀华著、李永毅译，译林出版社 2016 年版）

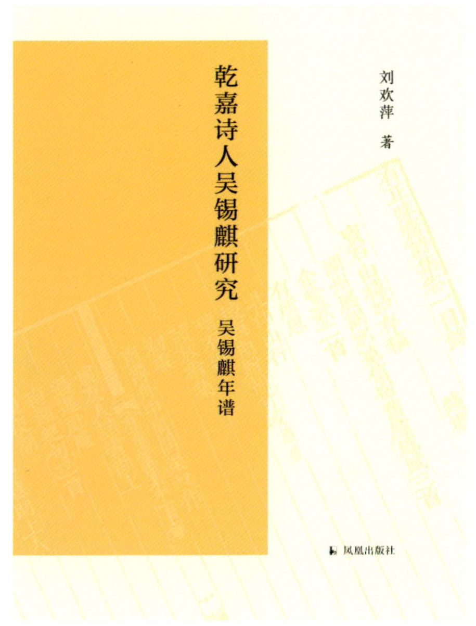

《乾嘉诗人吴锡麒研究》（刘欢萍著，凤凰出版社2016年版）

魏晋南北朝
论说文研究

A Study on the Argumentative Essays of the Wei, Jin, and Southern – Northern Dynasties

王京州 著

上海古籍出版社

《魏晋南北朝论说文研究》（王京州著，上海古籍出版社2014年版）

《世说新语校笺》（徐震堮校笺，中华书局 1984 年版）

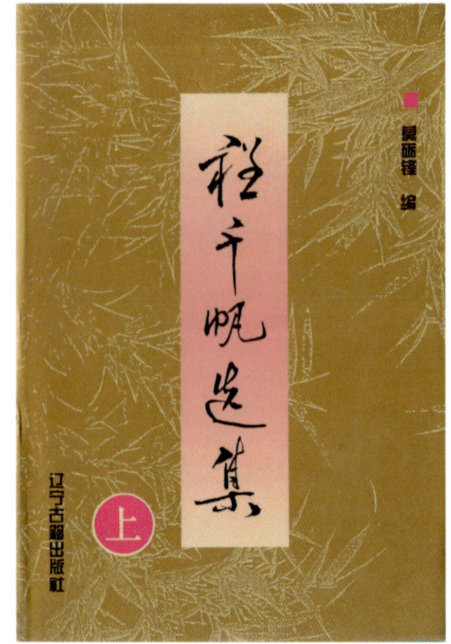

《程千帆选集》（莫砺锋编，辽宁古籍出版社 1996 年版）

《风雨楼晚年诗钞》（马积高著，岳麓书社2007年版）

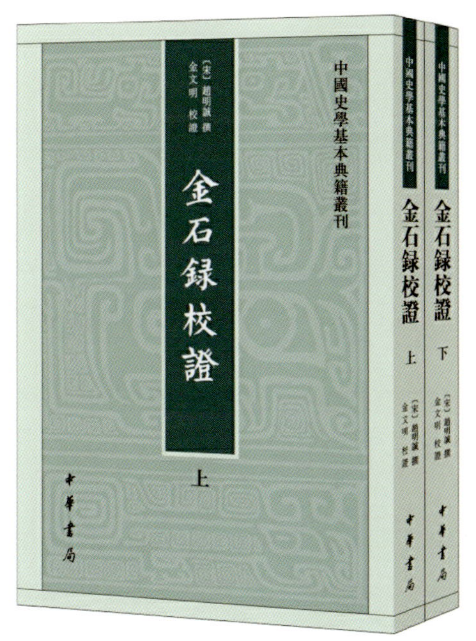

《金石录校证》（金文明校证，中华书局2019年版）

《刘克庄年谱》（程章灿著，贵州人民出版社1992年版）

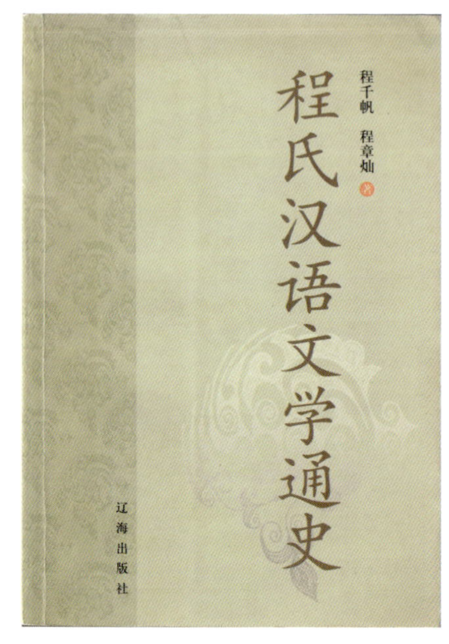

《程氏汉语文学通史》（程千帆、程章灿著，辽海出版社1999年版）

《赋学论丛》（程章灿著，中华书局 2005 年版）

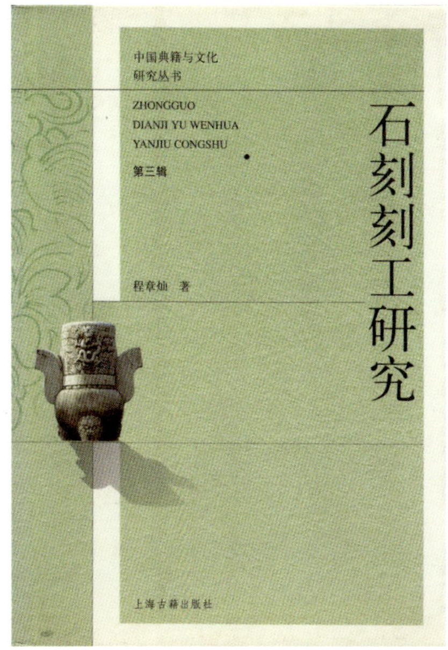

《石刻刻工研究》（程章灿著，上海古籍出版社 2008 年版）

《唐诗入门》（程章灿著，凤凰出版社 2008 年版）

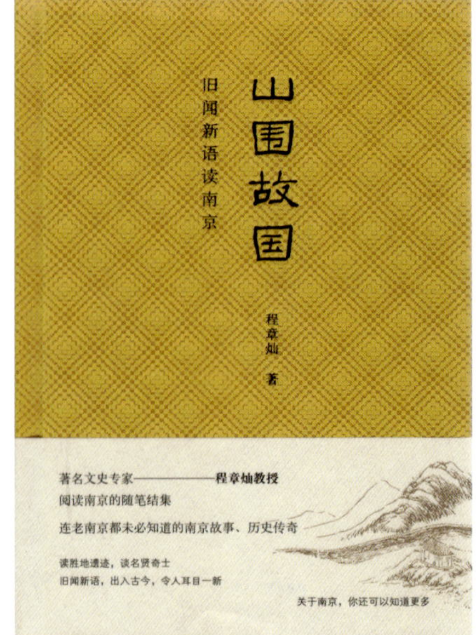

《山围故国——旧闻新语读南京》（程章灿著，南京大学出版社 2019 年版）

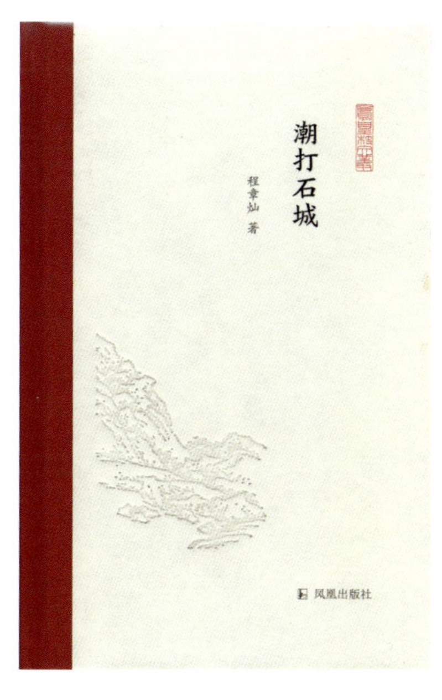

《潮打石城》（程章灿著，凤凰出版社 2020 年版）

《旧时燕——一座城市的传奇》（程章灿著，凤凰出版社 2005 年版）

《纸上尘——历史的表里》（程章灿著，重庆出版社 2008 年版）

《鬼话连篇》（程章灿著，广西师范大学出版社 2011 年版）

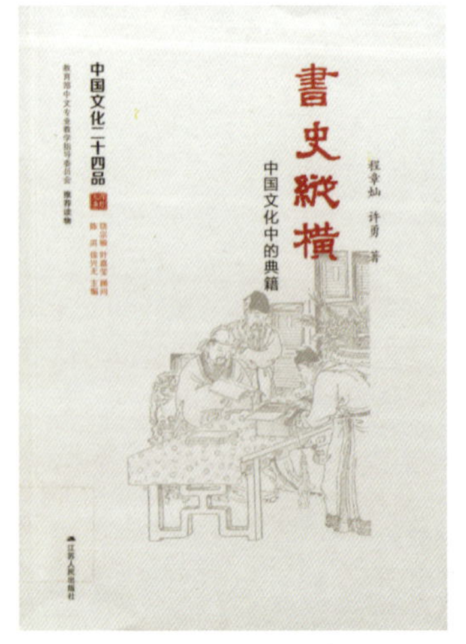

《书史纵横——中国文化中的典籍》（程章灿、许勇著，江苏人民出版社 2018 年版）

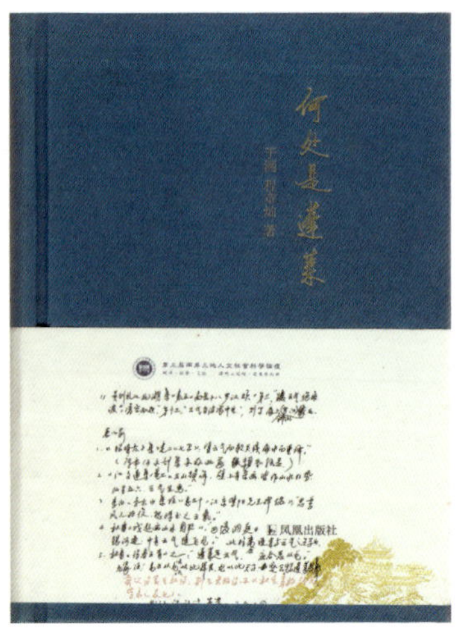

《何处是蓬莱》（于溯、程章灿著，凤凰出版社 2014 年版）

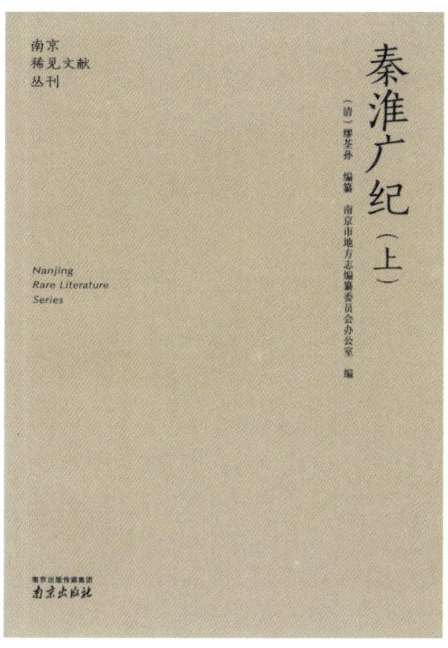

《秦淮广纪》（缪荃孙编纂，南京出版社2016年版）

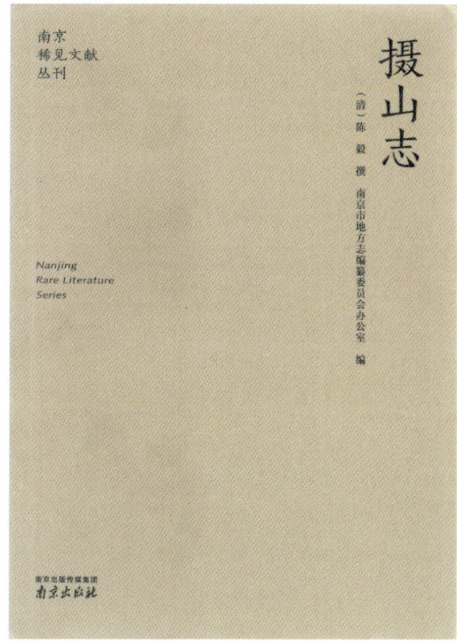

《摄山志》（陈毅撰，南京出版社2010年版）

《诗栖名山》（程章灿主编，凤凰出版社2015年版）

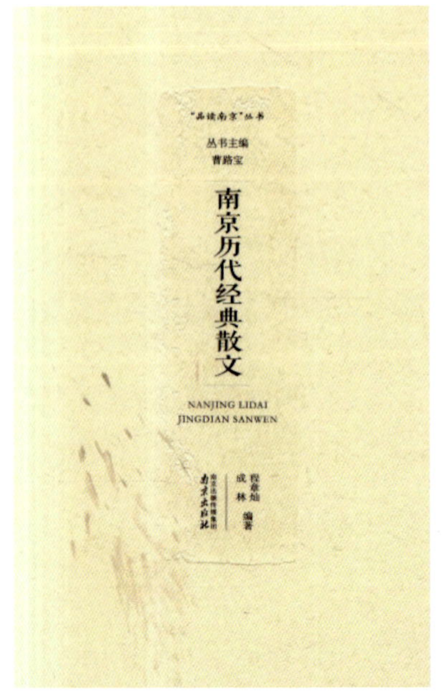

《南京历代经典散文》（程章灿、成林编著，南京出版社2018年版）

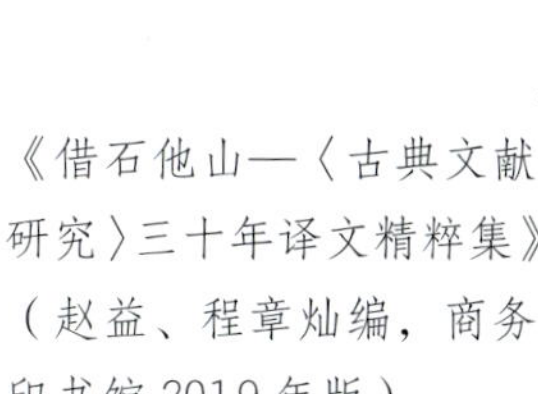
《借石他山—〈古典文献研究〉三十年译文精粹集》（赵益、程章灿编，商务印书馆 2019 年版）

《煮海采山——〈古典文献研究〉三十年论文精粹集》（程章灿、赵益编，商务印书馆 2019 年版）

《宋才子传笺证（南宋后期卷）》（傅璇琮主编、程章灿本卷主编，辽海出版社2010年版）

《南雍随笔》（程章灿著，南京大学出版社2014年版）

前 言

点检历年来所写的各类序跋书评，居然有50篇之多，这真有点出乎我的预料。庚子春夏之交，当新冠疫情正炽之时，将这些文字收编为一集，自是敝帚自珍之意。往小了说，是期望为过往的读书岁月留一印记；往大了说，也期望为未来的书史研究留一份档案。在编辑这个集子的时候，我特别花了一些气力，在每篇文字后标注写作时日，略可见落笔之时的情境，亦可谓稍留鸿爪。

说起来，书与读书人的关系，真是恩爱相共、难解难分。书给予读书人的滋养之恩，固然是“深恩重百年”；读书人奉献于书的爱，也可以说是“亲贤爱转多”。为书作嫁，就是从恩、爱延伸出来的话题。序跋、书评一类的文字，从表面上看，只是书的附属品，并非必需品，似乎无足轻重，其实不然。实际上，它们不仅是书之大媒，还有为书作嫁之用，值得另眼相待。在当代西方文论中，序跋之类的文字通常被称为“副文本”，或者“附文本”，虽然与正文相比，仍有正副高下之分，但至少强调了其与正文的联系，也突出了二者的一体性。我想在这里强调的是，在依附性之外，序跋、书评也有它们的独立性。编辑本书的目的之一，就是显示并确立这种独立性。

本书分为五辑。前三辑为他人之书作嫁，后二辑为自己的书作嫁。第一辑“师友因缘”，第二辑“舞雩之风”，第三辑“读书漫评”。第一、二辑皆是为他人之书作序，区别仅在于前者是为师友同辈著作作序，后者是为门人学生辈著作作序。“舞雩之风”出自《论语》：“暮春者，春服既成，冠者五六人，童子六七人，浴乎沂，风乎舞雩，咏而归。”这里借用来形容师生同游论学之乐。第三辑“读书漫评”则是书评，所评主要是师友之书。第四辑“自作跋引”、第五辑“编校者说”，皆是为自己的书所作前言或后记。所谓“自己的书”，包括第四辑中的个人自著，也包括第五辑中自己主编、选注、整理的著作。

论其文体，则不外四类。第一类是序，包括自序和他序；第二类是书评；第三类是前言，包括名异实同的弁言、小引等；第四类是后记，包括跋、书后等。四类名目虽有不同，要皆以书为中心，所谈无非读书、编书、注书、校书、点书、评书、写书，谈论与书相关的问题，评说与书相关的学问，怀念与书相关的学人，其中多叙过程与细节，而擘肌分理，亦可见学理与学谊。学长荣新江教授两年前出版的《学理与学谊——荣新江序跋集》，早已点明序跋中所蕴含的“学理”和“学谊”，名之与实，相得益彰，渊乎妙哉！

我之为书作嫁的文字，大多属于短文，只有少数几篇字数略多，但都不是论文写法，有几篇原有脚注，或删或移，图的是版面干净、便于阅读。各篇原先刊出的时候，基本上没有题目，这次都重新加了题目，好比新做一件嫁衣，希望它们“重装上阵”，焕然一新，也显得更可爱一些。自然，这其中也寄寓了我的情意。

去吧，我的书，带着我的祝福，到那茫茫人海里，寻找那些爱你的人，寻找你的读者。

2020 年 10 月 28 日

于南京城东仙霞庐

目 录

第三辑　读书漫评

第四辑 自作跋引

第五辑 编校者说

第一辑

师友因缘

人老建康城

——《程千帆书法选集》序

今年（2013）是先师程千帆先生诞辰一百周年，南京大学文学院将举办一系列纪念活动。编辑出版这本《程千帆书法选集》，就是这些纪念活动中的一个。犹记得十年前的2003年，师母陶芸先生所编《闲堂书简》初版面世，书前附有彩页四张，其中一页选印程先生致周策纵先生信中所录诗稿手迹，另一页选印程先生及沈祖棻先生所用印章若干方。翰墨馀馨，许多学界同道观赏之后，都爱不释手，感觉意犹未尽。这本书法选集的出版，庶可稍微弥补这一遗憾，虽然仍旧只是鼎中一脔，但已足以让人体味其甘旨了。

选集所收作品，绝大多数都是程先生1978年移砚南京大学之后所作。编辑之时，按照书写形式与内容，分成条幅、横幅、对联、长卷、书札诗笺题录、题签、碑拓七个部分，另附程先生用印若干方与砚铭一种。传统书法表现离不开笔墨纸砚，也离不开印章的钤盖与映衬。本书选录程先生所用印章二十方，其中既有姓名字号章，也有诸多意蕴丰富、风格各异的闲章，从不同角度透露了程先生的闲情逸致和人生感悟。古人作砚铭，往往表达志趣，彰显个性，某种程度上，砚就是其主人的化身。程先生自撰砚铭云："闲堂先生之研，穷愁著书以自见。"亦有此意。

程先生并不是一个职业书家，但正如著名书法家丛文俊学兄所说："世人皆知先生学术，不知先生晚年雅好临池，寄情翰墨，然则先生胸中渊著，所养不凡，操觚之际，格韵自高，非绳墨可循，亦非世俗所能想见，正所谓身在尘壤而志出重霄者也。古有书卷气之品，先生得其神髓矣。"所谓书卷气，首先体现在书写内容的选择上。程先生喜欢钞录古代诗文名句以赠友生，包括《庄子》《荀子》中的励学名句以及韩愈、李商隐、王安石、萨都剌等人的诗句，往往信手拈来，时见其记诵之熟、腹笥之富。他也经常应友生之请，钞录自作诗篇和自作联语。对联是他偏爱的书写形式之一，他不仅为人书写自撰联，也常集句为联。他曾先后两次集李义山诗为联书赠张伯伟、曹虹夫妇。他书写的集宋诗联，颇多出自近代著名诗人和书法家成都顾印伯先生之手。顾先生以专攻宋诗著称。程先生的父亲穆庵先生（程康）是顾先生的弟子，曾为顾先生刊刻遗集。数十年之后，程先生又通过书写顾集宋诗联，与之遥结翰墨胜缘。此外，程先生还特别注意书写内容与题赠对象的关系，以"蠹鱼三食神仙字"书赠当时专治校雠之学的徐有富，以"肯与齐梁作后尘"书赠当时正在研习六朝文学的程章灿，以王安石《壬子偶题》书赠彼时专治宋代文学的巩本栋，不仅寄意婉惬，而且措辞古雅，淳雅浓郁的书卷气扑面而来。

程先生作书讲究布局，有些作品看似散漫，随笔赋形，实则布局严整，如书赠莫砺锋的横幅萨都剌五绝《过高邮射阳湖杂咏》，每行只有两字，而上下左右各字相互呼应，摇曳生姿。

他还善于布局变化。同一首《石林绝句》，他曾多次书写，收入本书者就有三幅，其布局与结体各不相同，每一幅都自具特色。

从书体来看，程先生主要擅长隶书和行书。其隶书结体匀整，以秀逸见长，如“蠹鱼三食神仙字，海燕双栖玳瑁梁”一联（第34页），最显著地体现了这一特色。他的行书或为行楷，或为行草，晚岁更尝试融隶入楷，自成一格，大书题榜如“敬业”“金陵苑”等，皆融隶入楷之佳制。论其风格，则或秀美，或苍劲，偶作渴笔顿挫，便如古藤老木，气韵沉雄。时或以气运笔，便若惊风动雨，酣畅淋漓，如其书王荆公《壬子偶题》（第31页），即是气盛笔宜、浑然天成之作。《寅恪六丈近诗》和《王荆公诗题跋》是本书诸作中年代较早的，前者整饬精工，后者蝇头小楷，足见先生中岁笔锋之锐、腕力之强，可惜历经劫火，此类佳作已不能多见。八十岁以后，先生因患白内障而目力渐衰，故喜用瓦当联纸作书，运笔之时多凭感觉，无意求工，反而自然浑成。本书所收诸件瓦当联，大抵都是这一时期的作品，人书俱老，臻于化境。

程先生早年就读于金陵大学，他在这里刻苦攻读，转益多师，度过了不平凡的青春岁月。晚年历尽沧桑，回到南京大学执教，他在这里著书立说，教书育人，“人老建康城”——程先生恰好有一方刻有此句的闲章，已收入本书之中。今天的南京大学鼓楼校区，就是当年的金陵大学校园，在老金大礼堂的南边，树有一块“金陵苑”的碑刻，那三个矫健欲飞的大字，便出自程先生之手，今亦收入本书。最值得一提的，今天出版这本书法集的南京大学出版社，也在南大的鼓楼校区。时间、空间和人事，三者的交集汇聚于一册书中，见证了一段翰墨人生的奇妙因缘。

2013 年 9 月 13 日

西京六杰

——《六人诗丛》总序

客居南京二十多年，每次想到西安，便有一种特别的亲切感油然而生。说起来，南京与西安，一处东南，一居西北，山川悬隔，风土不同，但在世界历史上都是久负盛名的中华古都，在中国历史上又都是功绩卓著的文化名城，就像同胞兄弟一般。从古到今，好事者喜欢拿这两座城市并论，乐此不疲。还有人把它们辉煌煊赫的过去与不那么辉煌煊赫的今天对比，于是得到了这对难兄难弟今不如昔的悲观结论。是耶？非耶？我无意在此置辩。在我看来，这无非是再次上演一幕古典《双城记》，再次确认“双城”的亲缘关系而已。我固执地认为，像南京和西安这样的古典文化名城，才是最适合读书人居住的地方。所以，每次想到西安，除了想到秦关汉月，想到灞桥风雪，想到雁塔晨钟，想到更多诸如此类的古典场景之外，也必然会想到，这个地理上遥远而心理上并不遥远的地方，今天依然是钟灵毓秀、藏龙卧虎的所在。这不是我一厢情愿的想象，而是多年文学阅读经验的积累和沉淀。最近，友人刘炜评教授寄来“六人诗丛”的文稿，拜读之后，既庆幸有先睹为快的际遇，也庆幸自己的这一印象再次得到了现实的验证。

“六人诗丛”由刘炜评主编，收入霍松林、李志慧、赵熊、周晓陆、刘炜评、王锋六位先生自选诗集各一部。这个诗丛的名称很朴素，指作者六人而已，别无其他。然而，这实在又是一个很有意思的集合。从出生年代看，六位诗人从20后、40后、50后、60后直到70后，跨越半个世纪有馀；其年岁，则从九十高龄的霍松林先生，到五六十岁的诸位诗人，到四十多岁的刘炜评教授和年方三十五岁的看剑堂主王锋，正好是老、中、青三代人，踏过岁月的漫漫征途，如今，他们在这套“诗丛”里胜利“会师”了。大学教授、书画名家、新闻记者，专业背景各异、人生道路不同的这六位诗人，捧出各自的自选集，汇聚一堂。特别令人注目的是，让他们团聚在一起的，是在某些人眼中陈腐停滞，甚至行将就木的古典诗体。仅此一点，就足以证明古典诗词的生命力，借用出自《诗经》的那句套话，就是“周虽旧邦，其命维新”。

凑巧的是，西周这个旧邦的都城镐京，就在今日的西安。不管是十朝古都、十二朝古都，或者十三朝古都，甚至十六朝古都，我想，古都长安的历史积淀和文化氛围，有如“好雨知时节”，无声地滋润着古典诗歌创作的土壤，久矣夫非止一日！从这两年陆续收到的几期《陕西诗词》上，我早已知道，西安不仅有相当活跃的陕西诗词学会，也有很多类似荞麦诗社这样的组织，还时常有命题征稿、分韵赋诗之类的风雅活动，民间涌动着诗的泉源。赋诗征稿、友朋唱酬，往往通过手机短信传送，“六人诗丛”中的作者，就是这些活动的积极参与者，诗丛中的一些作品就是这样产生的。“诗可以群”，古典诗歌传统与现代通讯技术相结合，加快了速度，提高了效率，我仿佛看到了古典诗体发展的一个新契机。

显然，这里所谓“古典诗体”是广义的，既包括古体诗和近体诗，也包括曲子词和散曲，还包括辞赋和对联。不同体格各有优长。有的适合抒情写志，吟咏时事，可以慷慨悲歌，也可以鞭辟入里；有的适合描摹山川风物，可以精丽流美，也可以机智诙谐。就像这六位诗人，各人有各人的性情，各人有各人的志趣。要了解他们的性情和志趣，看这六位各自的室名斋号，大概是一个不错的角度：唐音阁、心斋、风过耳堂、酒馀亭、半通斋、看剑堂，他们的诗集也都以斋号命名。唐音入心，风声过耳，酒馀看剑。要豪情万丈，也要虚心追索；要侠气干云，更要风流自赏。那就不需要一点谦抑吗？当然需要，于是就有了半通斋。你看，秦中大地立着的这一排斋、亭、堂、阁，岂不是既体现个性，又相映成趣吗？

“六人诗丛”中的诗篇编排，采用的是编年体，这也是有讲究的。在每篇作品后加注写作年代，按照年代先后编列作品，至少有一大一小两个好处：大的是有助于读诗论世，便于读者感知诗人心弦如何与国家民族的命运起伏相应；小的是便于考察诗人艺术的发展变化，省却未来诗史研究者系年考辨之辛劳。六部诗集中年代最早的一篇，是霍松林先生的《卢沟桥战歌》，作于 1937 年 7 月；而年代最晚的，则是刘炜评《毕编〈半通斋诗选〉，口占一绝》，作于 2010 年 5 月。这是相隔遥远的七十四年，也是绵延持续的七十四年，从 20 世纪进入 21 世纪，坎坷历程，沧桑巨变，对于中国来说，这绝对是不平凡的七十四年。岁月荏苒，在六位普通中国公民的心灵世界，留下了难以抹煞的天光云影，留下了难以忘怀的雾雨雷电。相信有人会问，都 21 世纪了，为什么这几位还要作旧体诗？为什么还有人爱读他们的旧体诗？读一读“六人诗丛”，你就会明白这一点。“子曰：‘何伤乎！亦各言其志也！’”

六位诗人作品的风格特色和艺术成就，已有各集自序或他序详细评说，我没有资格乱弹，也没有能力说出更多新意。我感觉，这一套古典诗词自选集丛书，在以诗仙李白命名的太白文艺出版社出版，除了具有象征意义之外，更有历史意义，只不过这后一点，也许要过若干年，经历若干事之后，才能看得清楚，才能说得明白。而今天，我能够在这里表达的，只是一名古典诗歌爱好者、这套诗丛的一名读者内心的喜悦而已。

2010 年 11 月 27 日

于金陵选念楼

文史优游出古今

——陈鸿森《阮元揅经室遗文辑存》《续补》序

陈鸿森先生是一位古典文献学家，他在中国经学以及清代学术史等领域之精深造诣，早已名闻海内外。他曾担任“中研院”史语所傅斯年图书馆馆长多年，交游甚广，又乐于助人，很多到台北访书的学者都深受其惠，其美名也久播于学界。遗憾的是，我与鸿森先生却缘悭一面，直到四年前到台北参加学术会议，才有幸识荆。其后，鸿森先生来南京访书、开会，我们才慢慢相熟起来，我才知道他不仅是一位严谨的学者，还是一位早在三十多年前就有诗集出版、至今已出版三本诗集的著名诗人，相知未尽，深惭孤陋。说实在的，在见到鸿森先生之前，我很难将一位现代诗人与一位研治古典经学与古典文献学的学者统一起来。环顾近百年汉语学术界，青年时代专力新诗创作，而壮岁以后专事学术研究且能并有建树者，固不乏人，其天赋之富盛，其才具之多方，自不能不令人艳羡、钦佩，但像鸿森先生这样，一边研治最纯粹的古典学术，一边写作现代白话诗者，却是相当罕见的。我此刻能想到的，则前有陈梦家，后有陈鸿森。

与其他诗人学者相比，鸿森先生自有其优长。长年从事文献考据之学，并没有消磨他的诗情；镇日浸淫古典书海，也没有使其心源枯涸。这一点，读出版于2005年的《陈鸿森诗存》，便可一目了然。这本诗集选录了他近三十多年里的诗作，最早的一篇，是作于1969年的《建筑》，那一年他年方十九；最晚的几篇则作于2004年，包括《狗》《公无渡河I》《公无渡河II》《蝉》等，那一年他五十四岁。诗歌创作力如此之持久与旺盛，实不多见。对读鸿森先生早年和壮岁的两组诗作，其诗思日益湛深，艺术亦更趋老成，是显而易见的。诗中既有其对所处的这个时代的深沉感喟，也透露了其对古典学术文化的温情和敬意，虽然后者往往隐藏在诗的字里行间，需要细心体味，不是一眼能够望见的。

实际上，鸿森先生对古典学术文化的温情和敬意，体现在很多方面，他对乾嘉学术之情有独钟，只是其较为显著的一方面。也许这是因为乾嘉学人往往兼诗家与学者于一身，与其身份认同之趋向较为相近；也许是因为乾嘉学术在经学研究上成就卓著，与其专精治学之趋向比较接近；也许是因为乾嘉学术所倡导的实事求是之学风，与其所服膺的学术风格最为合拍；也许是因为乾嘉学术盛行的考据、辑佚等实证研究方法，与其所习惯的学术取径较为相近。这种学术取向之形成，实与其师承及其所处的学术环境有重要关系。鸿森先生私淑陈槃先生，其得入“中央研究院”史语所工作，亦得力于陈槃、王叔岷、李孝定等先生之力荐，其学术取向深受这些史语所耆宿的影响。此外，傅斯年图书馆的丰富馆藏，也为他从事乾嘉学人生平事迹之考证及遗文之辑佚，提供了极大便利。日积月累，历二十馀年，乃撰成乾嘉名宿年谱六种、王鸣盛钱大昕阮元三家遗文辑存等著作。缕述乾嘉名宿之生平行事，表彰他们的学行功业，对乾嘉学术如数家珍的鸿森先生，不愧为乾嘉学人的知音和功臣。

辑存遗文，貌似比考述生平、编撰年谱容易，其实未必。盖考述生平所依据之文献资料，其范围大抵比较确定，或者可以借助目录检索，按目索书，有的放矢，较易有得，而辑录乾嘉名宿之遗文，则往往如大海捞针，茫无头绪。凡从事过辑佚之学者，都能够体会此中的艰辛。乾嘉学人于经史子集四部之辑佚皆多有所成，积累了不少有益的经验，也树立了高标准的典范，鸿森先生心仪手追。拜现代电子技术之赐，很多乾隆以前的古籍已经有了电子数据库，可以按“库”索骥，一键而得。而乾嘉名宿之遗文散在各处，毫无线索可以追寻。从这一意义上说，辑存乾嘉名宿之遗文，甚至比辑录唐前文献更为艰难，盖只能靠手工翻检，而无法依赖电子检索，根本没有讨巧省力之方。《阮元揅经室遗文辑存》成书十卷，辑存遗文 203 篇，《阮元揅经室遗文续补》又得 71 篇，总计 274 篇，涵盖记、碑、志、说、铭、序、跋、题辞、书、传等十馀种文体，蔚为壮观。其中又以序跋、书札为多。序跋之类大抵来自四部典籍，或为不经见之书，或出不易得之版本。书札之类既有见于文集、杂著者，又有据手书原件写录者，虽吉光片羽，而弥足珍惜。这些遗文零落各处，搜集为难，手札一类则更不易见，手书墨迹又往往难以识读，今得有心人如鸿森先生者不辞劳苦，集腋成裘，真可谓功德无量矣。

所谓“遗文”，通常也称为“佚文”，其实，这些篇章并不是真正遗失或者亡佚了，而只是隐匿于不为常人所知的角落。或如幽闭深宫的女子，纵有倾城之色，也无人爱赏；或如闲花野草，为文献的林薮所遮蔽；或如璞玉浑金，有待爬剔面世，刮垢磨光。有时候，“遗文”也可以称为“逸文”，盖谓此类篇章犹如逋客，稍不留神，就径自逃逸于常规的目录体系和知识建构之外，追亡索逋，谈何容易。山川自蕴珍玉，草野本多逸才，所以，别小看这些零散遗文，善用者可据以考证相关人事之隐微，进而详列学人事迹，串珠成链，不善用者便只能视同鸡肋，让人徒叹明珠暗投。

有用与无用，会用与不会用，从表面来看，似乎只是见仁见智，无关宏旨，实际上，这取决于一个学者的文献视野与学术功力。文献眼界或阔或狭，判断文献价值能力或高或下，皆可由此窥见一斑。那么，本书所辑遗文究竟有什么价值？又该如何发掘利用其价值呢？囿于本书的体例，鸿森先生并没有多做解释，但是，本书附录《阮元与王引之书九通考释》，已为我们做了示范。区区九通书信，所涉甚广，举凡阮元生平之行迹、阮元与并世学人之交游、阮王商榷学问之得失，作者细细考索，不仅考订了每通书信写作的具体时间，而且恢复了具体的人事背景，烛见隐微，足证其考辨功力之不凡，不仅熟悉阮元一生行事，更对有关清代学术尤其是乾嘉学术之文献烂熟于心。按照这种思路对《阮元揅经室遗文辑存》中所辑录的遗文进行考证，必能大有收获。例如，《武虚谷征君遗事记》可以据以考证武亿行迹，并进而考察清代金石学史；《衡文琐言》则提供了研究清代科举史的材料；《十驾斋养新录序》提出学术当于百年前后论其升降的观点，富有启示性。《阮元揅经室遗文辑存》是按文体进行编排的，这一体例当然有其合理性，但从考索阮元生平事迹的角度来看，或许按年代先后进行排列更好，更能直观、清晰地呈现阮元的人生印迹。

阮元为清代学术巨擘，著述繁多，又因位高名重，求撰序跋者众多，应接不暇，故有请门人或幕客代拟者。辑录揅经室遗文，首先要甄辨其是否已见于阮集，剔除重复；其次要考察其是否出于代拟，去伪存真。前者已非易事，后者更是难上加难。近年香港孙广海先生曾撰《阮元揅经室遗文再续辑补》一文，其中有已见于阮氏本集之文而误收者，有非阮氏之文而误收者，有阮元他书之文而误录为佚文者，有实为焦循等人代作而失检误收者，亦有为后人伪托之作而不察以致滥行收入者，有其体为诗而误录其诗序为佚文者，有重出误收者，有标题讹误者……凡此种种，不一而足。甚矣，辑补之为难事也！好在鸿森先生已撰有《孙广海君〈阮元遗文补〉书后》一文，辨析精细，读者自应参读。鸿森先生在这篇文章最后郑重声明："今辑阮氏遗文，凡确知其出他人代笔者均删去之，然《辑存》所集，余固未敢信其皆出阮元自为之也。"其态度审慎如此。

《阮元揅经室遗文辑存》卷五自诸朝栋所刊《诸氏家集》卷首辑存阮元序言一篇，其文有云："古者文学萃于一门，父子传薪，兄弟竞爽，亦未尝无人。至联其著作合为一集，以传诸久远，则不多觏，盖作者难，而集者亦赖有人也。"在回顾家集编纂历史之后，阮元感慨道："盛矣，非作之难，而集之者之不易欤！"创作非难，集存不易，作为辑录者，鸿森先生对阮氏此论肯定深有会心。在《陈鸿森诗存自序》中，他引用乾嘉时代著名史学家兼诗人赵翼的一则诗题，表达了与此类似的感慨。乾隆五十七年（1792），六十六岁的赵翼作了一首诗，诗题很长，简直就是一段小序："有以明人诗文集二百馀种来售，余所知者乃不及十之二三，深自愧闻见之陋。而文人仰屋著书，不数百年，终归湮没，古今来如此者何限？既悼昔人，亦行自叹也，感成四律。"前人辛辛苦苦结撰而成的诗文，不过三四百年时间，就行将湮没而不为人知，文字流传之不可凭恃如此，怎么不令人怅叹唏嘘？

大约两百年前，阮元感慨古人家集集存不易，赵翼感叹前代诗文容易湮没，如今，轮到我们忧念阮元与赵翼作品之命运了。明知短暂的生命无法与永恒的时间抗衡，可是，文化人仍然坚信文明传承的力量，仍然通过自己的努力，使文献代代相传，使文化薪火相承。他们坚定的脚步声，也是一种"生命在时间里的回音"——这句话原本是叶笛先生为《陈鸿森诗存》所作评论文章的题目，我以为也可以移评《阮元揅经室遗文辑存》。这也正是诗人陈鸿森与学者陈鸿森的交集点。

壬辰正月初六

依然明月照高秋

——《近现代福州十二才女诗词选》序

福州是出才女的地方，这么说，并不是出于乡情的个人私见，而是一句大实话。远的不必说，多的不必提，在现代文学史上，只要举出林徽因和谢冰心这两个名字就足够了。这两位才女的文学才华，震烁文坛，至今名闻遐迩。眼前的这本书，编选的是十二位近现代福州才女的诗词。这十二位才女，按生年先后排列，依次为薛绍徽、沈鹊应、王德愔、刘蘅、何曦、薛念娟、张苏铮、叶可曦、施秉庄、王真、洪璞、王闲。在我看来，这是一部富有特色的诗词选本。特色之一：书中所选的十二位诗人都是才女，因此可以说，这部诗词选提供了才女文化的独特样本。特色之二：书中所选的十二家都是福州才女，她们之间或为姐妹关系，或为姻亲关系，或有师友渊源，因此，这部诗词选本提供了研究福州地域文化尤其是文学文化的实在案例。特色之三：这部诗词选本的编者林怡教授，博学多闻，出入文史，是一个不折不扣的福州才女，由才女来编选才女诗词，主客之间特有的那种心心相印、惺惺相惜之感，显然是其他人所不可能有的。

这十二位才女所生活的年代，从最早的薛绍徽（1866—1911）到最晚的王闲（1906—1999），时间跨度133年，上自晚清，下至改革开放以后的新时期，其中的核心时段是20世纪。20世纪的中国，经历了八国联军侵华、辛亥革命、五四运动、北伐战争、抗日战争、国共内战、中华人民共和国成立、“文化大革命”、改革开放等重大历史事件。对中国人来说，20世纪是一个“四海翻腾”“五洲震荡”的世纪，虽然这个旧世纪早在20年前就已经离我们远去，但它的馀音依然时时在我们耳边回响。这部诗词选本中的十二位近现代福州才女，并没有像古代的闺秀诗人一样，将自己的生活局限于闺门之内，相反，她们中的大多数人都迈出闺阁，乃至离开家乡，远游天下，与外部世界多有接触。因此，与前辈相比，她们的眼界更加开阔，她们的诗词题材更加丰富，她们的思想心灵也更加开放。

林怡说，编选这部诗词选本的目的之一，是“反映十二才女的身世、性情和文采，极个别处略作简注”，据我阅读所见，这个目的是达到了。这些才女诗人经历了晚清以降的世乱沧桑，经历了戊戌变法失败的惨痛、福建事变的动荡等等，她们笔下所展现的身世、社会和世界，已不只是贤妻良母一己生活的小天地，而是与时世密切联系在一起。我特别要提一下本书的简注，虽然为数不多，但往往交代了诗作的时事背景，言简意赅，点到即止，显得十分珍贵。十二家中不幸早逝的沈鹊应（1877—1900），是清末重臣沈葆桢的孙女，也是“戊戌六君子”之一林旭（字暾谷）的妻子，可谓重大历史事件的当事人。她有一首《浪淘沙》，“作于林旭被腰斩在北京菜市口后”，词云：“报国志难酬。碧血谁收？箧中遗稿自千秋。肠断招魂魂不到，云暗江头。　绣佛旧妆楼。我已君休。万千悔恨更何尤？拚得眼中无尽泪，共水长流。”简注引郭则沄《清词玉屑》，谓沈鹊应“闻噉谷耗，赋《浪淘沙》述哀，字字沉痛，侍者哀之”。确实，这是一篇字字血、声声泪的惨痛之作，读之令人感泣。王真的词作《自度曲》，有小序云：“去秋闽变，与诸友相率避于淇园，傍晚闲步，即景聊咏自度曲，并寄怀乐豳楼主。”所谓“闽变”，据简注，指的是“福建事变，1933 年 11 月 20 日，李济深、陈铭枢、蒋光鼐、蔡廷锴等人以国民革命军第十九路军为主力，在福建福州发动反对蒋介石的军事行为，另立政权，次年 1 月 15 日即被蒋介石派军弹压。参与‘闽变’的高层人物出走，十九路军在缴械后被解散改编”。寥寥数语，就将王真这首词作的时事背景和盘托出，有论世之助。

本书所选十二家才女诗人的作品，包括诗、词二体，诗计 147 首，词计 141 首，二体数量相当，合计 288 首。十二家中，只有施秉庄一家未见诗作，这并不足以说明施秉庄不能诗，而可能只是一时没有找到，故只选录其词作。其他十一家皆有诗有词，可见这些才女皆名副其实，诗词俱工。在编选这些作品时，林怡安排的顺序是先诗后词，“先五言后七言，依绝句、律诗、古风先后排列。所选诸家诗歌未必数体兼备，只选易诵记的佳作。词先小令，后长调。以清丽明畅的小篇短章为主，宏篇长调只得割爱，以便于当代读者阅读理解”。这样的安排，充分考虑了读者的需要，设计了“友好的阅读界面”，可圈可点。这里所谓“宏篇长调”，可能指的是诗，而不是词。实际上，入选的各家词作中，颇有一些慢词长调，如《水龙吟》《莺啼序》之类，也时或一见。从这些长调词中，颇能见出这些才女的词体写作造诣。有人说，词之为体，就其艺术个性和美学风格而言，更适宜于女性，因此，词史上才出现了像李清照那样伟大的女词人。福州十二家才女以其丰富多彩的词体创作，从一个侧面佐证了这个说法。

美国莱斯大学著名汉学家钱南秀教授，是一位原籍南京的才女。她既是知名的六朝文学研究专家，也是薛绍徽研究的专家。就南京大学的学缘关系来讲，她是我的学姐，故熟知我与福州的渊源。有一次，她很激动地与我分享她研究薛绍徽的心得，对这位福州才女的文学才华赞不绝口。我虽然对薛绍徽的文学创作所知无几，无法与钱教授展开讨论，但从她对薛绍徽的连声称赞中，却可以感受到她对薛绍徽的由衷景慕，不免也被激发出作为一个同乡“与有荣焉”的自豪之情。今日翻读本书中的薛绍徽诗选，有《冶山晚眺》诗云：“秣陵旧迹半烟芜，野色犹堪入画图。最好斜阳堤柳外，紫金山映莫愁湖。”又有《秦淮观妓》诗云：“越自繁华越可悲，茫茫豪竹与哀丝。青泥果有莲花现，犹是人家好女儿。”二诗所写皆是金陵风物，想来钱南秀教授当日读后，必当有一番感喟。这两首诗，前一首所写仍是古典风景，怀古之意盎然；而后一首所写，貌似细水微波，却充满了现代女性深挚的人道主义关怀。

我生长于闽侯县甘蔗镇乡下，小时候，爷爷教我写信时，口述的家乡地址是“福州西门外甘蔗镇文门厝”。少小离家，老大不归，乡音未改，鬓毛已衰。四十一年来，我流寓他乡，虽然文门厝老屋已在所谓旧城改造中被夷为平地，但是故乡的山水人物依然系念在我心，榕城的历史文化也常常勾起我的乡愁和怀想。随着年岁渐长，这种怀念之情渐增。偶因公务或私事经停福州，我便尽量利用这样的时间和机会，争求在福州乡土文化方面补课。近几年的榕城之行，多次麻烦林怡做我的“地陪”，登乌山，看碑刻，游三坊七巷，领略福州的名人文化。我的老同学和老朋友中，不乏数十年长住福州的，但是，说到对福州历史遗迹、人物掌故的了解，恐怕没有人比得过林怡。何况，林怡不仅是我的同乡，更是我的同行，她了解我对家乡文化的兴趣点，知道我在哪些方面需要补课。这几年，她在福州文化研究方面越来越勇猛精进，成果络绎，故每次相见，总有新见分享于我，令我获益匪浅。因此，当林怡编选《依然明月照高秋——近现代福州十二才女诗词选》甫就，征序于我，我既欣喜于有先读为快的荣幸，又有感于近现代福州才女之命运与文采，因书所感，以弁简端，并就正于林怡。

2020 年 5 月 22 日

于金陵城东之仙霞庐

玉振金声泽后昆

——《江苏传统中的家规集萃》序

家规就是家训，也可以称为家诫，用字不同，词义却是一样的。规、训二字连在一起，可以组成一个新词“规训”（discipline）。在西方后现代文化学研究的语境中，“规训”这个词除了规范、训诫的表面词义之外，还有社会对个人言行、思想进行管制的意思，隐喻社会力量的强硬、冰冷，透露出社会与个体之间二分甚至对立的关系。家规、家训，可以说是家族或家庭对其成员的规范和训诫，在中国文化的语境中，这种规训所突出的更多是尊长对后生的教育和培养，突出家风、家学对家族家庭成员所起到的潜移默化、润物无声的作用，寄托着家族的期望，透着亲情的温暖。

中国人历来注重教育，看重子女的教养。教养的形成，固然有赖于有社会教育和文化传承机制，但更有赖于家教。称赞一个人“家教好”，那不仅是对这个人很高的评价，也表达了对其家庭的充分尊重。家规、家训、家诫之类，可以统称为“庭训”。“庭训”是一个很有文化内涵的词语，出自《论语》，它揭示了家规、家训起源与儒学文化传统的关系。有一天，孔子的儿子孔鲤看见父亲站在庭院里面，于是“趋而过庭”——“趋”是晚辈在长辈面前恭敬地低着头、小步快走的样子。孔子叫住孔鲤，问他："你学《诗》了吗？""没有。"孔子说："你不学《诗》，怎么能正确地说话呢？"孔鲤受了教诲，就"退而学《诗》"去了。又有一天，孔鲤在庭院中再次见到父亲。父亲问他："你学礼了吗？""还没有。""不学礼，怎么能在社会上立足呢？"于是，孔鲤就"退而学礼"去了。这是最早的"庭训"记载，也可以说是对孔门家规的记录。夫子循循善诱，为后世家长树立了榜样。"天下之本在国，国之本在家，家之本在身。"在以儒学为主导意识形态的古代中国，家规、家训、家诫等深度融入社会各阶层的家庭，成为培育人才和推动社会进步的重要动力之一。

中国历朝历代，几乎都有家规、家训、家诫之类的文字流传至今。无论是治世还是乱世，无论是盛世还是衰世，这一传统都绵延不断。总体而言，其宗旨都是培养家族人才，传承家学，延续家风，光宗耀祖，服务社会。就其具体形式而言，又各有不同，有的注重口头教导，有的注意文字训诫，有的注重言传，有的注重身教。特别值得关注的是，在魏晋南北朝这个分裂、动乱的时代，以家规、家诫为代表的家族教育文化传统却表现得特别突出。那个时代的许多名人，包括曹操、曹丕、王肃、诸葛亮、羊祜、杜预、颜延之、萧嶷、王僧虔、徐勉、北魏孝文帝等，都留下了家诫、家训之类的文字。就连西晋"竹林七贤"中那位以性格峻急刚烈著称的嵇康，也写下了《家诫》，苦口婆心地教导儿子如何小心处世、如何谨慎地待人接物。而被推为"家训之祖"的《颜氏家训》，不仅内容丰富，而且体系宏大、结构完整，是这个时代的家训中名副其实的集大成之作。

江苏人杰地灵、文化发达，产生了许多文化世家，为中国历史贡献了许多杰出人才，这与江苏重视家族教育的传统是密不可分的。西晋末年，以琅琊王氏和陈郡谢氏为代表的中原士族纷纷南渡，定居南京以及江苏各地，在这里生根，在这里成长。他们十分重视家庭教育，非常看重家族子弟的成长，千方百计地培养后辈，使其传承家学、延续家风，这些家族因而得以绵延久远，为中国文化做出了突出贡献。祖籍山东临沂，而生长于南京的颜之推，就是这批文化世族中的一员。《颜氏家训》不仅是魏晋南北朝家规的集大成之作，也是江苏家规的代表作。

六朝以降，江苏文化日益发展繁荣，在中国文化版图上占据了越来越重要的地位。自唐宋迄明清，江苏文化名贤不匮，世家不绝，在历史长河中熠熠生辉。江苏名贤世家的家规、家训，不仅形式多样，而且文化蕴含极为丰富，或崇尚耕读传家，或勉励廉洁奉公，或催人奋发自强，或劝人积德为善，总之，充满了积极入世、乐观向上的正能量。故家乔木，令人怀思。习近平总书记指出，家风是社会风气的重要组成部分。家风好，就能家道兴盛、和顺美满；家风差，难免殃及子孙、贻害社会。《金声玉振　泽被后世——江苏传统中的家规集萃》整理江苏历史文化传统中的家规，萃取精华，重在阐发传统家规对家风培育、家道延续、家族传承的重要意义，及其虽历上千年而不竭的精神穿透力与文化生命力，既传承、突出了江苏文脉，又致力于传统文化资源的现代转换，更有鲜明的现实意义。相信它的出版，必将受到全社会的欢迎。

2008 年 1 月

螺蛳壳里做道场

——《牛津通识读本·中国文学》中译本序

从事中国文学的教学与研究，屈指算来，已经三十多年了。其间接触过很多介绍中国文学的著作，即以英文著述而论，也有不少。其中面向一般读者，而且比较流行的，就有好几种，如20世纪初出版的英国汉学家翟理斯（H. A. Giles）的《中国文学史》（*A History of Chinese Literature*，D. Appletonand Company，1901）、20世纪中叶出版的华裔学者陈受颐的《中国文学史》（*Chinese Literature*：*A Historical Introduction*，The Ronald Press Company，New York，1961），以及另一位华裔学者柳无忌的《中国文学概论》（*An Introduction to Chinese Literature*，Indiana University Press，Bloomington and London，1966）等。21世纪以来，欧美学界又有几种中国文学史新刊，大抵出于集体撰述，执笔者几乎囊括了欧美汉学界中从事中国文学研究的一时精英。然而，这些书要么过于陈旧，没有能够及时更新知识；要么过于学究气，只适宜做专业课程教学的参考，并不适合一般读者阅读。先不论其阅读界面是否友好（这一点，既涉及笔调、写法的把握，也涉及篇章结构的安排），仅就篇幅而言，动辄数百页，乃至长达多卷，很容易令人望而生畏，一般读者是否有耐心读完，就大成问题。

相比之下，桑禀华（Sabina Knight）教授的这本《中国文学》，英文本正文不过薄薄120页，中译本只有区区六万多字，简直就是缩微版。但它的时间跨度，却从《诗经》一直到卫慧，空间上则涵盖了中国内地、香港以及台湾等地的文学创作，甚至囊括哈金、李翊云等海外华人作家创作，可谓具体而微。其书言简意赅，引人入胜，读者集中精力，一两天就可以看完。老话说，“开卷有益”，就我个人而言，阅读此书，既是一次轻松愉快的经历，也是一种别致的知识体验。

本书是《牛津通识读本》之一。这套丛书的设计思路，是面向一般读者，进行某一学科领域的通识传播。《牛津通识读本》的英文标题是 *Very Short Introductions*，这相当于汉语中的“简说”“略论”“浅谈”，可见简明扼要是其首要诉求。谁都知道，中国文学史历史悠久，文类繁杂，风格多样，线索纷乱，作家作品汗牛充栋，即使一部宏篇巨著，也未必容纳得下。以六万多字的篇幅，呈现中国文学各体的面貌，勾勒中国文学发展的线索，凸显中国文学文化的特色，更非易事。只有高瞻远瞩、执简驭繁，才能高屋建瓴、纲举目张，做到既有论述高度，又有信息密度。我以为，本书就是采取这样一种策略。在《引言》中，作者开门见山，征引盛唐著名诗人王之涣那首脍炙人口的《登鹳雀楼》，意在借用这首绝句，提示全书的写作思路：“这首公元8世纪的绝句，让我们想起中国人将文化视为绵延之河的传统观念。……蜿蜒的河道最宜登高远眺，以观其轮廓，体其深意。”

除了《引言》，全书只有五章，每章平均一万来字。“螺蛳壳里作道场”，面面俱到显然是不可能的，也是不可取的。作者的应对策略，首先是突出重点，其次是深入浅出。第一章描述中国文学的历史与文化基础，相当于全书的概论；最后一章叙述中国现当代文学，相当于收尾；中间三章分别叙述中国诗歌、文言叙事与白话叙事，相当于分体的中国文学概述，是本书的重中之重。先秦诸子散文与诸子哲学，早期文言叙事与历史编纂，彼此纠缠，其间关系“剪不断，理不乱”，后世议论纷纭。本书不仅对这两组关系做了细心梳理，又从中国文化的高度，关注哲学与文学、历史与文学之间盘根错节的牵连。这样一种关注，显示的是作者对“文史哲本是一家”这个“中国传统文化观念”的尊重。

站在西方人的立场，又主要面向西方读者介绍中国文学，选择从世界文学或者比较文学的视野来观照中国文学，是理所当然的。由于作者本来就具有比较文学的学术背景，所以，在把握中国文学的历史脉络与文化特征时，能够抓住一些具有宏观性与理论性的“普遍的主题”,作为标的。第一章先摆出“文”“文人”“经典”等概念，讨论文、文人以及经典的产生及其对中国文学的影响，又围绕“情之道”这一主题，探讨“情”在中国文学里的独特内涵。作者惯于“将普遍的主题与具体的例子相结合，在不同文本的对话中，呈现自己关心的主要问题”。如果说“普遍的主题”好比森林中的道路，引导全书的行进方向，那么，“具体的例子”就有如森林中的花草树木，呈现着行进途中的一帧帧风景图画，让人赏心悦目。

本书五章题目的设计，就自觉体现了“普遍的主题”与“具体的例子”的结合，这五个题目依次为《基础：伦理、寓言和鱼》《诗和诗学：山水、典故和酒》《文言叙事：史书、笔记和志怪小说》《白话戏剧和小说：园林、草寇和梦》《现代文学：创伤、运动和车站》。很显然，这些题目以冒号为界，前面就是“普遍的主题”，后面则是“具体的例子”，结构相同，实出一辙。每一章之下，又分出若干小题，可以说是次一级的“普遍的主题”，与之相配合的，则是各类“具体的例子”。以专门介绍中国诗歌的第二章为例。此章总共只有12000多字，却在《诗和诗学：山水、典故和酒》的总题之下，又分出九个小题：“诗意地栖居”（主要讲诗歌之用）、“实境”（主要介绍《诗经》）、“超诣”（主要介绍《楚辞》）、“典雅”（除诗体之外，又兼及辞赋）、“悲慨”（从汉魏六朝五言诗一路讲到李白诗和李清照词）、“疏野”（介绍嵇康、阮籍、陶渊明等疏离政治、具有鲜明的反抗个性的诗人）、“飘逸”（介绍谢灵运、王维、禅诗、神韵诗等）、“感时”（介绍杜甫《春望》等作品）、“豪放”（介绍李白、苏轼等）。不难看出，从“实境”到“豪放”，都是围绕诗歌的风格来做文章，而这八种风格标目，除了“感时”之外，全都出自《二十四诗品》，可见作者对此书情有独钟，也就是对《二十四诗品》所代表的极具中国特色的诗歌理论批评方式，怀有特殊的温情与敬意。表面上看，风格论是本章的核心，实际上，作者在具体展开讨论时，文笔随时流转，如入江南园林，得移步换景之妙。例如“豪放”一节由这种风格流派入手，在介绍过苏轼之后，就顺流而下，介绍宋代印刷术发展以及诗话、韵书之类书籍的大量出现及其对诗学的影响，然后又陡然一转，切换到古代女性诗人与女性诗评家等有趣的话题，虽然点到即止，却让读者有意犹未尽之感。

“点”哪里，怎样“点”，大有讲究。书中对具体作品的解析，就是“点”的一种，由于视角独特，往往意味隽永，发人深思。在解析杜甫《春望》“感时花溅泪，恨别鸟惊心”二句时，作者讲到诗句的意思：“或者是诗人因为花和鸟而溅泪、惊心，或者是花本身溅泪、鸟自己惊心。两层意蕴交融形成的歧义表现出学者们所称的中国诗的‘浓缩’特质或者‘双重语法’。”在此基础上，作者点出中国诗歌的一个特色：“中国诗并不赞美单个的主体，反而经常让自我隐身。通过淡化‘我’与‘物’的区分，这些诗所沉思的世界，是个性经验较少横亘其间的世界。”如此点评，堪称举一反三、妙语解颐。又如第三章介绍唐传奇，从故事的叙述角度和作者的身份认同入手：“虽然多数核心故事是用全知的无人称视角叙述的，许多故事却采用了由某位目击者向叙述者转述的框架，仿佛故事只是一段客观的记录。”“这些叙述框架在故事本身和读者的世界之间架起了桥梁，并且时常对核心故事的伦理内涵做出评判。对道德说教如此重视，或许揭示了作者对文人地位和传统儒家价值观的忧虑。”也颇有见地。再如第四章介绍白话戏剧和小说，拈出“园林”“草寇”“梦”这三个具体意象，不只是为了简单地对应《红楼梦》《水浒传》《牡丹亭》这三部名著，更是借由这些意象，强化直观印记，拓展回味空间。以“园林里的草寇”为切入点，讨论《红楼梦》中的大观园故事，就富于巧思，也饶有馀韵。

《三国演义》《水浒传》《西游记》和《金瓶梅》，号称明代长篇小说四大名著。为了帮助读者了解这些小说，作者着重介绍了它们的成书过程与主题表现。就成书过程来说，“这类小说都是在缓慢的累积中演化而成的，和重写前代诗歌的做法相仿，文人们经常为了某些意识形态的目的改写更早的版本”。不是就事论事地说明这类小说的成书过程，而是将这类小说与前代的诗歌重写以及意识形态力量的介入相挂钩，从而揭示隐藏于小说背后的文化因素。当然，无论是语言风格，还是主题内涵，这四部小说又是各不相同的。以《西游记》为例，其主题貌似简单，尽人皆知，实则复杂，大可讨论：“如果把《西游记》当作一部象征性的小说，那么玄奘就是求道者，悟空是他的心智，白龙马是他的意志，八戒是他的生理欲望，沙僧是他与大地的联系。取经之路代表心智的修行，作品中的危难与妖怪代表遮蔽顿悟之光的种种扭曲的幻象。小说对精神追求的描绘在多大程度上表达了反讽，学者们各执一词。它是严肃的史诗还是史诗的戏仿？它是鼓吹用佛法度人，还是主张儒、释、道三教合一？”这段话有确定的判断，也有不确定的追问，还可以看成是对广大读者的一点提醒：实际上，这类小说都有复杂的主题，而这种复杂性，正是其深厚文化内涵的一种体现，不小心细读，就容易忽略。

从总体上看，第五章的写法与前四章略有不同，其逻辑层次特别简约。这一章专门叙述中国现当代文学，其空间背景涵盖中国内地、香港、台湾，甚至远涉北美的华裔作家。全章以高行健名噪一时的剧作《车站》为引子，串连起全章的五条线索：“高行健的剧作是一则寓言，解读了中国从乡村进入城市的变化，隐含着对中国文学的现代化和全球化至为关键的五个主题：对民族自豪感、人文主义、进步、记忆和快乐的追寻。”接下来，作者就以追寻民族、追寻人性、追寻进步、追寻记忆、追寻快乐这五个主题为纲，提挈中国现当代文学的各家创作，曲终奏雅，归结到对文化中国的追寻，也涉及华语文学在当今世界上的地位，收尾干净利落，却也显得有些匆促。

本书作者桑禀华曾在美国威斯康辛大学接受过中国文学和比较文学的专业训练，从其书后所附延伸阅读的书目来看，作者是拥有较为宽广的专业知识视野的。这本书是为英语世界中对中国文学有兴趣，但并未受过专业教育的一般读者写的，对他们来说，不必花多少时间，就可以鸟瞰中国文学，有个粗略了解，可谓事半而功倍。它也同样适合中国读者，即使是对中国文学已经有所了解的中文专业学生，若能置身庐山之外，有所观，进而有所思，有所悟，也定可满载而归。倘得如此，自要感谢本书将普遍与具体相结合的体例、新鲜而跳荡的笔法，也要感谢本书的译者李永毅教授，他不仅有晓畅的译笔，还以认真负责的态度，校订了原书的几处讹误。至于从中英文对读中，体会两种语文表述各自的微妙，更是双语读本得天独厚之处，此乃众所周知，不容我再饶舌。

2016 年 3 月

第二辑

舞雩之风

君子之学日新

——《魏晋南北朝论说文研究》序

这本书的初稿，是京州的博士学位论文，其写作开始于2005年，完成于2007年。不过，现在摆在我面前的书稿，又经过了长达七年的打磨，状貌与当年已大不相同了。初稿十五万字，新稿近三十万言，篇幅差不多扩充了一倍，这是一目了然的；书中论述的深度和广度，也有显著提升。为了写这篇序言，我将书稿翻阅一过，除了验证书稿的焕然一新，也被勾起了与这项研究相关的一些回忆和联想。

曾几何时，魏晋南北朝文学背负着古人所加的“八代之衰”恶谥，身贴着现代学者所粘上的“形式主义”标签，很多研究这一时段文学的学者，时常感到一种挥之不去的焦虑。至少三十年前，当我初涉魏晋南北朝文学研究时，是存在这样一种情形的。京州踏入魏晋南北朝文学研究领域之时，已经到了21世纪初年，时移世异，风会已变，从整体上说，选择有关魏晋南北朝文学的研究课题，应该不会再有这种陈旧的焦虑了。不过，具体到魏晋南北朝论说文的研究，新的焦虑又接踵而来，或者说，又有一些新的挑战需要面对。

魏晋南北朝论说文研究，既是断代文学研究，也是文体研究。断代文学研究的难处，在于不能把眼光局限在断代范围之内，而要上勾下连，尽量拼接出历史发展的连续环节。换句话说，做断代研究，要有不断代的、通史的观点。魏晋南北朝处于汉、唐这两个统一而强盛的王朝之间，其文学发展环境自有特点，不能忽略，但如果不上溯汉代甚至汉代以前，下探唐代乃至唐代以后，就难免视角单一、视阈受限，深入挖掘便会受到阻碍。但凡从事过魏晋南北朝文学研究的人，多少都能体会到这一点，但具体到不同专题的研究，则情况又各不相同。有些专题已有较为深厚的研究积累，“前人栽树，后人乘凉”，比如有些专题的基本文献，前人已经做了较好的爬梳整理，后人便可坐享其成，不必披荆斩棘，深入荒山，寻找矿藏；而魏晋南北朝论说文研究的基础明显薄弱，包括文献整理在内，几乎没有什么现成的依托，这就要求京州像傅斯年先生当年所说的，“上穷碧落下黄泉，动手动脚找东西”。京州“曾将严可均《全上古三代秦汉三国六朝文》辑录的汉魏六朝论说文勾稽出来，汇为一册，并翻检当时各种史书以及后世有关类书等，广搜别采，补《全文》之未收，共得五百馀篇，四十多万字”（《绪言》），这是他“动手动脚找东西”的第一步，现在书后的三个附录则是第二步。附录一是《先唐论说文辑补》，从历代各类典籍中辑得严可均《全上古三代秦汉三国六朝文》中失采的论说文作者 36 人、论说文 38 篇，吉光片羽，积少成多。这种爬梳工作需要耐心，也需要学力，其实并不容易，不能小看。附录二是《先唐论说文存目考》，通过对亡佚篇目的考索，尽力还原先唐论说文创作的历史原貌，虽然不能得见全豹，至少恢复了若干历史断片。附录三《论说文辨体资料汇编》，辑录自三国曹丕到现代学者姜亮夫共计33家的评论资料。如果把这本书比作一间房子，那么，这三个附录就好比建房所需要的砖瓦木石，是京州亲自找来，还一一检验，材质上信得过的。这个既费时又费力的文献搜集鉴别工作是必不可少的。

近二三十年，古代文体学研究已经有了长足进步，取得了不少成绩，但是，相对于诗词文体研究，散文文体研究明显不够深刻，也不那么完善。论说文绝大多数是散文，少量是骈文，还有一些赋体论说文则属于韵文，总体来说都属于广义的散文领域。这就给研究者带来了两方面的困难：一方面，散文文体研究似乎没有可以遵循的程式，也没有可以仿效的典范，因此，站在什么立足点进行剖析，从什么视角切入，都没有现成的答案，都要自己摸索。另一方面，文体学研究重视对作品形式和艺术表现技巧的探讨，比起对题材、内容的分析来说，形式和艺术方面的探讨要么容易单调呆板，落入老生常谈，要么容易浮光掠影，难以把握，想有鞭辟入里的论述，就是难上加难。不过，也正因为如此，一旦在某一点或者某一方面有准确的把握，就能在文本分析和诗文创作双方面给人启发，其意义匪可小觑。散文的形式艺术不好把握，论说文的形式艺术分析起来更难，京州在这一方面做了不少有益的探索，值得重视。这些探索集中在本书第五章《修辞论》、第六章《结构论》和第七章《风格论》，三章论述各有重点，可以顾名而思之。《修辞论》从譬喻、引证、顶针和鼎足对四方面，谈魏晋南北朝论说文的修辞技巧，条分缕析，举证富赡；《结构论》则将魏晋南北朝论说文的结构分成专论、设论、论难、问论以及书信五种体式，对各种体式又有细致的分析；《风格论》则从纵横家与名家、博赡与精约、华美与精辩三个方面，论述论说文风格的复杂多样及其源流变化。这些分析似易而实难，切实地把握更需要相当的学术功力。第五章是修订新增的，第六、七章从初稿到定稿的改动比较大，提升也相当显著。从修辞、结构到风格，这三章的论述逐渐由表及里，从浅到深。从初稿到定稿，京州对魏晋南北朝论说文的理解也日益全面，不断加深。论说文是不是文学作品，是否有文学性，是否具有美感，在我看来，这些根本就不成为问题，但京州似乎为此纠结过，在书的最后，他不忘强调“魏晋南北朝论说文充满睿智，讲求美感”，实际上，这结结实实的三章，就是他对这些问题的最好回答。

学位论文无疑是论说文的一种。这篇研究魏晋南北朝论说文的学位论文，可以说是古今两种论说文的碰撞和拥抱。无论是当年阅读初稿，还是今天阅读定稿，我都一直饶有兴味地观察，这种碰撞和拥抱会给论文的面貌甚至论文作者带来怎样的影响，往大里讲，这其实是在思考研究对象、研究结果以及研究主体之间的互动关系。应该说，魏晋南北朝论说文研究为进行这一思考提供了非常好的个案。论说文与经、史、子、集四部都有密切的关系，很少有文体是这样的，这是论说文体独特性的一种体现。简单地说，经部中的经说和经注都属于论说文；史部中有史论；子书既是论说文所从出的母体，也是汉魏以后论说文篇章发展的重要起点；无论是在总集还是别集中，论说文都是重要的组成部分。论说文经典地位的确立，离不开史书的著录和总集的选录，这其实表明了魏晋南北朝论说文的繁荣发展与当时学术文化的关系，用刘永济先生的话说，就是："论之为体，盖著述之利器，而学术之干城也。""是故此体之兴废，常与学术相始终。"（《文心雕龙校释》第61页）从论说文体繁多的名目、丰富的题材以及与诸多文体广泛而复杂的关系中，都可以看出论说文与学术文化的这层联系。"事出于沉思，义归乎翰藻"，在魏晋南北朝这个讲究文采的时代，论说文往往既讲究文章辞采之美，又是学术思考的美好结晶，此中翘楚，当推由五十篇精采论说文构成的《文心雕龙》。《文心雕龙》不仅给我们带来知识和思维的启迪，也留下了不尽的审美回味。《文心雕龙》对京州的启迪是多方面的，有一些影响甚至是潜移默化的，不知京州是否有所觉察。

刘勰在《文心雕龙·序志》中自称，他的文体论各篇都是从"原始以表末，释名以章义，选文以定篇，敷理以举统"四个层次展开论述的。京州此书的结构，与刘勰的四个层次说可谓不谋而合，也可谓不得不合。第二章《体裁论（上）》是对论说文体的溯源，亦即"原始以表末"。《文心雕龙·论说》将论说文分为议、说、传、注、赞、评、序等八个名目："详观论体，条流多品：陈政则与议说合契，释经则与传注参体，辨史则与赞评齐行，铨文则与叙引共纪。故议者宜言，说者说语，传者转师，注者主解，赞者明意，评者平理，序者次事，引者胤辞。八名区分，一揆宗论。"此即所谓"八名"。京州《体裁论（上）》以探讨论、说、难、评等"四名"的体制和源流为主，而以原、辨、解、喻"四名"附焉，显然是从"八名"变化而来的。《体裁论（下）》主要研究论说文与其他文体或者其他著述形式的互动关系。论说文出于子书，二者之间既有分明的界限，又有交叉和融合。刘勰说，“博明万事为子，适辨一理为论”，这只是简略的分辨；京州则从形式、内容、创作主体的出发点以及包括正史艺文志在内的历代书目的著录方式等方面入手，将子与论之间的界限划得更加清晰明确。《赋与论的开疆与互动》一节从渊源、命题、用韵、铺叙、假设主客问对、铺张扬厉的风格诸方面，论述论体“拓宇于汉赋”，论述具体而切当，对于理解赋、论二体都有帮助。此外，《设论：介于赋论之间》《私论与公议》《连珠：微型的论文》《注释：解散论体》等节，分别辨析论说文与设论、连珠以及注释之间的关系。考释论说文与周边诸文体的关系，是“释名以章义”的一种特殊形式，通过对比和甄别，更能厘清论说文体的内涵和外延。《题材论》亦分上下两章，共八节。上章五节，涉及理论、政论、史论、文论以及杂论五大类，每类之下又分若干具体论题，依次展开；下章三节，则是对若干有代表性的题材进行专题研究。上下两章是点和面的结合。这两章有很多表格特别值得注意，通过一系列费心整理的表格，对某一专题的论说文进行分类梳理，其功能相当于“选文以定篇”。第五至第七章依次为《修辞论》《结构论》和《风格论》，则显然是“敷理以举统”。在古代文论中，刘勰《文心雕龙》历来号称体大思精、结构绵密，京州如此结构全篇，恐怕是受益于《文心雕龙》一书的。研究主体受到研究对象的影响，这是又一个例证。

指导博士研究生选题，我一般会考虑学生硕士阶段的研究基础，并尽量结合其个人学术兴趣。京州在本科和硕士阶段就学于四川大学，硕士论文做的是《陶弘景集校注》，几年前已在上海古籍出版社出版。魏晋南北朝论说文这个博士阶段的研究课题，与他的硕士课题有联系，涉及的领域与文献甚至有一些是重叠的，但这毕竟不再是《陶弘景集校注》那样纯粹文献学的题目，需要展开多角度的思考，需要综合利用多种研究方法，如京州在《绪言》中所说的，“需要运用不同的方法，如文献整理、字义溯源、背景研究、文本分析、文体研究等等，通过多角度、多方位的考论，深入探察魏晋南北朝论说文这一研究领域”。因为指导这篇论文，我见证了它的诞生，深知其撰作过程的不易。博士毕业之后，京州执教于高校，教学之馀勤于读书著述，学识日进，此稿也终于修订一新，并获国家社科基金后期资助而得以出版。“君子之学必日新，日新者日进也。不日新者必日退，未有不进而不退者。”我为京州的进步和成绩感到高兴，因述所感如上。

2014 年 3 月 31 日

书法、书学与书学文献

——《北宋书学文献考论》序

大约是在1994年前后吧，我第一次在南京大学为硕士生开设石刻文献研究的课程，王宏生也就是在那一年考到南大来跟我攻读硕士学位的。那个时候硕士生招得不多，一届没有多少人，加上这门课的内容比较冷僻，听众不多是在预料中的。但来的人却不仅听得津津有味，还认真完成了课程练习，这给了我很大的鼓舞。课程结束之后，仍有一些同学就此课相关的一些内容与我进行交流，但真正对石刻文献这一领域比较留意，进而有所钻研，甚至拓展到其他相关领域的，宏生大概是那届学生中唯一的一位。记得他的硕士论文就是关于唐代尚书省郎官石柱题名的研究。这个课题已有很多前人研究过，要想继续有所创获，难度比较大。宏生挖掘包括其他石刻在内的各种文献，细心排比，澄清疑惑，在前人的基础上有所推进。他以此文顺利获得了硕士学位。在这个过程中，他处理纷繁的文献材料时的细心、他对从事自己所喜爱的事情的投入和定力，给我留下了深刻的印象。

我也得知，在那个时候，宏生就已经对书法产生了浓厚的兴趣，甚至可以说是痴迷。他每天临池，乐在其中，还买了很多有关书学的书籍，孜孜不倦地钻研。硕士毕业后，他到一所师院教了几年书，教学之馀，他对书学的兴趣非但没有消退，反而更加强烈了。他买了更多的书学论著，准备做比较专门而深入的探究。几年以后，他又考回南大，继续跟我攻读博士学位。当他提出以北宋书学文献研探为题时，我很快就同意了。现在想来，这至少有两方面的背景：一方面，他对这一研究课题已经有过比较长时期的思考，同时也积累了不少文献资料；另一方面，他的设想与我近年来的一些学术思考不谋而合。

众所周知，石刻文献与书学研究有千丝万缕的联系。最近十几年来，由于关注石刻文献的时间越来越多，我也不可避免地被书画艺术文献所吸引，并且产生了兴趣。我越来越深切地认识到，利用古典文献学的理论与方法，对书画艺术文献进行清理，不仅能够为书画学奠定坚实的学术基础，而且也将有力地推动对书画历史版图的重新绘制。当今之世，越来越多的古典文献资源被数字化，这不仅开拓了传统文献研究的空间，使文献学研究方法大有用武之地，也使这一方面的研究更容易出成果。由于印刷术的发明，传世宋代文献之数量与质量大大超过前代，就书学研究而言，宋代积存文献之多，也堪称是前无古人的。这些文献既是北宋书学繁盛的表现，也是构成北宋书学的重要内涵之一。在曹宝麟所著《中国书法史 · 宋辽金卷》中，宋代部分几乎每一章都有涉及书论和书学著作的内容。当我们谈到宋代书法史和宋代书学时，我们首先想到的，是一系列成就卓著、影响深远的书学著作：欧阳修《集古录跋尾》，朱长文《墨池编》《续书断》，苏轼《东坡题跋》，黄庭坚《山谷题跋》，米芾《书史》《海岳名言》，黄伯思《法帖刊误》

以及《宣和书谱》等。书法史不仅是一种艺术史，也是建构于书学基础之上的一种学术史，而书学的成立，绝不能离开文献的鉴定与整理。在征引这些重要书学文献之前，如果我们不先下一番“知识考古”的功夫，不能就成书的经过、条目的分合、论说的背景乃至内容的真伪做出正确的判断，就贸然陈说立论，那恐怕是很容易出问题的。以往的艺术史包括书法史的书写，大多只强调其艺术学的品格，而不够重视其历史学的属性，至于作为历史学根基的文献学，则往往不入世人之眼，这是亟待矫正的一种倾向。从这个意义上说，宏生这篇论文是很及时的，也是很有意义的。

应该说，近现代以来，以《美术丛书》《历代书法论文选》《历代书法论文选续编》《中国书画全书》等著作为代表，书学文献的整理与出版取得了不少成绩，但是与文学文献、史学文献相比，其研究投入明显不足，而开掘深度亦有待加强。书学的概念大于书法，这一点是毋庸置疑的，但我想在这里强调另一点：书法文献的概念也显著地大于书论。无论是研究书法，还是研究书史或者书论，都应该以书学为背景，亦即注意书法的时代环境与文化语境，而绝不能自设樊篱，不能将自己的文献视野和思想格局囿于有限的书论之中，更不能局限于今人所编的“书论选”之中。宏生这部书中所谈的书学文献，应该是广义的，也许有人会对此提出异议，但我以为，在这一方面界定得宽一些，眼光也就开阔一些，正自无妨。实际上，除了书中已论及的这些独立成书、比较有规模的书学文献之外，在宋人别集、笔记以及诗文评等类的著作中，还散落着众多的书学文献，零章断简，亦足珍贵，大概出于结构平衡的考虑，本书没有专门论考，这或许可以说是白璧微瑕吧。

这本书的初稿，是宏生的博士学位论文。说实话，在爽快同意他的学位论文选题之后，我也不免有一些担心。一是怕这个题目较大，要处理的文献数量繁多，而时间又是那么有限；二是如论题所要求的，开展这项研究要对北宋书学文献的著录、成书、版本流传及其价值等做系统研究，决疑祛惑，深探源流，勾勒出北宋书学的整体风貌，几乎每一步都要打硬仗，每一步都含糊不得。但是，在宏生的细心和耐心、持久的定力和淡泊的人生态度面前，这些困难都被克服、战胜了。博士学习阶段的三年，对王宏生来说，是勇猛精进的三年。从第一章到最后一章，从初稿到定稿，我见证了这部书的产生，也体认了宏生的进步，并深深为他感到高兴。北宋书学只是整个宋代书学的一部分，从某种意义上说，只考论北宋书学文献而不下探南宋，于己于人，皆难免有缺憾。让我更为高兴的是，在这部书稿完成后，宏生意犹未尽，贾其馀勇，又一头扎进了南宋书学文献的汪洋之中。希望在不久的将来，他能带着一部《南宋书学文献考论》的书稿归来，那时，“双剑合璧”，相映生辉，成就因缘，乃臻圆满。

作为《北宋书学文献考论》最早的读者之一，我这样殷切期盼着。

2008 年 1 月

金石学与乾嘉学术

——《〈金石萃编〉与清代金石学》序

作为一门学问，金石之学兴起于赵宋之世。此前虽然也有对于金石刻辞的载录、引证与研究，但都是零星的存录与利用，并未形成为一门自觉而系统的学问。从北宋开始，以欧阳修《集古录》和赵明诚《金石录》等书的出现为代表，金石之学经由宋代文士之手，被逐渐培育成一门富有文人趣味的学问。随后的南宋时代，又有以洪适《隶释》《隶续》，陈思《宝刻丛编》及佚名《宝刻类编》等书为代表的一系列金石学著作相继涌现，使这门学问日益充实增广，不仅端居学问殿堂之上，而且拥有显著的地位。欧、赵、洪、陈等人的著作，以各自不同的结构、各具特色的旨趣，奠定了金石学的基础和规模，也指示了此后金石学发展与提升的多种可能与方向。

宋代金石学的成立，既反映了当时士人优游文艺、好古博雅、玩物成癖的生活状态，也反映了其与当时经学、史学等学科发展密切相关的文化学术生态。宋代经学中疑经辨伪的学风，直接影响并且促进了金石学的发展，而金石学的发展，又从史料、史法乃至史识等方面，促进了宋代史学的发展。当代史学大师陈寅恪先生对宋代史学的评价极高，他曾经指出："中国史学，莫盛于宋。""有清一代经学号称极盛，而史学则远不逮宋人。"

陈寅恪先生的这一论断，在当代学术界产生了很大影响，先师程千帆先生也非常认同这一观点。1986 年，笔者报考程千帆师的博士研究生，考题中就有一道要求评述陈先生此说，故而印象尤其深刻。毋庸讳言，金石学是臻于极盛的宋代史学的重要组成部分之一。在两宋三百年的历史中，金石学形成了包括著录（如《集古目》《金石录》）、存文（如《隶释》《隶续》）、赏鉴考证（如《集古录跋尾》）等在内的学术体系，它不仅显著拓展了历史研究的史料范围，而且开启了拓本赏玩、艺文赏析等多种文艺与学术相互为用的门径，为文学、历史以及艺术等多学科研究的发展提供了丰富的启示。从这些角度来说，宋代金石学可以说是盛况空前的。

清代史学固然总体上“远不逮宋人”，但是，具体到清代史学的一些具体门类，却不能说，它们全都“远不逮宋人”。例如，与宋代金石学相比，清代金石学并不逊色。清代的文士生活形态当然不同于宋代，但玩赏金石之风有过之而无不及，这种风气弥漫于士人圈，成为士人社会交际中最基本、最通用的语言之一，这是促进清代金石学发展、大量金石学著作如雨后春笋般涌现的主要社会土壤。在这样的社会氛围中，一些社会地位较高的金石学家，如王昶、毕沅、阮元等人，拥有得天独厚的条件，可以调动较多的人力物力资源，组织大规模的金石寻访，完成大型金石著作的编纂。与此同时，清代的经济发展水平，也为金石寻访和拓本制作提供了比宋代更为有利的物质条件和交通条件。此外，清代学术特别是乾嘉考据之学的繁荣，又将考证之学的关注点由经史而推及金石，为清代金石学奠定了学术的根基。钱大昕所撰《潜研堂金石文跋尾》，不仅是一部史学名著，也是一部金石考据名著。在这部书中，他自觉地利用石刻史料与历史文献相比勘，考证诸史中存在的各种问题，创获颇多。实际上，这可以说是王国维所提倡的以“纸上之材料”与“地下之新材料”相结合的“二重证据法”的先驱。

如果说，钱大昕《潜研堂金石文跋尾》代表了清代金石考据之学所达到的专业高度，那么，王昶《金石萃编》则代表了清代金石目录之学集成的博大气象。《金石萃编》不仅是金石学发展到清代的集大成之作，也是乾嘉学术的水到渠成之作。此书之成，累积五十馀年之功，倾注二十馀人之心力。作为一部金石目录之书，它在体例上融合众长，在文献上广征博引，较之同类著作更精、更全、更大。当然，《金石萃编》一书仍然存在一些不足，在随后出现的各种《金石萃编》的续补、校正之书中，这些不足得到了补正。这些续补著作层出不穷，具体而言，又可以分为存目、校订、补遗三大类，它们不仅在清代金石学著作中自成系列，而且以《金石萃编》为中心，构成了清代金石学的一个学术传统，从而进一步确立了《金石萃编》的经典地位。因此，要更好地认识王昶及其《金石萃编》的学术贡献、历史地位，不仅要从成书过程、体例设计等常规的文献学视角切入，而且要重视此书的传播与接受，将此书置于其所处的学术传统中加以考察。换句话说，不仅要从书的本身，而且要从书的周边来考察这部金石学名著。——这正是赵成杰博士这部新著的特色之一。

我与成杰认识，始于 2012 年。那年 8 月，我应邀为北京大学古典文献专业举办的古文献学暑期学校授课，成杰就是这个班上的学生。我为这次暑期班讲授的题目是“秦始皇东巡刻石及其文化意义”。课间休息的时候，成杰过来与我交流，表示自己对石刻很有兴趣，并表达了报考博士的意愿。次年，他如愿考上南京大学古典文献学专业，从我攻读博士学位。在我的博士弟子中，成杰属于那种很早就明确自己研究方向的人，他以“《金石萃编》与清代金石学”为博士论文选题，也比较早就确定了下来。从 2013 年到 2016 年，只有短短三年时间，除了要修毕学位课程、通过资格考试、完成一篇博士学位论文，还要发表规定的论文，大多数博士生都力不从心。对成杰来说，这却不算太难的事，因为他极其用功，心无旁骛，将所有的时间精力都投入读书和写作。没想到他因为过于用功，临毕业时累出病来，不得不住院休息了一段时间，但就是这样，他最终也只用了三年零两个月，就顺利毕业了。

博士毕业不久，成杰就顺利进入云南大学历史系博士后流动站，继续从事金石学领域的专业研究。他利用天时地利，不辞辛劳，奔波于云南各地，寻访、搜集了大量石刻文献资料。他也抓紧时间，对博士论文补充材料，充实论述，扩充篇幅，提升水平。现在，这本书终于要正式出版了，在跟广大读者见面之前，成杰请我先说几句。我作为这本书最早的读者，也了解成杰写作过程中的甘苦，姑赘以上数语，聊以为序。

2019 年 5 月 16 日

乾嘉文坛的一个样本

——《乾嘉诗人吴锡麒研究》序

书桌上摆着厚厚一摞校样，多达580页，洋洋四十馀万言，这大大超出了我的预料。六年前，欢萍报考我的博士研究生时，曾经交给我一份同名的书稿。那是她的硕士论文，是这部书稿的雏形，已有二十来万字，这样的篇幅，在现今的硕士论文中已经不多见了。据我粗略翻阅的印象，书稿设计的视角颇有特色，文献发掘使用也有比较好的基础，当然，也有一些论析还可以更加深入。能够在三年时间里完成这样一篇硕士论文，是不容易的。第一次见面，欢萍的勤勉和高效率，就给我留下深刻的印象。

博士阶段的学习，欢萍也只用三年就如期毕业了，应该说，这个难度比硕士毕业更大。与其他同学不一样的是，在这短短的三年时间里，她不仅顺利完成一篇二十多万字的博士论文《乾隆南巡与江南文学文化研究》，获得答辩委员会的好评，还顺利诞育了一个宝宝。很难想象，初为人母的她，是如何克服种种困难，焚膏继晷，抓住点滴时间来读书写作的。她的勤勉和高效率，再一次给我留下深刻的印象。

考虑到欢萍的研究方向和后续学术发展，在她博士毕业以后，我推荐她进入南京大学历史系博士后流动站，跟随范金民教授继续进修。随后，她又顺利地申请到教职，到江苏第二师范学院从事她挚爱的教学科研工作。毕业以后，每次见到我，所谈的无非是读书与写作，真如陶渊明诗所说，“相见无杂言，惟道桑麻长”。其中自然也包括对那部旧稿的修订。实际上，这六年来，欢萍在读书和写作中，始终注意继续搜集与吴锡麒相关的材料，丰富论述，充实旧稿。

两个月前，欢萍告诉我，这部书稿已经修订好，准备交凤凰出版社出版。我没有想到的是，定稿已经超过初稿一倍，其文献挖掘的深度和论述分析的老到，也非旧稿所可同日而语。此刻，我脑海里浮现出来的是“勇猛精进”这四个字，我想，只有这四个字适合形容欢萍这几年在学问上不断进步的状态。我由衷地为她感到高兴。

作为此书研究对象的吴锡麒，是乾嘉文坛上的一位全才，诗词文俱工，对当时以及晚清文坛都有很大的影响。但此书只研究吴锡麒之诗，故命题为《乾嘉诗人吴锡麒研究》，焦点明确。《孟子》云：“颂其诗，读其书，不知其人可乎？是以论其世也。”论诗必须知人，知人必须论世。吴锡麒作为乾嘉时代翰苑诗人的代表，其诗歌创作与乾嘉时代的关系、他与其他翰苑诗人及湖海诗人的交游关系，都有必要考实，才能奠定进一步论析吴氏诗作的基础。本书分上下两编，《乾嘉诗人吴锡麒研究》实际上只是上篇的题名，而下编则是《吴锡麒年谱》。两编的分量差不多，都有二十来万字。无论从篇幅规模上看，还是从内容实质上看，这两部分完全可以看作两部专著，一部是对吴锡麒诗歌的文学史研究，一部是吴锡麒生平的文献学研究。在此之前，学界对吴锡麒的研究，偏重于他的词作，而且论文不多，对其生平与诗文的研究尤少，专门研究吴锡麒的学位论文，更是寥若晨星。欢萍这篇硕士论文，是关于吴锡麒研究最早的论文之一，在她之后，近三五年，又出现了几篇以吴锡麒为研究对象的硕士学位论文，但都不够精深全面。而且，至今还没有一部吴锡麒研究的专著出版。现在，欢萍一下子就贡献了两部，无论是对欢萍个人来说，还是对整个清代文学研究界来说，这都是一件可喜的事。东皋草堂之知音、有正味斋之功臣，欢萍当之无愧。

近年来，随着清代诗文研究领域人力投入的大量增多，特别是随着国家清史研究工程的展开，很多以往难得一见的清代文献得以影印，甚至有整理本面世，精装 800 册、收录诗文集 4000 馀种的《清代诗文集汇编》也应运而生，填补了清代诗文集资料的空白，为清代诗文研究提供了丰富的资源。但具体到某个诗人的研究，还是需要研究者动手动脚，发掘材料，才能找到适合新的切入角度的新文献、新史料。欢萍在文献发掘上花了很多工夫，也有很多创获。这不仅体现在上编第一章和第二章中关于吴锡麒家世籍贯、字号室名、著述版本以及生平交游的诸多考证，也体现在下编《吴锡麒年谱》中诸多诗词文作品的编年考证以及生平事迹的考证，还体现在书末附录的《吴锡麒集外诗词文辑佚》。即使只是简单翻阅一下书末长达十六页的《参考文献》，也可以初步体会作者在文献翻检使用上所下的功夫及其表现出的功力。

吴锡麒别集中最常见、最为人熟知的是《有正味斋全集》，由于此书有“全集”之名，因而容易给人以误导，以为此一集已囊括吴氏文学创作的全部。事实上，以往对吴锡麟生平及其创作的研究，甚至包括近几年出现的几篇学位论文，其研究主要的乃至全部的取材范围，基本上都限于这部较为常见的《有正味斋全集》，充其量再加上《续修四库全书》中所收录的几种吴氏诗文集。欢萍经过调查寻访，不仅找到了多种富有史料价值的吴氏序跋、尺牍、日记，还找到了多种较为罕见的吴氏诗文别集，例如复旦大学图书馆所藏其早年诗集抄本《匏居小稿》、南京图书馆所藏其晚年诗集影抄本《有正味斋未刊稿垂老诗稿》、上海图书馆所藏不分卷抄本《有正味斋文集》，以及南京图书馆所藏十六卷本《有正味斋集》。序跋、尺牍、日记等无疑是考证吴氏生平交游的第一手史料，特别是包括《还京日记》《澄怀园日记》和《南归记》三种在内的《有正味斋日记》，自乾隆五十八年迄嘉庆二年（1793—1797），虽然只有五年，但基本上前后衔接，详细而连续地呈现了乾嘉时代士人生活的生动面貌，提供了吴氏生平的诸多细节，弥足珍贵。欢萍在编撰《吴锡麒年谱》时，大量引证这几种日记，年谱叙述因此得到显著充实。诗文别集别本则从一个特别的角度，带我们返回文学生产与传播的历史现场，同时也显著地开拓了吴氏文学研究的空间。例如，欢萍认真比对了吴锡麒早年诗集抄本与晚年诗集定本，发现其诗句与题目都有不少异文，并确认其出自诗人自己的修改润饰，具有独特的文学文献价值。又如，欢萍在上海图书馆发现的吴锡麒未刊抄本《有正味斋文集》，其中收有吴氏所撰《先考行状》和《先妣卢太淑人行略》，不仅对研究吴氏家世情况有极高的史料价值，也使后人增加了一个窥探吴氏对其父母感情的维度。

本书第二章《吴锡麒与乾嘉士人交游考索》也很有特色。吴锡麒享年七十三岁，在乾嘉文人中算是比较高寿的。他个性开朗，好交游，又是翰苑清要之身，据山长尊贵之位，一生结交了很多朋友。据欢萍考证统计，吴锡麒交游多达 196 人，涉及当时诗坛、文坛、学界以及官场，贯串着诸多亲缘、地缘、学缘、诗缘。欢萍将吴锡麒一生分为三个时期：潜心问学、优游乡里时期，冷官翰苑、都门酬唱时期，客授近乡、往来吴越时期，然后以时间为经，以地缘、诗会或士人群体为纬，详细考索吴氏的交游。这种考索很有必要，也富有意义。考述结合的写法，也很恰当，有利于勾画吴锡麒一生的人事背景，同时以吴锡麒为中心，呈现出乾嘉文坛与学界的一个横断面，为理解当时的士人生活提供一个生动案例。因此，这一章不仅可以与《吴锡麒年谱》互补，是吴锡麒生平研究的重要部分，而且可以视为一篇特殊写法的吴锡麒评传，构成了理解乾嘉诗人吴锡麒的重要背景。

这本书的研究方法，从根本上说，就是文献学与文艺学相结合。欢萍硕士阶段就读于古代文学专业，博士阶段就读于古典文献学专业。比较本书的初稿与定稿，我发现，欢萍不仅在古典文献发掘、考订与使用上日渐成熟，在诗论研究与诗歌题材内容及艺术特色分析等文艺学研究方面，水平也显著提高。本书从第三章到第五章的重点，即在文艺学的研究。欢萍抓住关键一点，即吴锡麒诗学思想、诗歌创作与浙派诗学之承袭与化变，细心勾勒其特点，颇有创见。例如，有学者认为，吴锡麒诗歌反映的社会内容不太深广，欢萍以更全面的吴氏诗文集文本为依据，通过细读排比，列举吴锡麒诗歌的题材内容，将其分为山水纪游的行旅风光、咏物描摹与题咏书画、感慨兴亡的咏史怀古、酬赠怀人与吟咏情性、关注民生与隐忧时世等五大类，进而论证吴氏诗歌社会内容颇为深广，就是一个新见。第五章论吴氏诗歌对浙派诗风的承变，分别从渊源、笔法、风格以及整体面貌四个角度入手，彼此补充，相辅相成，论析条理清楚，逻辑井然。

读过这部书，我对乾嘉诗人吴锡麒兴趣更大，好奇更多，也不免产生了一些联想。一方面，吴锡麒所处的乾嘉时代固然有其特殊性，其词林清要与湖海山长的身份与经历也有其特殊性，这两种特殊性与他的诗歌风格特殊性之间有何联系？吴锡麒晚年修订早年的诗稿，从字句到篇题都有改定，其中所反映的诗人诗艺演进的具体辙迹，又是如何的呢？另一方面，吴氏固然诗词文三体俱工，但具体来说，他对于诗词文三种不同文体的体性又是如何认识的？换言之，在具体创作中，他是如何区分三种文体的功能，发挥其特长的？骈文中的用典与诗词中的用典，同样涉及学问与创作的关系问题，但具体有何不同？这些问题，都可以在后续的吴锡麒研究中，当作进一步思考的节点。往大一点说，吴锡麒这个文坛人物的出现，与乾嘉时代的文化生态以及学术生态有何关系，也是应该思考的。好在欢萍未来的学术道路正长，学力必定与日俱增，我相信，她会在学术研究的道路上越走越远，对清代文学文化的开掘越来越深，为学界贡献越来越多的新成果。

最后，我还要把“勇猛精进”这四个字送给欢萍，希望她始终维持这种状态。“勇猛精进”，永远是现在进行时，没有完成时。

2016 年 11 月 18 日

天地能知狂者心

——《云起轩词笺注》序

在晚清历史上，文廷式是一个极具传奇性的人物。即使在一百多年以后的今天，他人生的诸多传奇色彩，依然可以透过发黄的档案文献，透过各种真真假假的传说故事，透过他留下的各体文字，为我们所感知。他的复杂经历、他的多种身份，就是这种传奇的一部分。

文廷式是一个学者，天资超群，博学多通，识见不凡，远出时人之上，钱仲联先生称其《纯常子枝语》一书“阐说经传，论证九流，校订文字，品评诗词，记述朝章国故、士林交往、域外见闻，旁涉释藏道笈耶回之书、天步历算之学，下及疑龙撼龙之流，可谓沉沉夥颐。方之往古，盖伯厚、亭林、辛楣诸家之亚；求之并世，较沈乙庵《海日楼札丛》虽精湛或逊，而广博差同”（《〈纯常子枝语〉序》）。

文廷式是一个在晚清政局的风口浪尖上搏击的勇士。由于深得光绪眷顾，他被超擢侍读学士，“乃非特帝党之中坚、健将而已矣，亦不仅其身份地位、才力、影响有足以号召朝野者也，而尤以其思想、其实践，乃能既深得光绪帝之信任，又亟受维新派之钦服，且恰正总持书局，团聚双方，为帝党、维新派结合之关键人物，甲午战后开新之势，实赖以居中维系”（汪叔子《文廷式传略》）。他也因此备受慈禧后党并李鸿章等人的嫉恨，宦海波急，大起大落，杀机四伏，忧患深重。

文廷式还是一个文学家。对于志存高远的他来说，文学原是馀事，但是，出众的天资禀赋、深厚的学问积累、丰富的人生体验，不仅使他成为晚清政治史和学术史上的传奇人物，也使他成为晚清文学史上不可忽视的重要人物。

文廷式的文学成就是多方面的。“山川不发骚人兴，天地能知狂者心。凭仗纵横一枝笔，可怜无古亦无今。”这是他《自题诗文稿册》的一首绝句，豪放自负之气跃然纸上。他文才富盛，才思敏捷，文章几乎无体不工，各体皆有佳制。其诗现存六百首以上，笔力浑厚，才学兼胜。其词虽然仅有 173 首，却历来受到很高的评价。近代词坛名宿朱祖谋、叶恭绰、龙榆生等人都异口同声，称道不迭，龙榆生甚至将他与王鹏运、郑文焯、况周颐三人并称为“清季四大词人”。

众所周知，曾被人视为“小道”的词学，不仅在清代复兴而大放异彩，并且在清初与清季迎来了两次突出的发展高潮。文廷式就是清季这次词学高潮的代表人物之一。他的词既有婉约之美，又有俊迈之气，既有慷慨激昂的感时伤世之作，也有深情绵邈的旖旎之音。文氏自序《云起轩词钞》有云：“余于斯道，无能为役，而志之所在，不尚苟同。三十年来，涉猎百家，権较利病，论其得失，亦非扪籥而谈矣。而写其胸臆，则率尔而作，徒供世人之指摘而已。”此中固有自谦，更有自负。“不尚苟同”，不可谓不奇；用功卅年，不可谓不深；“涉猎百家”，不可谓不广；“写其胸臆”，则不可谓不诚。窃以为，奇、深、广、诚四字，正足以评骘文氏之词作。遗憾的是，对这样一位奇人，学界的关注却少得可怜。《云起轩词》至今还没有好的整理笺注，对集中词作逐一细读，进而开展全面而深入之研究者，也尚乏其人。

1996年，东萍来到南京大学中文系，随我进修学习。她很珍惜这个机会，抓住时间，认真听课，撰写课程论文，进行学术研究。她选择文廷式词作为自己的研究课题，并拟对文廷式现存词作逐一笺注。当时，汪叔子先生所编《文廷式集》在中华书局出版不久，为文廷式研究提供了丰富而便利的条件。同时我也知道，东萍来自文廷式的家乡江西萍乡，文廷式研究本是她工作所在的萍乡高等师范专科学校的一个重点研究方向，资料积累相当丰厚，她本人对词也有浓厚的兴趣，并有比较好的基础。因此，研究文廷式词，对她来说，可谓兼有天时、地利与人和三项优势。我很支持她的这个选题，但也担心她能否顺利完成，毕竟工作量甚大，费时费力。没想到，1999年，她在进修结束之前，就交来一大摞打印稿，这便是《云起轩词笺注》的初稿，洋洋十馀万言。其后，她多次对这个初稿进行修订，有所提高。2006年秋天，她又将修订稿电子本发给我。收到稿子的时候，我正在美国东岸旅行，进出纽约多次，都是坐火车。美国的火车很安静，而且有电源，我就在火车上粗略地看了一遍，提了一些修改意见。此后，她又做了一些修改，并且补撰长篇前言，成为现在这个样子。从1996年算起，这部书稿陪伴她已达十五年。十五年辛苦不寻常，从她对文廷式词的笺注中，可以看到她为此花费了多少心血，倾注了多少精力。

晚清去今未远，但今天来读文廷式的词，要想真正读懂，却已不是一件容易的事。这不是因为词体本身的原因，也主要不是因为文廷式学问富博，在词中驱遣典实，出入经史。尽管后一方面的确会给一般读者造成读解障碍，但只要勤于查检辞书及其他工具书，这些障碍毕竟是相对容易解决的。事实上，东萍在字词典故的注释方面下了不少功夫。注释典故不易，注释字词，特别是词中涉及的人名、地名、官名等专有名词，实则更不简单。这不仅需要对典章制度有一定了解，而且还要对与文廷式有关的人、事、地等有系统知识。人名注释方面，可以举排在第 79 首的《霜叶飞》为例，笺注中对词序里所追怀的“粤中故人”一一作注，涉及叶兰台、陈孝直、陶春海、许涑文、颜夏庭、李仲约、张延秋、姚柽甫、林扬伯、明仲、许天倬、陈庆笙等十二人，不厌其详，堪为知人论世之助。地名注释方面，《念奴娇·安垲地观剧纪事》注引李宝嘉《南亭词话》以及其他资料，对位于上海张园之内的安垲地（Arcadia Hall）做了恰当的解释。从表面上看，《清平乐》（“佩环声杳”）是一首怀古词，与时事无大关联，而东萍作注之时，却联系彼时时事，揭示了文氏当时的心境，对读者理解词作自有帮助。文氏诗词兼工，在笺注中，东萍还很注意以文（廷式）证文（廷式），诗词互证。例如，她注《念奴娇·安垲地观剧纪事》一篇时，特别提出《文廷式集·诗录》中有《立春杂咏》组诗，其八、其九、其十、其十一各首描绘海上歌舞戏剧，皆可与此词参读；在注《凭阑人·咏水仙花》时，她亦提出文氏另有词作《卜算子·水仙花》及诗作《萍乡亦产水仙花，与闽产不殊，惟花朵略稀耳，口占二首》，可以合读。这种做法非熟读文氏诗词不办，也是笺注学中值得重视和提倡的一个方向。

文氏词集中有不少与人唱和之作，涉及梁鼎芬、盛昱、王鹏运、沈曾植、黄遵宪等人，皆一时名士，东萍将同时唱和诸人的作品，皆附于文氏词作之下，既可见文氏之社交网络，又便于比较领会其篇章艺术。同时，她也用力搜讨，尽可能提供详尽的人事背景，知人论世，多维地呈现词作的历史语境。如注《齐天乐·秋荷》一篇，先引梁鼎芬《台城路》序云："乙酉六月二十四日，为荷花生日。越八日，姚柽甫丈约云阁与余，往南河泡看荷花，各得词一首。时余将出都矣。"确定此词的写作时日及背景；进而在注"几时不到横塘路"一句时，既指出"横塘路本泛指水塘，此处特指京师南河泡"，更引孙宝暄《忘山庐日记》及邓云乡《增补燕京乡土记·天宁寺》等书，详细介绍这一"光绪年间京师游览胜处"的情况。显然，这些笺注对读者深入理解这首词大有助益。再如注《木兰花慢·寄上元王木斋》，不仅据徐刊本及王木斋《娱生轩词》补出了此词之题及其小序，而且对王木斋其人做了翔实的介绍。这些信息都是读解此词所不可或缺的。此类材料大多并不好找，可见东萍用力的精勤。

词作系年考证，也是东萍用力甚多的一点。云起轩词可考订作年者约在半数，旧有系年有的可靠，有的却未必正确，有的异说纷纭，难作定论。如《念奴娇·题壁》一首，王瀣《云起轩词手稿跋》称其作于丁酉（1897）春间，叶恭绰则认为作于癸巳（1894）七月典试江南道中。东萍查考文氏充江南乡试副主考时所撰《南轺日记》，参以词中所言春日景象，认为王灐亲见横轴，“丁酉春间作”之说较为可信。又如《贺新郎·别拟西洲曲》一阕，论者或谓“此为珍、瑾二妃作也”，或谓“此斥叶赫那拉氏也”，东萍根据文氏《湘行日记》中的记载，确定此词写于光绪十四年正月，又据《德宗景皇帝实录》及《清史稿·后妃传》，考定此词作时二妃尚未入宫，作者或有自喻之意，绝非为二妃而作。这一系年以文氏日记为据，自然最有说服力，且可避免旧说传讹，为解读此词指引了正确的路径。在这些地方，可以看出东萍对有关文廷式的研究资料是相当熟悉的。

在笺注过程中，她不仅参考了台湾出版的赵铁寒编《文廷式全集》十大册以及北京中华书局所出的《文廷式集》两厚册，还特别注意使用《丙子日记》《东游日记》《湘行日记》等文廷式日记，也参考了前人诸多研究成果，包括夏敬观《忍古楼词话》、冒广生《小三吾亭词话》、郭则沄《清词玉屑》、王伯沆手批《云起轩词钞》、龙榆生《云起轩词评校补编》、钱仲联撰《文廷式年谱》以及汪叔子撰《文廷式年表稿》《文廷式传略》等。在注《金缕曲·盆荷》一篇时，她甚至引用小说《孽海花》第二十回中的有关文字，以说部为参证。在吸取前人成果的同时，她也能有所辨证，包括比对词集各种版本，进行文字校订等。例如注《三姝媚》（第124首）之时，便首先比对文氏手书词扇影件本与今本的六处文字不同，然后根据词意做出抉择，并得到“今本是改定稿，胜于原手书文字”的结论。这一结论容或可商，但其方法无疑是可取的。

《云起轩词》中有一批婉丽甚至绮艳的词作，如何解读，颇费参详。一方面，这类词往往是香草美人，比兴寄托，不细加寻味，便容易忽略，而辜负了词人的苦心。如《思佳客·古意》似有比兴，但究竟寄托何意，实难断言。不轻下断语，可见其谨慎。又如，《祝英台近》（“剪鲛绡”），历来词家皆谓是感时伤事之作，东萍细绎文本，结合时局与文氏文集，并参读王鹏运和词，从而得出这样的结论：“此词借感春以暗伤国事，含蓄蕴藉，寄寓殊深。所伤国事指乙未战败求和、签订《马关条约》等事”，颇可信从。另一方面，这类词中也有一些与文氏隐秘的情感经历有关，扑朔迷离，欲说还休。只有细考文氏生平，寻绎其日记中的蛛丝马迹，才能破解其恋情真相。东萍考索文廷式《旋乡日记》光绪十二年（1886）七月十七日及十八日所记，确认《点绛唇》（“惜别经年”）及《好事近》（“一片碧云西”）两篇是艳情之作，不可附会为香草美人之音。在这一方面，她也较好地把握了分寸。

笺注词集，与笺注其他文学作品一样，首先要面对一个很具体的问题：哪些东西该注，哪些东西不必注，是要尽量详尽，还是力求简要。这不仅影响笺注的体例，也关涉笺注所面对的读者对象。是面向专业研究者，还是面向一般读者，不同的读者对象，适用于不同的笺注体例。据我看，《云起轩词笺注》似乎有意兼顾这两类读者，所以，每一首词下既有相当详尽的注释，也有比较细致的解析。有这样的存心，自然值得赞赏，但要真正做好并不容易，有时甚至会顾此失彼。东萍第一次为词集作笺注，由于经验不够，在这些方面难免还有一些有待改进之处。但瑕不掩瑜，无论如何，这本书的出版，应该可以看作文廷式文学研究中的重要开拓，也可以说是文廷式词研究中一项值得关注的实质性收获。这应该是晚清文学，尤其是词学研究界所喜闻乐见的。

2011 年 10 月

尚友东波

——《观澜集》序

一册厚重的《观澜集》摆在我的书桌上。这厚重，首先是物质意义上的，将近二百页的A4纸打印稿，洋洋洒洒，超过二十万字的篇幅，放在手中，只觉得沉甸甸的。更重要的，是它的精神意义。这是南京大学文学院2005级本科生学习中国文学史课程的一份真实记录，是几十位同学研究性学习的成果结晶，这里跳动着他们才思的脉搏，闪耀着他们智慧的灵光。59篇文章分成六辑："读书得间""好书得意""金陵往事""诗词今读""尚友东坡""同题共赏"。其中有论史感悟，有读书体会，有解诗心得，总之是与古人文心的会通，是尚友古人。

六辑的标题都颇为典雅，我最感兴趣的是"尚友东坡"，它让我想起这本文集的编者卞东波博士。在指导、修改、编订这本文集的过程中，他做了很多工作，在每一篇文章背后，我仿佛都能看见东波的身影。我甚至想给这本文集起个副标题，那就是"尚友东波"。

实际上，编集之前，东波曾就题名征求过我的意见。在他提供的几个选项中，我最中意的就是现在所用的"观澜"，这一点我们不谋而合。对我个人来说，这两个字不单有文采，还有文化意蕴，可以成为一个好题目。我首先想到的是《孟子·尽心上》的一段文字："观水有术，必观其澜。日月有明，容光必照焉。流水之为物也，不盈科不行；君子之志与道也，不成章不达。""观澜"有什么用，孟子的解释很宏观，当然也很富于文化内涵，后人往往对此做出以意逆志的理解，足见对此语的钟爱。比如，南宋林之奇就用这两个字为题编了一部文章选本，他对书名有这样一段解题："澜，活水也。水惟其活，是以智者得师焉。文乎！文乎！澹泊而有遗味，发越而有遗音者，非活不能也。"三千年中国文学史源远流长，烟波浩渺，没有比这更宏阔无尽的"活水"，也没有比这更好的"观澜"对象了。

"观澜"不仅"有术"，而且必定"有感"。"登山则情满于山，观海则意溢于海"，百感交集，发为言文，自然就不会止于临渊羡鱼了。这实质上就是一种"知行合一"。一年多来，在实施"中国古代文学的知行结合"这一研究性教学改革项目的过程中，我和东波以及其他几位同事越来越深刻地体会到"行"亦即"实践"的重要，也越来越多地为同学们在这一过程中表现出来的热情、思想与才华而感动。

"沧海月明珠有泪，蓝田日暖玉生烟。"逝者如斯，沧澜永在，这浩荡的活水，能够照亮迷蒙的眼，浸润年轻的心，这本文集就是见证。

是为序。

2007 年 12 月

每一滴汗水都落地有声

——《学文二集》序

依照南京大学文学院的教学计划，中国文学史中先秦两汉一段的教学安排在大一上学期。课堂上坐着的是刚刚离开中学而步入大学校门的一年级新生，对于他们来说，不但中国文学史这门课程的教学方式是全新的、陌生的，而且这门课程的内容也相当有难度。可以说，对于教学双方，这一门课程都是充满挑战性的。

我也曾经和雁平一样，偏爱给一年级新生上课，正是为着这个缘故。面对着一张张朝气蓬勃的面孔，常常会感到自己的激情被调动了起来。这一学期，雁平给2007级本科班同学上先秦两汉文学的课，在教学中，他组织同学们“读、思、写、说”，把同学们全都发动起来了。现在摆在我面前的《学文二集》，就是师生双方激情对撞的结果。我觉得这一成果相当可观，作为一个旁观者，读了同学们的这些成果之后，我也感到激动和兴奋。

实际上，我不能说全然是一个局外人。雁平所执行的这一套“读、思、写、说”同步推进的教改方法，是我主持的南京大学研究性课程“中国古代文学的知行结合”项目的一部分，我们也曾经就教学方案做过一些讨论。“读、思、写、说”，归根到底是强调这门课的实践性，强调同学们在学习过程中的主体性。当然，从中学阶段偏于被动地接受知识，到大学阶段对有关知识进行重新甄辨，对课程内容展开思考，养成独立阅读经典的能力，最终形成研究问题甚至文化批判的能力，并不是一件容易的事，不可能一蹴而就，必须有一个过程。先秦两汉是中国文学史上的经典时代，几乎每一篇优秀作品都是经典，很适合作为案例，用以培养同学们阅读经典的能力。这本文集中所收的各篇共同研究报告，所涉及的《诗经》《史记》以及诸子散文等等，就都是文学史上的经典。

不用说，这些经典作品并不好读，扫除语言障碍，对一年级学生来说就不轻松。这就难怪几乎每一份共同研究报告之后，同学们都写到辛苦备尝的坎坷曲折，自然也流露出柳暗花明的欢欣。我真的为他们感到高兴。此刻，我最想对同学们说的是，每一滴汗水都落地有声，每一滴汗水都浇灌了禾苗的成长。也许你们的思考还不够成熟，也许你们的文字还有些稚嫩，但是，这些都是你们独立思考和艰辛探索的所得。我相信，在这个过程中磨练出来的意志，培养而成的读书、思考与写作能力，以及积累起来的分工合作经验，将会有益于你们今后的学习，乃至走上社会以后的工作，将会丰富你们的人生经验。

我还想对同学们说，我们强调文学史课程教学中的实践性，除了要求撰写共同研究报告和读书札记之外，还有古典韵文的习作这一项重要内容。我们所谓知行合一、知能并重，不仅包括文学研究能力，也包括文学创作能力与欣赏趣味的培养。《学文二集》中虽然也包含了几篇旧体诗拟作和新绎，但还不够。

在我们的课程体系中，还有我担任的“古典韵文格律与习作”这样一门课，我愿意与你们一起进行古典韵文习作的实践。这门课一般是对三年级开设的，我将在前面的路上等着你们。我们还打算建立一个网络诗社，欢迎你们参加进来。让我们一起来营造这个充满艺术趣味的诗意空间，共同提高文学欣赏与研究的水平。

2008 年 1 月 7 日

第三辑

读书漫评

读书使人不俗

——推荐《世说新语》

每当年轻朋友问我如何提高语文能力，我总建议他们多读一些文言文。整体来看，文言文显然比白话文难读，但也不见得都那么艰深晦涩，不必望而生畏。一开始，不妨挑一些浅易的书，比如《聊斋志异》。也可以挑一些短小而有意味的，比如《世说新语》。

从汉末经三国到两晋，这差不多三百年时间，是中国历史上剧变不断的时代。要想了解这个时代，了解那时的社会风尚、士人风貌，尤其是所谓“魏晋风度”，最便捷的方法就是读《世说新语》。东汉末年，随着汉帝国中央集权土崩瓦解，地方清议与人物品评随之而起。从三国鼎立到西晋昙花一现的统一，再到五胡十六国时期的天下大乱，分分合合，扰攘不已。司马氏南渡，在今天的南京建立了东晋政权，大量北方士族也随之迁移到南方。江南为北方人提供了新的生存空间，北方人则为江南带来了中原的文化。以佛教为代表的外来文化，也在这一时期长驱直入，南下江左。本土文化中，道家与儒学融会而成的玄学，盛极一时，挥麈清谈成为名士时尚。要想领略这个时代，欣赏这个时代豪杰名士的言谈举止，没有比《世说新语》更好的书了。

《世说新语》的编者是刘义庆，他是刘宋开国皇帝刘裕的侄子，袭封临川王，史书上表扬他“爱好文义”，堪称“宗室之表”。他把全书分为36个门类，从最前面的“德行”“言语”“政事”“文章”，到最后面的“尤悔”“纰漏”“惑溺”“仇隙”，36门的先后次序暗含高下褒贬，这与当时九品论人的做法约略对应。到了南朝的梁代，著名学者刘孝标给《世说新语》作了注，补充了传记、谱牒、地志之类的文献几百种，与正文相映生辉，有如锦上添花，也进一步奠定了《世说新语》的经典地位。

毫无疑问，《世说新语》是一部古代经典，但此书也很有当代性。它采用条目体，全书共1129条，每条一个“段子”，描写形象传神，文字简约隽永，引人入胜。时常观摩书中的名士风流与魏晋风度，可以让人远离猥琐与庸常，少生鄙吝之心。从字数上说，每条不过几十到上百字，短的只有十来个字，即使算上注文，长的也不过几百字，很容易看完。有人把《世说新语》这种简短的文体称作“微博体”，亦不无道理。前一条与后一条之间、这个段子与那个段子之间，并没有情节联系。阅读大可放松、随意，随时可以暂停，也随时可以重新开始。眼下，碎片化阅读成为常态，《世说新语》这样的书，最适合碎片化的阅读。无需太多时间，就可以读完全书，集腋而成裘，有一身不俗的衣裳。

《世说新语》版本众多，我推荐徐震堮《世说新语校笺》（中华书局，1984年）。此书以校为主，间有笺释。撰成于1978年的《前言》，言简意赅，也留有那个时代的思想印记。附录《世说新语词语简释》《世说新语人名索引》两种，也对读者有帮助。

2016 年 8 月

却把金针度与人

——从方法论的角度读《程千帆选集》

常常听到大学生和一些年轻的研究生说，他们有志钻研国学，却苦于不得其门而入。他们认真地读了不少书，也会发现一些问题，临到作论文的时候，却往往不知道如何入手。实际上，这正说明他们已走到了读书和治学的门槛前，只要再迈进一步，就可以顺利入门了。每当这个时候，我总是建议他们选择一些学界名家所作的论文加以精读，在阅读中揣摩体会，学习使用文献的方法和处理问题的角度，久而久之，就会触类旁通，举一反三。在古代文史领域，值得一读的名家论著很多，辽宁古籍出版社最近出版的《程千帆选集》就是其中一种。

程千帆先生是国内外著名的学者，在半个多世纪的学术生涯中，他在校雠学、史学、文学史、文学理论、诗学等学科领域，都卓有建树，并都有专著出版。这些著作中的一部分由于出版年代较早，在市场上早已绝迹。1996年，辽宁古籍出版社出版了莫砺锋教授编的上下两卷本的《程千帆选集》，共收入《史通笺记》《文论十笺》《唐代进士行卷与文学》《古诗考索》《被开拓的诗世界》等专著五种、诗集《闲堂诗存》一种及附编一种，共一百二十多万言。大多数论著都经过修订增删，内容更加充实。作为一部选集，应该说，本书的篇幅已不算小了，但它还不是程先生学术研究工作的全部，而只是总结了程先生学术业绩中最主要的几个方面，旨在为学术界提供一部能够体现程先生治学方法和特点的文集。因此，从追寻其治学方法和特点的角度来读这部书，将会是很有收获的。

中国传统治学文史不分。程先生是在这一传统中成长起来的，他积年钻研史学，《史通笺记》汇集了他对这部古代史学经典著作多年用功的心得。此书分拾遗、订误、本证、旁征、穷源、竟委、贵近、崇实八项。虽然作者自谦"笺记之作，盖欲省读者翻检之劳，事等胥钞，难言著述"（《凡例》），实际上，本书取资丰富、视野广阔，各个部分中都有涉及古今史学源流之辨析、各家批评观点之商榷者，对历代史籍结构及其得失也每有论列，绝不限于简单的字词训诂和故实笺释。因此，此书虽以"笺记"为题，对于中国史学史以及史学批评的研究者，也有重要的参考价值。对于有志于史学批评研究和文史经典笺注的学者来说，这部专著的眼光和视野显然是有借鉴意义的。

如果说《史通笺记》只是代表程先生在史学研究方面的成就，那么，《唐代进士行卷与文学》则更能体现他治学文史兼擅的特点。这部全文不到一百页，却涉猎了大小八十多种文献以及三十多种近代学者论著的学术专著写得非常简约，论述却十分深入。它所探讨的行卷之风的由来、行卷的具体内容、当时人对行卷的态度、行卷与唐代文学（包括诗歌、古文运动、传奇小说等）发展的关系等问题，有的前人较少涉及，有的则聚讼纷纭。页末屡屡出现的注释，表明作者所使用的材料，是经过仔细甄辨的。他对所下的每一论断，都注意掌握分寸。这是第一个关于本论题的系统深入的研究，它开创了这一领域研究的新局面，引出了以傅璇琮先生《唐代科举与文学》为代表的更为厚重的后续研究。在专题研究中如何处理材料，如何妥当地运用文史结合的研究方法，这项研究可以说是树立了一个榜样。

《文论十笺》是程先生最早出版的一部学术专著。他从浩如烟海的古代文学理论批评著作中，别出心裁地选录了从陆机《文赋》到章炳麟《文学总略》的十篇最有代表性的文论作品，加以详细的笺释、透辟的分析，以当代人的眼光，系统阐述中国传统文学理论的内涵。他讨论了文学理论和批评中的许多重要问题，例如文学之界义、文学与时代、文学与地域、文学与道德、文学与性情、内容与外形、模拟与创新、修辞与文病等。这些问题，即使在现当代文坛上，也仍然是备受关注的。本书的鲜明特色不仅在于它别致的结构，而且在于它巧妙地通过笺释这一形式，引领读者进入文学理论和批评的殿堂，由此而来的文学理论和批评便具有了一种与众不同的朴素真诚和脚踏实地的性格。这一做法本身所具有的方法论意味异常强烈，甚至可以说，它开辟了一条从文献角度研究古代文学理论和批评的新路径。职是之故，本书自 1942 年刊布以来，行世五十多年而不衰，甚至被香港、台湾两地的书店盗印。

《史通笺记》和《文论十笺》属于不同领域的研究著作，但都体现了程先生的治学特点，即重视从具体文献和作品出发，在文献学研究的基础上，深入而系统地开掘研究对象的历史和美学蕴含。在诗学研究方面，这一特点表现得更为突出。程先生出生于诗人之家，是一个对吟咏之道深有会心，尤其对旧诗深有造诣的诗人。诗学是程先生一生治学的重点，也是其学术成就最大、最集中的研究领域。从汉魏古诗到当代古体诗以至外国的汉语诗作，都被纳入他的学术视野。从作于20世纪40年代的《韩诗〈李花赠张十一署〉篇发微》《与徐哲东先生论昌黎〈南山〉诗记》《玉溪诗〈离亭赋得折杨柳〉二首说》等论文看来，程先生早就重视以作品为根本的研究，实践他自己所倡导的“将批评建立在考据基础上”的研究方法，“尝试着从各种不同的方面提出问题，并且企图用各种不同的方法加以解决”（沈祖棻《古典诗歌论丛·后记》）。比如，在分析韩诗《李花赠张十一署》时，他运用了近代物理学关于光谱分析的知识；在评说昌黎《南山》时，他又援引了近代登山运动员的经验，从而对原作获得了更亲切妥贴的理解。

在年富力强、治学已打下坚实基础的时候，程先生却不幸被剥夺了工作的机会，丧失了读书和写作的权利。1978年复出的时候，他已经六十五岁了。他誓愿要夺回被耽误的光阴，老当益壮，以惊人的毅力和创造力，写出了许多极有见地的论著。他早期的论文中就善于运用比较研究的方法，如作于1949年的《郭景纯、曹尧宾〈游仙〉诗辨异》，比较了郭璞、曹唐二人的《游仙诗》在传统、背景、旨意诸端之异同。而作于1980年的《相同的题材与不相同的主题、形象、风格——四篇桃源诗的比较研究》，旨趣和立意高度显然与前者不同。通过对四篇桃源诗的比较研究，作者得出如下的结论：“就主题说来，王维诗是陶渊明诗的异化，韩愈诗是王维诗的异化，而王安石诗则是陶渊明诗的复归和深化。主题的异化和深化，是古典作家以自己的方式处理传统题材的两个出发点，也是他们使自己的作品具备独特性的手段。”这是全文论述的升华，也是基于作品研究之上的文学批评和文学理论的总结。我们通常读到的比较研究的论文，往往是为比较而比较，局限于现象的层面，不能提升到历史和理论的高度展开。相比之下，这篇论文的方法论价值就自然显现出来了。

程先生谦虚地说，这篇论文是受了清人金德瑛一段话的启发（这种不掠人之美的严肃学风，也是值得后学学习的），“不过为他的意见作了一点疏证而已。这点疏证也许有助于加深对古典作家在创作方法及表现技巧若干方面的认识”。在治学中，他颇致力于这一类的“疏证”工作。因为“我国的古典文学批评一向具有短小精悍的特色，有时甚至用省略过程、直抒结论的方式表达。诗人们的意见尤其如此。而由于他们具有丰富的创作经验和精湛的艺术技巧，那些意见又是值得重视的。为了要充分地、完整地理解它们，就需要下一番疏通证明的工夫”(《关于李白和徐凝的庐山瀑布诗》）。说到底，这也是对传统文化遗产的一种继承和发扬。他的《关于李白和徐凝的庐山瀑布诗》和《李商隐〈锦瑟〉诗张〈笺〉补正》等论文，对前人旧说或加以阐释，或有所补正，在对传统文学批评扬弃的基础上，推动当代学术研究的进展。他还写过两篇《清人词论小记》，即《〈复堂词序〉试释》和《说“斜阳冉冉春无极”的旧评》，也属于这一类。

程先生的诗学论文，总是能够根据研究对象的特点，从不同的角度迫近论题，呈现出不同的特色，在方法论上也特别能给人以启迪。他一贯认为，不仅研究文学史要从作品出发，研究文学理论，也可以而且应该直接从古代文学创作即作品中总结、抽象出理论来，以丰富我们文学理论和文学批评的宝库。收在《古诗考索》中的《古典诗歌描写与结构中的一与多》《善戏谑兮，不为虐兮》《从小说本身抽象出理论来》等论文，就是他在这方面的示范之作。《张若虚〈春江花月夜〉的被理解和被误解》，不仅追寻了一篇诗作在历史长河中的显晦升沉，而且探索了这一现象产生的一定的历史社会条件，其视角与当代西方的接受美学有相通之处。从他的另一篇论文《张若虚〈春江花月夜〉集评》中，我们知道，这一研究也正是建立在坚实的文献调查的基础上的。在那篇命题本身就富有文学意味的《一个醒的和八个醉的》中，他通过对杜甫《饮中八仙歌》的透辟分析，不仅抉发了本篇的丰富内涵，揭示了诗人的艺术创造，而且将其确定为杜甫“清醒的现实主义的起点”，无疑是一篇以点带面、因小见大的优秀论文。1944 年，程先生在写《陶诗“结庐在人境”篇异文释》时，就已清醒地认识到，当考证学、校勘学无能为力的时候，可以“律以作者之命意遣辞，以判其孰为近是。盖底本之是非设无由确知，则义理之是非固不妨推度”。而作于 1963 年的《论唐人边塞诗中地名的方位、距离及其类似问题》，则更自觉地综合了传统的考证方法和现代的文艺理论。同样，从《王摩诘〈送綦毋潜落第还乡〉诗跋》（1947）到后来的《唐人进士行卷与文学》，从《少陵先生文心论》（1936）、《杜诗伪书考》（1936）到后来的《一个醒的和八个醉的》和《被开拓的诗世界》中的其他诸篇论文，他在治学方法、学术功力和论文火候上的勇猛精进，是不难看出来的。

“鸳鸯绣了从教看，莫把金针度与人。”（元好问《论诗三十首》之三）程先生则反是。1986年，齐鲁书社出版了他的《治学小言》，汇集了他历年来有关治学方法的谈论，对于有志治学者，当然是很有助益的。但那毕竟还主要是登坛论道，眼前的这部《程千帆选集》，则好比现身说法，读者细心阅读，对于治学之道当会有更深入切实的体悟。

1997年

怀念马积高先生

——读《风雨楼晚年诗钞》

一年一度的“黑色五月”又来了，一批批学位论文堆来桌上，排山倒海一般，叫人吃不消。只有贾其馀勇，在论山文海之中“冲浪”。待得从汹涌的浪涛中上岸来，那种情状，只有英文中 survive 一词庶可以形容。长长地呼一口气，看看闲书，这种感觉真好。

正巧廖可斌教授从杭州寄来一册《风雨楼晚年诗钞》，线装，竖排，湖南岳麓书社出版，浙江华宝斋印刷，素雅大方，悦人眼目。作者是其师马积高先生，已故湖南师范大学教授，尤以《赋史》著名学界的一位湖湘学者。我跟马先生的接触，始于 20 世纪 80 年代中期，一开始只是有些书信来往。1989 年春夏之交，我博士毕业前夕，马先生还专门来信，问我是否有意到湖南师大任教。记得他的信中有这样一句，“湖南是令师千帆先生的故乡”，言下不无动之以情的意思。须知，那时湖南师大的赋学研究正搞得红红火火，当之无愧是海内赋学中心之一，而我这个后生刚刚毕业，并没有什么研究成果，甚至与马先生也未有一面之缘，老先生就如此真情邀约，不免令我有知遇之感。过了几年，为他从前的一个学生的孩子考南京大学的事，他请我帮忙了解一些情况，那件事，让我知道了什么叫古道热肠。

再后来在几次赋学研讨会上，见过老先生几面，包括参加在台北政治大学召开的那次辞赋学研讨会。老先生曾经给我写过一幅字，抄的是他 1992 年作的一首绝句《（雁荡）灵峰侧小潭》，这首绝句也收在这本诗集中。拿到诗集后，看了前言后跋，了解到这里所收存的只是他晚年的一些作品，集中最早的一篇作于 1980 年，那时马先生已经五十六岁了。因为时代的关系，他早年的诗作都没存留下来，知此不禁唏嘘了一番。展卷诵读，读到那首曾经抄示我的诗，感觉特别亲切：

流泉远至响淙淙，漱石盘旋聚一泓。
未得汪洋归大海，澄心千古对苍穹。

这个小潭僻处雁荡山灵峰之侧，名不见经传，却一下子吸引了诗人，诗人的诗句也一下子吸引了我。大概是诗题的缘故，我立刻想到柳宗元“永州八记”中的那个小潭。雁荡山的这个小潭，当然没有永州小潭那么孤峭寒寂，但它不因空山无人而改其澄静之姿，大可面对柳宗元的那泓小潭而无愧色。马先生在《自序》中言，此集中所作，“大抵皆出自当时之真情实感”。我以为，这首小诗虽以小潭为题，其实亦可以看作马先生的“夫子自道”。“澄心千古对苍穹”，大有“仰不愧于天，俯不怍于人”的意态。我甚至猜想，马先生当年书此诗垂示，也不无寄寓老怀之意。

这么想着，不觉翻出马先生的手迹，再细心观摩一通，又发现第二句中“漱石”二字，在抄给我时，写作“尽日”。集本是马先生手定，据廖可斌跋语推断，约在 1999 年到 2000 年间。手迹本也是马先生手钞，从寄来的信封上，可以确定是写于 1999 年 4 月。如是，则二本孰先孰后，难分辨矣。东晋以降，中国传统士人总喜欢引孙楚为同道，枕流漱石，以泉石之幽致，见心中之丘壑，我想马先生也不例外，诗集中不是还有一句“伊爱山花我枕流”（《重访南岳水帘洞志感》）吗？不过，具体到上面那首七绝，我倒是觉得作“尽日”也很好，从修辞上来说，说不定还显得更苍老一些。

马先生晚年有机会行走一些地方，留下了不少纪游的诗作，但大抵都是有感而发，不是徒然吟赏风物、流连光景的篇什。集中有一篇《麓山侧小泉》，命题与前一首七绝尤为相类。诗云：“老来世事倦关情，欲摘丹心付杳冥。怪尔深藏清如许，低回犹有不平鸣。”与《（雁荡）灵峰侧小潭》正有异曲同工之妙。

1996 年，马先生率大陆学者一行，辗转香港赴台参加辞赋学研讨会，有《访台杂诗》一组，其中第一首便是《经港入台》：

一国三关出入忙，百年世事感沧桑。
文章应是无拘检，且与同行论短长。

我记得李商隐有诗云：“七国三边未到忧。”也记得晏几道有词云：“梦魂惯得无拘检。”但读着这篇绝句，却不禁要感喟“一国三关足世忧”矣。

马先生为诗与其为人一样，渊雅而温厚，哪怕发为嘲讽，也往往出语温婉。郭沫若曾经在四川成都杜甫草堂上题写过一副对联：“世上疮痍，诗中圣哲；民间疾苦，笔底波澜。”盛赞杜甫其人其诗。但他晚年作《李白与杜甫》，曲学阿世，世人周知。马先生曾作一诗，有所讥讽，而题中仍然不欲直斥，只是婉称“某名公”而已。1988 年，他写了一首《戊辰端阳重游汨罗屈子祠》：

重来千古伤心地，天际轻阴障日红。
怕向江边寻往迹，楚王或恐有遗风。

后二句语带冷讽，虽然出语温婉，仍然让某些人坐不住，受不了。“有人未经许可，刊于某县诗刊上，而另以不通之句篡改此二句。余得知后曾驰函抗议，希予更正。得编者复信云‘原改经领导同意，今又请示领导，不得更正’云云。噫！余本言‘或有’，此真有矣。”妙哉！改诗原是风雅之事，领导政务繁忙，难得有如此雅兴，亲自操觚，哪里容得再改回去？领导的苦心不便辜负，我也很想领教领导笔下那一番“推敲”工夫，可惜，马先生的这段自注点到即止，语焉未详。尽管如此，我还是建议，倘有编录20世纪诗歌纪事者，勿要忘记这段“楚王遗风”的掌故，虽然只是粗存梗概，但也足以“立此存照”了。

马先生的诗，基本上属于学人之诗，他集中有一批绝句是可以当作论学绝句来读的。如《读书杂感》五首，涉及《宋元学案》《南岳酬唱集》《船山遗书》《王闿运集》等书，又如《读〈水浒传〉有感……》《读小说〈庄周〉叙庄子妻死事有感》《作〈荀学源流〉成志感》等。窃以为，读马先生论著者，应取此类诗作并读之。马先生是赋史大家，我最感兴趣的，当然是此集中的论赋绝句。有几篇虽无论赋之名而有其实，依次抄在下面。第一篇《青城山怀陆放翁》，论及陆游的一篇鲜为人注意的《红栀子花赋》，与《赋史》中的相关论述相辅相成：

报国无门长自嗟，深山岂可隔天涯？
无聊偶作神仙梦，幻出云间栀子花。

自注：放翁有《红栀子花赋》，极幽幻之妙，居青城山时所作也。

第二篇《蜀中吊司马相如》，论及相如其人与其赋，跳出赋史立论：

马卿才调本无伦，长策犹传喻蜀文。
可惜一篇游猎赋，千秋错认是词人。

第三篇《过子云亭吊扬雄》则伤叹扬雄之命运，并将其与屈原相比：

难甘寂寞怯争先，出处如君亦可怜。
投阁沉渊俱有恨，长安可得似湘川？

第四篇《庚午端节与粤中诗友雅集广州珠岛宾馆即席作》（录其前四句）论及明代的一篇地方都会题材赋作——黄佐《粤会赋》：

谣俗昔传粤会赋，繁华今见广州城。
衣裳已混殊方俗，言语犹存中古声。

注：明人黄佐有《粤会赋》。

这些以诗的形式发表的赋学评论，不仅新颖别致，其中提出的观点，我想，也必定会引起赋学界同人的重视。

2001 年 5 月，这位长期住在岳麓山下风雨楼中的老人乘鹤远去。那时，我正远在英伦访学，没有及时得到消息。回国后，才由许结兄告知，痛悼之馀，也不免想起与马先生往来的一些事。时过境迁，我便没有再作悼念的文字。今日捧读诗集，又被勾起往事和随想，情不自禁地写下上述文字，拉拉杂杂，也算我对马先生的纪念吧。

2007 年 6 月 6 日

读石怀古

——读《金石录校证》小识

清代学者王鸣盛在《潜研堂金石文跋尾序》中说："金石之学自周汉以至南北朝，咸重之矣。而专著为一书者，则自欧阳永叔始。"自欧阳修《集古录》以后，同类著作层出不穷，其中首先要提到的是赵明诚《金石录》。《金石录》一书著录了两千卷金石刻，凝聚了赵家两代人的心血，也得到了当时许多同道友好的支持。赵明诚、李清照夫妇数十年辛勤搜聚，孜孜以求，中间又经历靖康之乱，故物散失，李清照在流徙颠簸之馀，将赵明诚的遗稿整理成书，其间的艰难与辛劳一言难尽。李清照编完《金石录》后写的那篇后序广为流传，序中那些充满沧桑感喟的动人叙述，也使《金石录》一书在专门学术领域之外拥有了更大的知名度。从数量上看，欧阳修集录三代以来金石遗文一千卷，而赵明诚所集卷数正好是欧阳修的两倍。从文献学专业角度看，无论就其琳琅满目的著录、严整有序的编排，还是深入精博的考证来说，《金石录》一书都不愧为宋代金石学著作中最引人注目的一种。

欧阳修晚年自号六一翁，称"吾家藏书一万卷，集录三代以来金石遗文一千卷，有琴一张，有棋一局，而常置酒一壶……以吾一翁，老于此五物之间，是岂不为'六一'乎？"虽然《集古录》跋尾中也有以金石证史的内容，但是，总体而言，欧阳修对于所收藏的金石遗文更多的是抱有一种优游玩赏的态度，故其题跋更多地关注其文章与书法。《金石录》跋尾则更多的采取一种史学研究的态度。赵明诚《金石录序》自言："《诗》《书》以后君臣行事之迹悉载于史，虽是非褒贬出于秉笔者私意，或失其实，然至其善恶大节有不可诬，而又传之既久，理当依据。若夫岁月、地理、官爵、世次，以金石考之，其抵牾十常三四。盖史牒出于后人之手，不能无失，而刻词当时所立，可信不疑。""至于文词之媺恶、字画之工拙，览者当自得之，皆不复论。"换句话说，《集古录》体现的主要是文士的身份立场，考史乃其馀事；而《金石录》则体现了学人的身份立场，因而态度更为严谨。欧阳修的兴趣比较广泛，赵明诚的目光则较为专一。加之赵明诚所具有的时代优势，《金石录》能够补正欧阳修以及其他前辈学者的阙漏讹误，有后出转精之誉。朱熹在《家藏石刻序》中，就称赞《金石录》"诠序益条理，考证益精博"。应该说，这不是朱熹的一己之见，而是金石学界的公论。

《金石录》跋尾中证经考史之什甚多，考史尤其是其重点。赵氏经史考证面相当广泛，不仅涉及经史本身，而且兼及经传史注；不仅涉及史实，而且兼及文字训诂等。有些跋尾虽然未能完全解决问题，只是对旧说提出怀疑，也同样体现了他的敏锐和审慎，值得关注。例如，唐章怀太子李贤曾引《石鼓文》来注释《后汉书·邓骘传》"时遭元二之灾，人士荒饥"中的"元二"二字，认为"元二"当作"元元"，"二"原本是重字符，后人不察，遂致误认。自唐以来，颇多学者信奉此说。赵明诚

《金石录》卷十四《汉司隶杨厥开石门颂》却就此提出质疑："今此碑有曰：'中遭元二，西戎虐残，桥梁断绝。'若读为'元元'，则不成文理，疑当时自有此语，《汉书》注未必然也。"其后，南宋洪适《隶释》卷四又在赵氏基础上进一步探讨，最后解决了"元二"一词的训诂问题。在具体研究中，赵明诚不仅据石刻以校证史传，也援引史传以考究石刻。前者之例甚多，不胜枚举。需要强调的是，对于这些经过校勘考证而得出的结论，今人校勘典籍、研究历史之时，并没有足够地重视和很好地利用。《金石录》中所收唐代石刻题跋独多，有不少值得重视的发现和可以采信的结论，研究唐史以及校考两《唐书》的学者尤其应当从中取资。例如，关于唐朝开国功臣李勣的卒年，《金石录》所著录的《李勣碑》云"年七十六"，而"新、旧《史》皆云'勣年八十六'"，此自当以碑为准。今本《新唐书》本传确如赵氏所言，而《旧唐书》本传则作"年七十六"。可见，赵明诚所见《旧唐书》与今本不同，也有可能我们今天看到的已经是后人根据赵氏考证改过的本子。无论如何，赵明诚的这条跋语可以作为校正两《唐书》的重要参考资料。

至于后者，可举《金石录》卷二十《学生题名》为例。欧阳修《集古录》认为此碑是西汉时所立，赵明诚则从碑中所记地名出发，根据《晋书·地理志》，考证"此碑为东晋以后人所立"。又如卷二十四《唐李靖碑》，《集古录》以为"靖之封卫国公也，授濮州刺史。盖太宗以功臣为世袭刺史，后虽不行，史宜书，而不书者，阙也"。赵明诚则指出《新唐书·长孙无忌传》"载无忌以下授世袭刺史者凡十四人，姓名具存。盖其事已见于他传，则于本传似不必重载也”。这里不仅纠正了欧阳修的讹误，而且援引史籍以考石刻，方法可取。王国维在《宋代之金石学》中将宋人金石学研究之原则总结为“既据史传以考遗刻，复以遗刻还正史传”。可以说，这条原则到赵明诚《金石录》才真正建立起来。只有“既据史传以考遗刻，复以遗刻还正史传”，才能使书面文献与出土石刻双向互动，做到实事求是，而不是一味迷信石刻，唯石是从，佞碑成病。《金石录》卷二十五有《后周宇文举碑》跋尾，指出碑记宇文举及其祖先姓名，与史多异，对其间是非暂不下断言，足见其态度审慎。又说：“史云‘宣帝以宿憾杀之’，而碑称‘遘疾薨’。疑作碑者为讳其事，当以史为正。”则是很有见地之论，同时也是以史证石而不盲从石刻的例子。

清代著名史学家钱大昕在《潜研堂金石文跋尾》中曾经感叹：“元明以后，士大夫读史能知其义例者，罕矣。”确实，读史必须先明白史书的义例。研究金石学，不仅需要了解金石刻的义例，还要理解史籍及其他传世文献的义例，否则不免无的放矢。上引赵明诚《唐李靖碑》题跋，实际上提出了金石学研究中非常重要的一个条例：史籍自有史籍的义例，其他传世文献往往也有自身的义例，以石刻考史或进行其他文献研究，必须以尊重史籍文献之义例为前提。这是金石学者应当铭记在心的。不过，赵明诚在这一方面仍然不免千虑一失。他曾以《于志宁碑》校考两《唐书·于志宁传》，言及“其微时所历官，史多不书”。其实，这只是因为碑、史撰述之义例不同，无足深怪。他在研究秦泰山刻石时，指出“以《史记》本纪考之，颇多异同”，并列举二本之文字差异。殊不知司马迁撰写《史记》时，对前代文献中较为艰涩的文字，往往有意进行平易化的改写，其中就包括《尚书》和秦刻石中的某些文句，虽无明言，而自有义例在其中。当然，《金石录》中亦有一些地方是因疏忽而致误，如卷二十四“《唐明征君碑》”条谓“征君者，梁明山宾也”即一例。实际上，此碑中的明征君是指明山宾之父明僧绍，碑文中早已明言“南齐征君明僧绍”，赵氏或仅凭记忆而失于翻检。

洪适《隶释》卷二十录毕《水经注》碑目，发现郦道元《水经注》中著录的碑刻留存到南宋的只有十之一二，其中有许多在欧阳修《集古录》和赵明诚《金石录》中即已不见著录，不胜喟叹。而欧阳修、赵明诚、洪适等人所亲见的碑刻以及所搜集的石刻拓本，至今已经毁坏或失传者更是不可胜数。“金石之固犹不足恃”，难怪赵明诚对《金石录》一书寄予厚望，“辄录而传诸后世好古博雅之士，其必有补焉”。在今天看来，无论是从文献积存的角度，还是从史学研究的角度，抑或从金石及艺术研究的角度来说，《金石录》都是一本必备必读的书。

二十年前，金文明先生精心撰作的《金石录校证》由上海书画出版社印行，这无疑为研读《金石录》的广大读者提供了极大方便。我有幸购得一册，置于案头，常常翻阅。斗转星移，二十年的岁月迁流并没有动摇它的地位，它仍然是迄今为止《金石录》的最佳版本。可惜书版早绝，称得上“踪迹微茫信难求”，而有心购读此书的人却似乎与日俱增，这未免是一件憾事。因此，当从金先生那里得悉它将重印的消息时，我内心十分高兴。我相信，这也是与我有同好的文献学界、史学界以及书画艺术界中人所喜闻乐见的。

2005 年 3 月

附记：此文作于 2005 年 3 月，附刊于广西师范大学出版社 2005 新版之《金石录校证》之后。2019 年 10 月，《金石录校证》新版在中华书局出版，列入“中国史学基本典籍丛刊”，分装上下两册，俨然已成为新时代古籍整理之经典。拙文仍附骥尾，与有荣焉。

2020 年 10 月

区域文学史研究的新创获

——评《福建文学发展史》

少小离家，久客异乡，对故乡的系念无时或减。十几年前，曾选择南宋福建诗人刘克庄为硕士论文的研究对象。后来又因为机缘凑巧，对晚清福建诗人林昌彝发生了浓厚兴趣。每次回到故乡，见到有关历史文化的乡邦文献，总想先睹为快——大概是想借此寄托一份乡思吧。但是我对整个福建的历史和文化的了解，只限于一鳞半爪，想做系统的了解，却苦于找不到多少系统性的研究参考资料，不免心下有些歉然。改革开放以来，福建的经济有了很大的发展，但是在对本地古典文献的整理开发以及对地方文史的研究出版方面，却不甚积极活跃，与经济发展的水平不相适应，让人引以为憾。近几年，在许怀中先生的主持下，福建教育出版社正在陆续出版一套颇有规模的《福建思想文化史丛书》，对我来说，这是一条很令人欣慰的消息。由于个人专业和兴趣的关系，最近出版的陈庆元先生的《福建文学发展史》，更引起了我的注意。

我们伟大的祖国历史悠久，幅员辽阔，文学的发展不仅在各个历史时段呈现不同特点，而且在不同的区域也展露出各不相同的发展风貌，留下了独特的演进辙迹。区域性的文学史，其实就是从一个新的角度，观察中国文学史在一个特定的区域的发展进步情况，因此，这些著作可以看作中国文学史的一个补充。由于具备了特定的视角，我们在观察中国文学史时，就会获得一种超脱的快感，收到一种新鲜的效果。已经问世的区域文学史，如《东北文学史》《山西文学史》《台湾文学史》《上海近代文学史》以及《江苏新文学史》等，都在各自的专题下取得了一定的成绩。但在这一领域，还有不少空白有待填补，存在不少理论问题亟待解决。本书在历史框架和理论思维方面，做了一些大胆的尝试，也为区域文学史的研究和写作，提供了有益的启示。

在《绪论》中，作者深入讨论了有关区域文学史的一些理论问题。他既重视将区域文学置于一个广阔的背景上，加以观察、讨论，以显现区域文学发展的普遍性、一致性，又重视区域文学发展的独特性、特殊性。普遍性和特殊性的辩证统一，构成了区域文学发展变化的丰富内涵。仅有普遍性，则区域文学史可以免作；只有特殊性，则势必脱离文学发展的大环境、大背景。宋代闽籍辛派词人、南宋后期闽北词人群体、明代闽中诗派等，都是在既特殊又普遍的环境中发展起来的文学群体。作者讨论了区域文学研究的历史，同时提出了自己的思考。他特别注意区域文学发展的开放性，而不是将其置于固定的时空环境里进行观照。因此，一方面，书中不仅着重探讨了闽籍文人的文学活动及其贡献，也把仕宦或流寓闽地的一些重要文学家在闽地的文学活动纳入研究范围，重点考察他们对福建文学发展的影响和贡献。比如六朝的江淹，唐代的常衮，宋代的朱熹、辛弃疾等人，书中对他们于福建文化文学的贡献和影响，都做了抉发。在这一方面，作者是较为慎重的，不是把所有人的入闽创作都加以论列。他把《陆游两次宦闽的行踪及其创作》列为附录，而不是压缩进正文，就是慎重的表现。另一方面，作者也不忽视闽籍文人的创作和思想与其他区域文学的联系。例如，关于李贽主情性的文学思想的产生，作者注意到了其与李贽出生地泉州作为对外通商港口和较早接受外来影响的城市的关系，也指出了李贽的文学思想对湖北公安派三袁主性灵的影响。像这样将文学现象置于一个开放的、相互交流的环境中，显然有助于更全面、动态地描述文学发展的轨迹。在论述唐五代福建文学的发展时，作者指出："唐五代福建文学的发展过程，也是福建籍文人与外省籍文人，特别是入闽客籍文人相互交流的过程。"（第 85 页）此说发人深省，放之整个福建文学发展史，也是不刊之论。

全书四十馀万言，颇具规模，它充实的内容，在许多地方增广了我们的见识。例如北宋诗人林逋《山园小梅》诗中的名句"疏影横斜水清浅，暗香浮动月黄昏"，其实袭自晚唐福建籍诗人颜仁郁的残句"竹影横斜水清浅，桂香浮动月黄昏"，就是鲜为人道及的。又如，第五章第一节《明代的闽中诗派》，洋洋洒洒，近五万言，其中论述了"闽中十才子"的先驱、正传、理论、创作及馀波，涉及了许多长期以来少有人留意的问题。例如，关于明代"闽中十才子"的所指及具体内涵，诸种说法的出处及其分合交叉是非，作者一一做了辨证，澄清了文学史中有关"闽中十才子"的一些概念混淆，从而敏锐地指出："所谓闽中十才子、闽中诗派，严格上说是福州十才子、福州诗派。

明代闽中诗派绵延三百年，闽派后劲徐𤊹编选《晋安风雅》继续加以鼓吹，选集不沿用‘闽中’之名，而改用‘晋安’（晋时福州为晋安郡），隐然有为之界定、正名之意。”（第 292、293 页）作者在第五章第一节之二所做的，也正是这种“界定、正名”的工作，是非常必要的。

再如，就一些细小的文学史实说，作者也颇费心机，多有发现。以书中所论及的文学家的生卒里籍而论，作者总是努力考索，争取给出一个满意的答案，并总是在注释中提供原始资料根据。说起来，这不过是一件小事，却也是一件吃力而未必讨好的事。作者不仅给自己出了一道难题，而且从头到尾，认认真真地完成，诚属不易。因此，我想说，本书页末所附的一条条注释，虽然长的不过数行，短的才一二行，在学术价值上却是断断不可轻视的。这是一种严谨学风的表现，也是强烈的学术责任心的反映。

在第三章第四节，作者对两宋时代福建的文学批评有较全面的论述，甚至涉及了一些罕见前人论列的笔记中的文学批评。两宋特别是南宋福建的诗话撰作确实蔚为壮观，其中很值得一提的是，晚宋时期，在一南一北的莆田和邵武两地，出现了两部在当时和后世都颇有影响的诗话著作，即刘克庄的《后村诗话》和严羽的《沧浪诗话》。刘、严二人年代相若，同居闽地，还有一些共同的朋友如戴复古等，刘克庄平生还多次经过邵武。两个人所作的诗话中，有一些理论观点几乎是针锋相对的，而两人留下的文字中却从不曾提及对方。这一现象是颇为耐人寻味的。不管怎么说，对于《后村诗话》这样一部通过评论作品反映其诗学思想主张，篇幅颇巨且内容丰富的著作，只在第三章第四节之一《闽人诗话鸟瞰》中做一番鸟瞰（第215、216页），是远远不够的。作者曾在书中比较分析晚唐诗人黄滔和徐夤创作的不同（第71页），我觉得，将刘克庄、严羽放在一起做比较论述，应该是一个饶有趣味的题目。事实上，我曾拟就此一问题作文探讨，可惜人事倥偬，未能完成。

在章节及细目的安排上，作者不拘一格，做了相当灵活、相当富有启示性的设计。作者把1840年以前的福建文学发展史划分为五个时期：准备时期（唐以前）、生发时期（唐五代）、繁盛时期（两宋）、复古时期（元明）及总结提高时期（清初至清中叶）。这五个时期的划分，是符合福建区域文学发展演进实际的，与整个中国文学史相对照，既有对应，也有差互。大抵说来，晚唐五代以后，随着整个福建地区的日渐开发、经济文化水平的日益提高，文学的发展也逐渐跟上时代的步伐，与文化发达地区声气相通，同步发展，出现了一批有全国影响的文学家和理论批评家。根据这五个时期文学发展的实际情况，作者在结构上做了大致均衡的安排。元明两代是福建文学的复古时期，由于线索比较纷繁，内容比较丰富，以两章的篇幅加以叙述，其他时段则各占一章。宋、明、清三朝是福建古代文学史上最有声色的部分，这三章各长达一百多页，可以想见其分量之重。此外，第一章侧重追溯福建文学的历史渊源，第二章才开始真正追踪本地文学家们踏下的第一批足迹。在这里，我们看到了第一个诗人郑露、第一个进士诗人薛令之、第一个走向全国的文学家欧阳詹、第一批形成个性风格的诗人……在我看来，晚唐五代以王棨、黄滔、徐夤等人为代表的福建文人的律赋创作，是福建籍文人在全国文坛上引人注目的一次亮相，可以说是福建文学史上的第一个高潮，也是值得大张旗鼓加以宣扬的。

作者根据各个阶段文学发展的实际，因时制宜，对小节及细目做了灵活机动的安排。本书的节次安排，有的以一个或多个作家为纲，有的以一部或几部作品为纲，有的以问题或现象为纲，有的则以某一时期的文坛横断面为纲。每一章落笔的侧重点不同，一章之内，每一节的切入角度也各有区别，真可谓八面出锋、因地制宜。以最后一章《清初至清中叶福建文学的总结提高时期》为例。此章共分四节，大致按体裁划分，依次讨论诗歌、散文、小说以及文学理论与批评。第一节《主要诗人和诗风》，显然是以作家论为重点。本节之下又分五小节："黎士弘、丁炜、张远和清初诗风""许遇、叶观国和康熙乾隆间风土杂咏""黄任'七字温如玉有情'""画家中二诗人：华喦、黄慎""陈寿祺等的学人之诗"。从中可以看出，即使在最平凡的作家论中，作者也总在寻找新颖独特的视角，并力图通过标目，向读者迅速揭示作家的创作特点和本书论述的重点。以下三节分别为《古文与骈文》《有关闽人闽事的小说》《区域文学总集和区域诗话》，从标目上，也能看出其论题的特色。

本书所论述的福建文学发展史，时间下限原定在1919年的五四运动，后来主要是由于篇幅方面的原因，删去了最后的十余万字，并将下限改为鸦片战争爆发的1840年。删去的内容将经过增补、充实，写成一部《福建近代文学发展史》。虽然这种做法不是没有先例可依，虽然作者“在最后一章的末尾，加上一小节‘赘语’，对1840年后的福建文学做了简要的描述，以期与《福建近代文学发展史》相衔接”（《后记》），但是，我总觉得，1840年前后的文学发展，其实是紧密地联系在一起的，说到底都还属于传统文学（在1911年以前还都属于清代文学）的范畴，作为一部文学通史，合则两美，分则两伤。将连续性极强的文学史，人为地以政治史上的一个大事件为界，劈成前后两段，有削足适履之嫌。这一做法虽然由来已久，却是我始终不敢苟同的。在我看来，近代文学史就是近一百多年来的文学史。《福建近代文学发展史》大可并入《福建文学发展史》，作为它的最后几章，如果全书篇幅较大，也不妨分为上下册。篇幅的大小毕竟是表面的问题，正名岂不更重要？1840年以后，福建文学发展之繁盛，更加引人注目，其对全国文学的贡献，也有了更新的内涵。林昌彝的《射鹰楼诗话》及其诗文创作、梁章钜的文学批评和创作、魏子安的小说、谢章铤的词学理论、严复的翻译、林译小说、陈衍与同光体、诗钟等等，都是我们渴望有更多了解的。这也使我们更加迫切地期待着庆元先生的新作《福建近代文学发展史》的问世。

1997年

诗意人生最妩媚

——评莫砺锋主编《我见青山多妩媚》

初见《我见青山多妩媚》一书，便被它的书名吸引住了。

“妩媚”本来是形容人的。唐代作家宋璟在《梅花赋》中，称赞卓文君美丽“妩媚”。唐太宗也曾经对人说过：“我见魏征常妩媚。”以审美的眼光看人，则不管是男人还是女人，都有其“妩媚”之处。推而广之，只要有爱美之心，有审美之眼，则山川河岳自然无不前来凑趣，呈现其“妩媚”的千姿百态。本书第231页选录了王安石《书湖阴先生壁》，其中有这样的名句：“一水护田将绿绕，两山排闼送青来。”绿水护田，两山青翠，山水之美如此悦目赏心。更难得的是，青山不期而至，不召自来，端的是天人合一、物我有情。正如“解析”中所说，“青山本是无情之物，它竟能推开院门为人送来山色。于是山水顿时变得生动灵活、有情有义，本来作为人类‘他者’的大自然顿时变成人类的好朋友”（第232页）。“我见青山多妩媚”，其中的关键仍然在“我”，在于“我”有一颗爱好自然的心，有一双具有审美能力的眼睛。

只有对自然付出感情，自然才会给人以美的回报。我想，古代文论中常常讲到的“得江山之助”，就是指此吧。“池塘生春草，园柳变鸣禽。”这是南朝诗人谢灵运的名句。谢灵运以一双爱美的眼睛，发现了美的源泉就在大自然，发现了大自然之中蕴藏的无限生机，而这种美、这种生机，又反过来滋润了他一度干涸的心田，使他濒临枯萎的生命之树又一次绽放新绿。对于官场失意、人生困顿的谢灵运来说，自然实在是太重要了。本书选录了他的《石壁精舍还湖中作》，其中有句云："山水含清晖。"这"清晖"照亮了他的文学人生，使他穿越了历史的暗夜而来到今天。众所周知，谢灵运喜欢用"媚"字来描摹他眼中的自然山水，名句有"江山共闲旷，云日相照媚""乱流趋正绝，孤屿媚中川""白云抱幽石，绿篆媚清涟"等等。在他笔下，闲云也好，白日也好，孤屿也好，绿篆也好，无不透出自然的"妩媚"。他如此沉浸于自然山水之中，以此陶洗心胸，真可谓"极视听之娱"了。

谢灵运诗中提到"江山共闲旷"，"共"字点出了人与自然和谐共处、互为知己的关系，用得很好。"闲旷"二字，不管是说悠闲旷远，还是说忙里偷闲，总而言之，是一种心境，这是欣赏自然之美的重要前提。在生活节奏越来越快的今天，人们越来越向往一种"慢生活"。生活在现代化大都市的人们，谁不渴望休假，谁不渴望去各种旅游胜地休闲？其实，所谓休假、休闲，无非是要放松一下紧张的心情，放慢一惯匆匆的脚步，追求一种"慢生活"，提高生活的质量，使生命回归自然。表面上，休闲、慢生活是一种后现代的时髦，人人都把它挂在口头，其内涵似乎是不言而喻的；实际上，休闲、慢生活是一门大学问，要参透并不容易。真正松弛身心，融入大自然，沉浸于大化的无言之美中，并不是人人都能做到的。在这一方面，古人真正是我们的好老师。古诗之中，有很多带有“迟”字的名句，都堪称提倡“慢生活”的先驱，值得我们细细品味。仅举《我见青山多妩媚》一书所选录的，就有王安石《北山》：“细数落花因坐久，缓寻芳草得归迟。”（第 199 页）梅尧臣《东溪》：“行到东溪看水时，坐临孤屿发船迟。”（第 233 页）黄庭坚《题落星寺》：“小雨藏山客坐久，长江接天帆到迟。”（第 278 页）想要获得，必先付出，对于自然之美，古人更舍得付出时间，经常是全身心地投入。对于匆匆过客来说，北山的落花和初生的芳草，都是难以觉察到的，至于山中迷蒙的小雨、长江远来的风帆，就更加无缘欣赏了。不难看出，王安石和黄庭坚的这两联诗机杼略同，但是，细细体味起来，“细数落花因坐久”更多是出于诗人王安石的主动选择，而“小雨藏山客坐久”则别有一层意蕴。“俗话说下雨天是留客天，诗人乐得流连在此地。”（第 279 页）这是诗人顺其自然的选择，正是这样一种随遇而安的自然态度，展现了诗人当时心境的恬静悠然。结果是，山也妩媚，人也妩媚。

与现代人相比，古人的生活环境是比较贴近自然的，那时的自然环境也较少受到污染和破坏。随着科技的日益发展、工业文明的无远弗届，人类在享受现代社会种种便利的同时，也一步步远离了自然。这里所说的自然，不仅是指人类所居住的自然环境，也指人们所选择的生活方式和心理状态。返璞归真于是成为后现代人的梦想。但是，与此同时，我们也要看到，古人在接近自然之时，并非丝毫不受阻力，政治迫害和人生挫折，照样会使他们的心灵罩上浓重的阴影。能不能驱除这种阴影，不止考验一个人的胸怀，也考验一个人的智慧。能够通过这样一场严峻考验，人与自然必将实现更高一层的和谐。写到这里，我情不自禁地抄录本书第265页所选录的苏轼《六月二十日渡海》，并向读者隆重推荐：

参横斗转欲三更，苦雨终风也解晴。
云散月明谁点缀，天容海色本澄清。
空余鲁叟乘桴意，粗识轩辕奏乐声。
九死南荒吾不恨，兹游奇绝冠平生。

在被贬谪“天涯海角”的儋州三年之后，“直到哲宗元符三年（1100），苏轼才以六十五岁的高龄获赦北归，并于六月二十日渡过琼州海峡，连日来的风雨突然停止，天空云散月明。诗人感慨万千，写下此诗”（第266页）。我以为，有这样的胸怀和智慧，所遇山川自然是无时无刻而不“妩媚”的。读《我见青山多妩媚》，最大的收获不是见识辞章之美，而是见识了这样的人生胸怀和智慧。

说实在的，对于一般读者来说，像《六月二十日渡海》这样的诗，如果只读懂诗的字面，而不了解诗的写作背景，那么，其欣赏与接受终究未达一间。这个选本中选录了很多好诗，情况与《六月二十日渡海》类似的不少，这就需要专家做一些阐释和引导。在这一方面，我觉得，这个选本所做的简要注释，以及言简意赅的解析，不但中心明确而突出，详略也往往恰到好处。

《我见青山多妩媚》的副标题是“人与自然主题历代诗词选”。除了诗家词人，古代还有很多散文作家，也以辞赋、记、序等各种文体，抒写他们眼中的妩媚自然，记录他们从中得到的人生感悟，长篇短章，都不乏脍炙人口的作品。比如东晋王羲之《兰亭集序》，再如唐代柳宗元的《永州八记》，这样的例子不胜枚举。如果能贾其馀勇，再编一本“人与自然主题历代散文选”，与此书相映“妩媚”，我相信，是一定会受到读书界欢迎的。

2009 年 8 月

翻译时代与翻译精神

——读许钧《翻译论》

这是一个翻译的时代，在我们生活的几乎每一个角落，都能见到翻译的身影，甚至在我们呼吸的空气中也能闻到翻译的味道，除非遁入深山与世隔绝，否则，你的生活根本无法与翻译绝缘。信息技术早已将世界改造成一个“地球村”，而网络技术更进一步将“地球村”中的众声喧哗以“同声传译”的速度传送到我们的耳鼓里。我们吸收着翻译带给我们的新思维和新知识，我们随着翻译进入一个新的世界。翻译早已不是一种只与少数人相关的专门技艺，翻译研究也早已超越了“信、达、雅”的老“三字经”，超越了纯粹技法斟酌的狭窄范畴。翻译已经成为一种当代人的思维方式，成为一种与当代文化形态相关的生存方式。也许，巴别塔终有一天会建成，人类古老而崇高的通天塔理想终有一天会实现，但迄今为止，拥挤在建塔工地四周的肤色、种族、语言、信仰各异的人们，还得借助翻译来实现沟通，促进相互间的理解，消除隔阂和误解。从这个意义上说，翻译不仅是不同民族语言之间相互沟通理解的方式，也是不同文化和文明之间相互沟通和理解的方式。翻译和翻译研究不仅是时代文化的重要主题，而且是当务之急。许钧教授最近出版的新著《翻译论》（湖北教育出版社，2003 年），就是作者敞开胸怀深情拥抱这个翻译时代的产物。作者对翻译所做的全面而深入的思考，使我们更深刻地领悟了翻译对于这个时代，对于当代文化以及我们的生存方式的意义。

正如许钧教授在本书《后记》中所说，这本书是他对自己“二十多年来所走的翻译探索之路的回顾、反思和小结”。这对中国翻译研究来说是极为关键的二十多年。其间，中国翻译研究走过了一段不平凡的历程，从一种技艺变成一门学问，从一门寄人篱下的学科，发展为内涵丰富厚实而自成体系的二级学科。以《中国翻译词典》和“中华翻译研究丛书”（第一辑、第二辑）等为代表的一批学术成果的出版，标志着翻译学科的成长与成熟。与此同时，翻译学科也呼唤着一部对翻译做整体理论思考，并且能够反映这二十多年翻译研究最新成果的《翻译论》的诞生。许钧教授是翻译学科这二十多年成长历程的参与者和见证者。他不仅有丰富的翻译实践，而且有丰硕的理论研究成果。他所翻译的《追忆似水年华》（卷四）、《名士风流》《邦斯舅舅》以及《不能承受的生命之轻》，已经显示了他在文学翻译方面的才华和成绩，并为他赢得了法国政府颁发的“法兰西金质教育勋章”。他的《文学翻译批评研究》《译事探索与译学思考》《文学翻译的理论与实践——翻译对话录》《文字·文学·文化——〈红与黑〉汉译研究》《当代法国翻译理论》等著作，则表明他在文学翻译研究、翻译理论与翻译批评等方面都有广泛而深入的思考。许钧教授无疑是《翻译论》一书最为合适的作者，实际上，这本书正可以说是他在上述各有关学术领域的素养和功力的综合体现。

这本书纲目清楚，思路清晰，从翻译本质、翻译过程、翻译意义、翻译因素、翻译矛盾、翻译主体到翻译价值与批评，作者不仅深入探讨了“何为译”以及“如何译”的问题，更精微剖析了“为何译”以及“译何为”等理论问题。从章节设计上看，本书是当之无愧的精心构撰之作。在论述中，作者旁征博引，例证丰富，不管是国内外翻译理论，还是古今名家的翻译实例，都能信手拈来，如数家珍，并且涵泳消化，融入一个完整而系统的思维框架之中，进而升华到一种新的高度，进行文化和哲学的思辨讨论。这不是一件容易的事。

读着许钧的《翻译论》，不禁联想到《庄子》中的两段故事，联想到这两段故事中的两个人物。一个是《庄子·田子方》中提到的楚人温伯雪子。据说孔夫子曾经称道他：“若夫人者，目击而道存矣，亦不可以容声矣。”所谓“目击道存”，是说通过直观感觉就可以体悟至为深微精妙的天道，而不必借助于语言的表达。从道安到傅雷，中国古今翻译家中正不乏这一类服膺“目击道存”，以“大道无言”为最高境界的大师级人物。对这些大师，我们除了仰之弥高，恐怕也不免惑之弥深。另一个是《庄子·养生主》中写到的庖丁。庖丁解牛，刀法神妙，能够“以无厚入有间，恢恢乎其于游刃必有馀地矣”。事毕，“提刀而立，为之四顾，为之踌躇满志”，充满自豪和得意。但是，庖丁自称“臣之所好者道也，进乎技矣”。他并没有满足于二十多年的解牛经验，停滞不前，而是超越“技”，进入更高的“道”的境界。当年文惠君听了庖丁一席话，从中领悟了“养生之道”，于是称善不已。今日许钧著书论译，与庖丁解牛也不无相通之处。盖其落笔著论，条分缕析，“依乎天理”，切中肯綮，正如一次精彩的“解牛”过程。我的目光追随着文字，得以亲历这一过程，并进而领悟其中之道，从而对这个翻译时代与翻译精神有了更深更新的领悟。

毋庸置疑的是，我们正处在一个翻译的时代。按照许钧给翻译所下的定义，“翻译是以符号转换为手段，以意义再生为任务的一项跨文化的交际活动”（第 75 页）。可以说，我们正处在一个跨文化交际的时代，跨文化对话活动最不可或缺的就是“翻译精神”。什么是“翻译精神”呢？用许钧的话说，就是“敢于打开封闭的自我，在与‘异’的交流、碰撞与融合中丰富自身的求新的创造精神”（第 392 页）。再进一步说，这种翻译精神不仅体现在翻译的整个过程当中，更融化于翻译的每一项本质特征当中。“从本质上看，翻译的社会性重交流，翻译的文化性重传承，翻译的符号转换性重沟通，翻译的创造性重创造，而翻译的历史性重发展。交流、传承、沟通、创造与发展，这五个方面也恰正构成了翻译的本质价值所在，从某种意义上，它们也是翻译精神之体现。”（第 395 页）这种翻译精神，不正是一种当代文化精神吗？

我们的时代需要翻译，正如我们的文化需要翻译精神一样。

2004 年 4 月

第四辑

自作跋引

踏入赋学的第一步

——《魏晋南北朝赋史》后记

呈现在读者面前的这部书是我的博士学位论文。

从1988年5月动笔，到1989年4月，整整一年时间，我终于完成了这部书的写作。此刻，写作过程中的酸甜苦辣、苦思冥想和自鸣得意，全都无影无踪了，剩下的只有这样一个一厢情愿的可笑想法：假如让我重新开始，也许能写得像样一些。

在大学本科，我学的是世界史专业；硕士研究生阶段，读的是唐宋文学方向。在踏入魏晋南北朝赋史这一研究领域时，我确实有些忐忑不安，怀着生疏感和忧惧。毕竟，这是我第一次在这样一片陌生的土地上，以这种方式进行耕耘，我能收获到一点至少可以自慰的果实吗？每当我看到导师程千帆教授和周勋初教授殷切期许的目光时，我便暗暗告诫自己：我没有任何偷懒懈怠的理由，我必须尽心竭力，不吝惜自己的汗水。

是的，没有两位导师的多方指导和悉心培养，我是连这样水平的东西也写不出来的。从我日常的学习、生活，到论文的选题、修改和定稿，无不浸透着两位导师的心血，无不体现出前辈学者对后学的关怀和爱护之情。我不会忘记年逾古稀的程先生，怎样不辞劳累，带病工作，老当益壮，对我的课程论文和本书文稿，逐字逐句地批阅，指出疏漏之处。他对学生的严格要求和认真负责的精神，使我在学业上不敢存丝毫投机取巧和敷衍塞责的念头。我也不会忘记周先生在教学和科研工作的繁忙之中，如何耐心细致地对论文的写作修订提出意见和建议，一次次与我交流看法。我只有在以后的学习和工作中加倍努力，才能不辜负两位导师所付出的心力和对我的教诲。

这部书完稿后，作为博士学位论文，曾寄呈学术界的一些同行专家评议。中国社会科学院的曹道衡研究员、沈玉成研究员、徐公持研究员和山东大学的龚克昌教授等，都写出了详细的评议意见，不仅指出了论文的错误和存在的不足之处，而且给予肯定和鼓励。在论文答辩会上，复旦大学章培恒教授，中华书局傅璇琮编审，南京师范大学吴调公教授、郁贤皓教授，和本校卞孝萱教授、吴新雷教授都对本书进行了认真的审核，或批谬，或商榷，提出了许多宝贵的意见，使我得以在参考这些意见的基础上，对本书做进一步的修改提升。在这里，我谨向以上诸位先生表示衷心的感谢。

这部书是南京大学古典文献研究所专刊之一，能够作为“中国断代分体文学史丛书”的一种面世，还应该感谢江苏古籍出版社，特别是高纪言、吴小平、卞岐诸先生的支持。傅璇琮先生获知本书即将出版的消息后，慨然赐序，谬加奖勉，体现了前辈学者对后进的热情汲引，这也是我所铭感于心的。

最后，我要感谢为本书誊抄付出大量劳动的成林女士。没有她的一贯支持和激励，这部书也是不可能如期完成的。

由于资质鲁钝、学识浅陋，这部书虽已完成，并经过修改，其中必定还有许多讹谬。我恳切期盼着来自各方面的批评教正。

1991 年 3 月

记于南京大学古典文献研究所

旧书重见

——《魏晋南北朝赋史》修订版后记

《魏晋南北朝赋史》写成于十一年前，初版距今也已经八年多了。这次重版，我对原来的两个附录《先唐赋辑补》和《先唐赋存目考》做了较多增订，对正文的行文也做了少量修改，又着重核对了引文，至于全书框架和具体论点，则基本保持原貌，未做改动。当年为了写作此书，我搜集了有关六朝赋史的许多资料，想将其中的评论材料汇编成一本《六朝赋话》，提供学界同行参考。这一思路集中表述在《辞赋批评：思的框架和史的脉络——关于〈六朝赋话〉的编纂设想》这篇文章中。时过境迁，我现在想做的是以《六朝赋话》为基础，辑编一部《历代赋话》。尽管如此，那篇文章仍然反映了我对六朝辞赋批评的一些想法，这次修订也将其作为附录收入。

本书出版以来，《文学遗产》《江海学刊》，日本京都大学《中国文学报》等国内外学术刊物上，陆续发表了一些书评，其中不乏一些过情的褒奖，我将其看作对自己的鼓励。近四五年，也不断有一些读者来信，表达有心购读此书而无处寻觅的遗憾。由于初版印数不多，市面上早已售罄，个人手边也已无藏留，我常常只能愧对这些热心的读者。这次修订重版，使我终于有机会向更多读者请教。在此，我要特别感谢江苏古籍出版社的好意。

2000 年 12 月 3 日

他日笺家要谱年

——《刘克庄年谱》后记

“丁宁稚子收残草，他日笺家要谱年。”（《后村先生大全集》卷二一《明道祠满》）

大约正是出于这个目的，刘克庄生前刊印前、后、续、新四集及其死后季子山甫编定《后村先生大全集》时，都努力不使文稿散失，以流传后世，并且都自觉采用了编年的体例。这自然极大地方便了“他日笺家”。1932年，当代词学大师夏承焘曾命其学生张荃作《刘后村先生年谱》（见《天风阁学词日记》1932年12月23日）。1947年，莆阳宋湖民亦作《刘后村先生年谱》。二谱皆急就，篇制短小，且未暇详考，阙误之处较多。此外虽然还有张荃《后村长短句考证》、钱仲联《后村词笺注》及孙克宽的几篇考论，但对刘克庄生平事迹及作品系年的考索可以说还有大量工作要做。本书试图填补这一空白，弥补刘克庄《宋史》无传之缺憾，并为研读后村文学作品者提供知人论世之助。

刘克庄早年奔走江湖，晚岁仕宦显达，又享八十三岁高寿，一生交游甚广，其作品文学价值与文献价值兼具。考述其仕历交游等，将丰富我们关于晚宋政治与文学的知识，也是不言而喻的。

按原计划，本书只是刘克庄研究的第一步。此外还要撰写若干篇文献辑考和专题论文，有的已完成，有的只有草稿和提纲，将来拟汇集为专书一种。本书虽然发掘了史传、笔记、别集、金石等材料，但限于见闻和学识，其中必定还有疏漏，希望随后展开的研究可以弥补这一不足。

本书原是我的硕士论文，完成于1986年初夏，其后又三易其稿。年谱的写作始终得到本师程千帆教授和吴新雷教授的指导。周勋初教授、卞孝萱教授、郭维森教授、吴翠芬教授亦曾为之批谬正讹。莆田县政协蔡玉麟及学兄张宏生皆慨然指示有关材料线索。这些都是本书能够充实提高的保证。谨致以衷心的感谢。

已故宋代文学研究专家于北山教授在评阅本书时，极其仔细地为拙稿拾遗补阙，并谬加奖勉。1987年夏，我归闽省亲，便道谒见黄寿祺教授时，谈起这部书稿，黄先生遂热情推荐，联系出版。后来由于种种原因，此事不了了之，黄先生亦不幸于1990年永远离开了我们。

今天，这部书终于能够面世了，我要特别感谢一向支持学术的贵州人民出版社的领导，感谢为本书出版耗费大量精力的李立朴先生。

谨以这一册菲薄的小书献给：

三十年来爱护我的亲人朋友们；

十年来，一直以亲切关怀的目光，注视着我在学术程途中的每一步跋涉，今年九月将喜迎八秩华诞的千帆师；

三年来我一直怀念的于北山教授和黄寿祺教授的在天之灵。

1992 年 4 月

记于南京大学古典文献研究所

重返六朝文学现场

——《世族与六朝文学》后记

本书所讨论的六朝，在时间和地理的限定上，约略相当于魏晋南朝，而不包括北朝，因此，所谓世族也不包括所谓“虏姓”和“郡姓”。全书由正文十章和附论三篇组成，正文又分上、中、下三篇。上篇两章，是全局性的面的研究，侧重从宏观的角度，讨论世族与六朝文学创作题材及文学批评的关系。中篇三章，基本属于历史的研究，线和面相结合。头两章在侨姓文学世族和吴郡文学世族中各择一例，以陈郡谢氏和吴郡张氏为中心，做了个案研究。最后一章以东晋王、谢二族为例，着重探析了世族之间的矛盾和摩擦。下篇五章属于点的研究。其中第一章是围绕作家的研究，中间三章为围绕作品的研究，最后一章则是混合的研究，希望提供一种具体而细微的考索，作为上、中两篇研究的参照和补充。附录的三篇论文，实际上是关于《世说新语》《文选》和《全上古三代秦汉三国六朝文》这三本“大”书的。说它们“大”，是因为这三部书不仅是研究“世家大族与六朝文学”的最基本的书目，也是研究六朝文学的最基本的文献，内容丰富，令人百读不厌。

这本书从最初的酝酿到现在基本成形，已经有十年了。

十年前，在做博士论文时，我就对世家大族与六朝文学的关系问题发生了兴趣，由于论题的限制和时间的关系，当时只略微涉及了一下，这就有了拙撰《魏晋南北朝赋史》第六章《南朝赋》（上）第一节《赋的贵族化倾向》。没想到，书出版以后，这个我自己认为未及深入探讨的话题，却引起了很多人的关注。1995 到 1996 年在哈佛大学访学的时候，就有几位彼邦学者同我讨论起这一方面的问题。应康达维（David R. Knechtges）教授的邀请，我还在西雅图华盛顿大学做了一场题为“世家大族与六朝辞赋之发展”的讲演。虽然那时候，我已经着手围绕“世族与六朝文学”这一课题，做进一步的研究，但我心里很清楚，我的见解还是十分粗浅的。即使到今天，当我把这部书稿交付出版社时，我仍然认为，在这一课题上，还有很多问题有待探讨。这些问题，或者是个人读书中一直在思考，而尚未有成熟答案的，或者由于主客观条件的限制，而一时未能完成。因此，我此刻的心情是既如释重负而又忐忑不安的。

我深深感到，对于一个学者，他所从事的每一项学术研究其实都非偶然，而是有着种种机缘。对于我个人来说，之所以从事这样一项研究，并最终完成了这样一部书稿，主要有三个因缘。

首先是我 20 世纪 80 年代初开始阅读到陈寅恪先生的几种著作，特别是《金明馆丛稿初编》《金明馆丛稿二编》以及《陈寅恪魏晋南北朝史讲演录》。陈先生在这些今天已可称为史学名著的书中所发表的诸多真知灼见，最初引领我进入这一课题领域。我在本书第三章开头，曾引述陈先生在《金明馆丛馆初编·崔浩与寇谦之》中的一段话，那其实更应当引述在全书之首，以为贯穿本书全部研究的宗旨。我有一个小小的愿望，自己的这一册小书，能够成为对陈先生的经典见解的一点注疏。

按惯例，这部书应该在某个显眼之处，标注“国家社会科学基金资助项目”的。1994 年，我以“世家大族与六朝文学之研究”为题，申报这一基金，出乎意料的是，各级评审组的专家竟然不约而同地对这一题目青眼有加，使该课题顺利获得了当年的国家社会科学基金的资助。如果说，在此之前，我对这一题目的兴趣还只是即兴的，计划是模糊的，那么，从这时起，我就不得不为自己设定一个时限，制订一个比较具体的研究规划。如此这般，我总算如期完成了这一课题，并顺利通过了专家评审组的评定，通过了全国哲学社会科学规划办公室的结项审查。这是本书的第二个因缘，也是我如释重负的主要原因。

流光容易把人抛，转瞬之间，我流寓南京已经十五年了。清代诗人袁枚曾说过，“爱住金陵为六朝”。鲁钝且乏旖旎之想的我，自然没有随园才子那么多丰富浪漫的想象，但是，在十五年飘泊异乡的生涯中，六朝的历史氛围确实能给我一些慰藉。怀古和思乡，这两种情感原本是相通的啊！我是一个本分的读书人、一个跋涉于历史原野上的不倦旅人，我有心对这座已然成为自己第二故乡的古都、对我厚爱的那一段历史烟云有所回报，但除了更勤奋读书、更用心思考之外，实在想不出什么别的方式来了。这也许可以说是本书的又一个因缘。

文学专业的人，都重视情境体验。如今，大概只有在南京，还能找到一些对六朝文学身临其境的感觉，发思古之幽情。如此说来，南京的确是研究六朝文学者的首选之地。但实际上，热爱六朝文学的人，却遍布全中国，遍布全世界。因为研究兴趣的关系，我曾经有机缘认识了一些研究这段文学与历史的前辈、同道，包括在半个多世纪以前就出版了《五朝门第》的前辈王伊同先生，也包括曾将《世说新语》译为英文的美国汉学家马瑞志（Richard B. Mather）教授。由于这本书的关系，我又认识了一些新的朋友，同时更了解到，在辽远的冰城哈尔滨，也有一批热爱着六朝文学的人。

最后，我要感谢成林女士，没有她一贯的全力支持，这项研究是不可想象的；感谢国家社会科学基金，没有它所提供的研究条件，这个课题恐怕不能如此顺利地完成。范子烨博士认真审读书稿，匡我不逮，深情厚谊，也是我应当致谢的。

本书是南京大学古典文献研究所专刊之一。

1998 年 6 月

记于南京

两个年轻人的合作

——《程氏汉语文学通史》后记

一

这本书是两个年轻人合作的产品。

大约是1992年冬季的一天，千帆师第一次跟我讲起他年轻时代的一部旧稿——《中国文学史教程》。老师长期执教于武汉大学，主讲中国文学史。20世纪50年代中期，老师在积累了多年授课经验的基础上写成了这部书稿，分上、中、下三册。上、中两册分四编，共二十五章：第一编上古迄秦代文学，共四章；第二编汉魏六朝文学，共六章；第三编唐宋文学，共七章；第四编元明清文学，共八章。下册实际上是近代文学部分，不分篇章，只分细目。我虽然已忝列门下十年，常常惊叹于老师对祖国文学历史的渊博和精熟，却还是第一次知道老师早有这样一部撰作。正如老师在本书前所标明的，这只是一部未定稿，仅供当时的学生和同行参考，但其独特的结构、书中处处闪现的新见妙解，却深深吸引了我。如果不是接踵而至的反右运动，作为老师当年理想中的宏伟规划的一部分，这部书应当早就问世了。将近四十年之后，当我的目光穿过时光烟尘，触及那些发黄的书页时，我仍然禁不住为老师的学术理想、学术抱负而感动。写这部书的初稿时，老师才四十出头，正是意气风发、年富力强的时候；而我看到这部书稿时，老师正好八十岁。

我当时的第一个想法是建议老师修订旧稿，并尽快将其出版。没想到老师并不满足于此，而是要做全面改写，并将这个任务交给了我，让我借此对中国文学史做一次全面的温习。我理解这是老师对我的爱护和信任，但说实话，心里是很惶恐的，我深知自己的稚嫩和浅薄，深知需要学习的东西太多，唯恐不能胜任，辜负了老师的期望。如果说我有什么优势，那就是年轻人的一股干劲、一股拼劲。老师说，这是两个年轻人的合作，是两颗年轻心灵的碰撞，并鼓励我大胆做下去。

说起年轻，我指的不仅是当年的老师，更是今天的老师。这几年，为了重写这部文学史，我不知多少次与老师交换意见，讨论问题，从全书结构、章节安排，到具体的观点和史料使用，得到过许多启示。令我惊奇的是，每次讨论起文学史写作中的一些学术问题，老师的眼里总是闪现出一种神奇的光芒，思维也特别兴奋活跃。他不亚于年轻人的敏捷思维和学术热情，深深地感染了我。

从接受老师嘱托的那一天起，我就时刻将它放在心上，甚至远行到美国之时，也随身带着参考书和书稿。因为学力有限，因为我的种种文过饰非的理由，这部书稿拖了若干年时间。现在，书稿终于完成了，我想借此机会，谈一谈我们关于中国文学史和文学史写作问题的一些看法。

二

中国文学有五千年的悠久历史，而中国文学史则是一门刚满百龄的年轻学科。1910年公开出版的林传甲著《中国文学史》曾经被认为是第一部中国文学史著作。1901年，英国剑桥大学中文教授H. A. Giles（汉译名翟理斯）在所著《中国文学史》（*A History of Chinese Literature*, D. Appleton and Company, 1901）中，也曾经骄傲地自称那是世界上第一部中国文学史著作。实际上，1897年日本富山房出版的古城贞吉《中国文学史》比林著早了十几年，比翟理斯也早了四年。如果从1897年算起，中国文学史至今也只有102年的学科史。

文学史作为一门近代学科，其概念最初是从西方引进的，一开始，国人对这一学科无法适应，是很自然的。但很难说，中国学术传统中就没有文学史研究。《文心雕龙·时序》一篇，就是对梁以前中国文学发展的一个历史描述，应即属于文学史研究的范畴；《文心雕龙》文体论中的各篇，也都有关于文体的历史演进和主要作家作品的评述。但古典批评家们所做的，以片断的研究、感悟式的评论居多，一部完整的、有系统的、近代意义上的中国文学史则尚付阙如。

中国传统的学问体系中，并没有将文学史划定为一个具体学科，这从传统目录学与近代图书分类的差异中明显可以看出。传统目录以经、史、子、集四部分类。做一个粗略而不免牵强的比附，经相当于哲学；史相当于历史学，还包括考古学、历史地理学等；子部之中，既有哲学（如先秦诸子），也有笔记小说、学术笔记等；集部则相当于今天的文学。在《四库全书总目》中，集部之下又分楚辞、总集、别集、诗文评等类。如果以近代的文学观念来厘定四部，对其内涵做一重新分类定位，势必打乱原有体系，使之淆乱不堪。例如，经部之中，至少《诗经》《左传》等书可以，也应当划入文学的范畴；史部之中，至少前四史（《史记》《汉书》《后汉书》《三国志》）是文学和历史两个学科都不能忽略的；子部中的先秦诸子散文、笔记小说，都是文学史中必须加以论列的内容。显然，“集部”与“文学”是来自两个学问系统或者说知识体系的概念，二者既非平行关系，更不能画上等号。这可以解释为什么在中国有漫长的文学研究传统，却没有出现所谓的文学史著作。

中国传统治学重视融会贯通，崇尚兼通四部。近代以来，随着知识积累越来越多，学有专攻的重要性势必凸显。同时，由于学科建设和科学研究深受西方学术传统的影响，从注重综合到讲究分析，治学路径自然也需要改弦易辙，做相应的调适，适应急剧变化的时代思潮和学术大势。对中国传统文史学者来说，这意味着更换自己原有的学术土壤，乃至放弃自己的学术优势，无疑是一件艰难甚至痛苦的事。艰难，是因为传统很深厚也很沉重，一旦割舍，容易丧失学术自信，从原先占据的学术核心滑到边缘。痛苦，是因为这无形中意味着在承认本国的政治、经济、军事等方面处于劣势、需要变革之外，还要承认自己的文化学术也处于劣势、需要变革。实际上，这是中国近代文化人所共同面临的困境，不独中国文学史研究者为然。

说来惭愧，难道异邦学人对中华文化、中国文学的了解之深刻、感知之敏锐，就真的为炎黄子孙所不及？然而事实是，最早的两部《中国文学史》诞生于遥远的扶桑和大不列颠岛上，第一部《赋史》诞生于一衣带水的东瀛（《赋史大要》，日本京都帝国大学教授、文学博士铃木虎雄［1878–1963］，1936 年出版，有殷孟伦译本），甚至当 20 世纪 20 年代鲁迅先生划时代的著作《中国小说史略》出版后，也有人诬评他剽窃了日本人盐谷温的成果，搞得沸沸扬扬。即使排除政治攻击和人格抹黑之类的别有用心，这个事件在当时造成相当影响，也说明了很多国人内心深处的不自信……诸如此类的现象，从中西学术传统的差异，从近代以来传统学术的自我迷惘，从近代学术文化大局这一大背景上，都可以获得新的、更深切的理解。

三

星移斗转，当今之世，东方主义、文明冲突说、后殖民主义理论、文化帝国主义之类的时髦话题甚嚣尘上。我想说的是，中国文化、学术以及中国文学固然有自身的特点，但我们也应该承认，“不识庐山真面目，只缘身在此山中”，加强学术文化的交流，以增进相互理解十分有必要，即使是几十年前出版的外国学者的中国文学史著作，也有其不可忽视的参考价值。翟理斯曾长期在中国生活并担任过驻宁波领事，铃木虎雄也曾留学中国。拥有文化交流的人生经验，对他们的学术事业显然是有帮助的。虽然自负的辜鸿铭在其名噪一时、近来又重新走红读书界的《春秋大义》（*The Spirit of Chinese People*，又译

《中国人的精神》）中对翟理斯颇多讥讽，说他翻译的中国文学作品“或生吞活剥，或照本宣科，或断章取义，不能发掘文义内涵及精粹，亦不能认识中华文化之整体也，其他之中国研究更等而下之，不值一哂”（《一位伟大的汉学家》），虽然林语堂也批评翟理斯书只是“作家作品的一系列介绍，而不是历史发展的介绍描述”，命名为《中国文学史》有些“名不副实（misnomer）”（林语堂《陈受颐中国文学史略序》），但是，他的《中国文学史》毕竟是欧美世界第一部中国文学史，在20世纪30年代的中国大学里还曾被指定为参考书。虽然《赋史大要》只是一部纲要性的著作，疏略之处也不少，但是，它毕竟开创了辞赋研究的新格局，因而被翻译介绍到中国学术界来，促进了中国本土的辞赋学研究。

另一方面，中国文学有自身特点，小者如具体的文学样式即所谓文体概念，大者如文学所包括的范围、理论观念、研究方法，都与西方有所不同。以文学样式为例，赋就是一个很特别的文体，在西方文学中找不到一个准确的对应物（counterpart）。赋的英文译名就有多种：rhapsody是比附性的译名，此词原指古希腊适于一次吟诵的叙事诗，又称狂诗、狂言，或音乐中的狂想曲，在吟诵、叙事、狂想（令人联想到赋的夸饰）方面确实有些类似赋体，但赋体后来的变化太多，不只是叙事和描写，也未必都有狂想。prose-poetry（散文诗）是意译，但人们似乎无法从中推知赋这一文体的特征。rhyme-prose（有韵的散文），有些类似南朝文笔之辨中的“文”，也未免过于空泛。至于exhibitory essay、poetic exposition等，是以短语进行描述性的名词解释，不适合作为专有名词。还有音译为 fu 的，对于圈外读者来说，这等于没译。变通的做法是每次使用某一名词时，都附加一段说明性的文字，但这恐怕缺乏现实可行性。又如，楚辞一名，或者英译为 elegy，或者音译 chuci，至今也未能统一。至于哀挽文学，中国文学中可以分出碑（神道碑、墓碑）、志（墓志）、诔、祭文、吊文等多种，在西方文学中也很难一一找出对等物。海外汉学家在用英文写作时，碰到中国文学中的许多专有名词，也往往像严复当年一样，“一名之立，旬月踌躇”。

基于以上例证和论述，我们很容易理解，中国文学中有一些特殊的东西，是外国文学中所没有的，中国文学史理当将这些东西包容在内。比如对联，西方文学中固然有对句（couplet），但其出现频率、适用范围、文化功能等都不能与中国的对联相比。各种文学游戏或游戏文学，比如俳谐文、谜语、笑话、诗钟之类的东西，也可以，并且应当划入文学和文学史的范围。又如八股文，长期以来，它承担的骂名可谓多矣，然而，正如马叙伦所说的，“撰文学史者断不能将占有数百年势力、与国家民族之治乱盛衰有关者，缺而不著”（《石屋续渖·八股文程式》）。因此，本书特别辟出一些篇幅，以容纳这些内容。

中国文学研究在中国自身几千年的学术传统中，已经形成了一套丰富的，适合中国国情，特别是中国文学实际情形的，行之有效的理论、观念、方法，如言志、缘情、文与道，如风骨、文质，如论诗诗、摘句图、诗坛点将图，如知人论世、意象批评、寻源溯流等等。诸如此类的宝贵遗产，显然值得我们去梳理、发挥、阐释、使用。对于中国文学史研究来说，这些学术遗产正如一座富矿，有待继续开掘利用。此外，近代以来层出不穷的各种中国文学史著作，也提供了很多好的思路、视角和论点，值得我们吸收、借鉴。

四

与动荡的20世纪相伴随，中国文学史学走过了一段曲折的历程。在这个世纪里，仅在中国出版的中国文学史著作就难以计数，1949年以后出版的文学史著作数量尤多。1986年，安徽黄山书社出版了陈玉堂《中国文学史书目提要》，收录1949年以前出版的中国文学史著作的版本信息和内容提要。1992年，辽宁大学出版社出版了吉平平、黄晓静编著的《中国文学史著版本概览》，集录1949年至1991年国内外公开出版的各类文学史著作的版本信息和内容简介，“所收史著578部，其中影印、重版、修订解放前的旧著55部，1976年以前出版的史著81部，1977年以后出版的史著442部。在这些史著中，中国港、台及海外出版或再版的史著占97部，诗歌、小说、戏剧等各体文学史著达228部”（见本书《编写说明》），并附有大部分作者的小传。其中，中国文学通史著作就占了100多部，繁简不同，所适应的读者层次也不同。20世纪60年代以来，在中国大陆最为流行，而在今日的大学教育中仍颇为通用的中国文学史著作有三部。其一是游国恩、王起、萧涤非、季镇淮、费振纲主编的《中国文学史》。全书分为九编，基本上以朝代划分，只有末编按社会形态分。结构特点是先总后分，先有概说，再有分论，再有小结，眉目清楚，立论平实，便于教学使用。改革开放以来，虽然出现了不少对本书的批评，但本书的某些论述仍难以超越，如其对李白诗结构特点的分析。其二是中国社会科学院文学研究所编写的《中国文学史》，1962 年 7 月出版，分上、中、下三册。本书作者阵容不弱于前一本，结构框架与前一种无大区别，但更偏重以作家为纲，艺术分析常有精彩之笔。本书原本不是当作教材写的，故在章节设置、结构安排上比较灵活。它只写到 1840 年鸦片战争为止，固然有未尽之意，但也避免了分期上使用两套标准的尴尬。第三种是刘大杰著《中国文学发展史》，1962 年中华书局上海编辑所出版。本书突出文体流变的线索，对各时期的大家相对集中叙述，并着重对每一时期的文学主潮做概括性的描述，概括多于分析，叙述多于议论。刘氏早年有创作经验，故本书文笔优美，可读性强。总的来看，本书框架结构和叙述语言都富有个性，是个人所著文学史中较为成功的一种。1973 年至 1976 年间，由于历史原因，作者对原书做了较大改动，突出所谓“儒法斗争”的主线，学界颇多讥评。

此外，在通史方面，较早且较有特点的个人著作，有林庚《中国文学简史》。此书经过多次修订，最早是 1947 年由厦门大学出版社出版，是林氏在其厦门大学授课讲义的基础上写成的，最新版是北京大学出版社 1995 年版。该书突出中国文学的抒情传统，因此，对寒士文学的中心主题、文学语言诗化的曲折历程、浪漫主义文学传统等问题予以较多注意。在断代史方面，刘永济《十四朝文学要略》提纲挈领，叙述了隋以前的中国文学发展情况，在形式和内容方面，都很有特色。此外还有刘师培《中国中古文学史》，王瑶《中古文学史论》，曹道衡、沈玉成《南北朝文学史》，程千帆、吴新雷《两宋文学史》等书，也各有创获。在分体文学史方面，萧涤非《汉魏六朝乐府文学史》、鲁迅《中国小说史略》、胡士莹《话本小说概论》等书，都是较有特色并已有定评的佳作。在概论方面，袁行霈《中国文学概论》先总论特色、分期、地域、类别、趣味、鉴赏，再分论诗赋、词曲、小说、文论，结构和立论上都不乏新意。

在中文著作以外，已公开出版的以英文撰写的中国文学史著作也有数种，为海外修读中国文学的学生经常参考和阅读。除了翟理斯的《中国文学史》是英国人所作而曾在美国重印外，其他四种均为美国汉学家撰写：陈受颐《中国文学史略》（Chen Shouyi，*Chinese Literature: A Historical Introduction*，The Ronald Press Company，N. Y. 1961）、华滋生《中国早期文学》（Burton Watson，*Early Chinese Literature*，Columbia U. Press，1962，有罗香林中译本）、柳无忌《中国文学概论》（Liu Wuchi，*An Introduction to Chinese Literature*，Indiana U. Press，1966）、赖明（音）《中国文学史》（Lai Ming，*A History of Chinese Literature*，The John Day Company，N. Y. 1964）。值得注意的是，这几种中国文学史都是在 20 世纪 60 年代出版，适应了战后急速发展的学术、教育以及冷战时代的实际政治需要。20 世纪 70 年代时，以康达维（David Knechtges）和宇文所安（Stephen Owen）为首的一批美国汉学家，曾有意合编一部多卷本中国文学史，大致思路是按断代（或断代再分体）分卷，参与者就其所长分头撰写，再汇总成一书。后来因工作量大，难度也不小，计划未能施行。时过境迁，完成这一计划的希望看来是越来越渺茫了。但在德国，慕尼黑大学东亚系汉学专业主任教授施米特·格凌策（Schmidt Glintzer）在1990年用德文出版了一部《中国文学通史》（*Geschtichter der Chinesischen Literatur von den Anfangen bis zur Gewart*，Munchen，Bern，1990），从《诗经》一直讲到朦胧诗。据悉，最近波恩大学东方语言学系中文专业主任顾彬教授（Kuhn Wolfgang）正在撰写一部五卷本的《中国文学史》。这说明，虽然有关著作已经汗牛充栋，学者们在这一方面努力的热情依然没有衰减。

五

中国大陆学者在这一方面努力的热情，受20世纪80年代中期以来兴起的“重写文学史”讨论的推动而更加高涨。这场讨论涉及古代文学界和现代文学界。“重写文学史”本来是一个不成问题的问题，意大利哲学家克罗齐早就说过，任何历史都是当代史，都是思想史。显然，每一代人都通过自己的研究、思考，在重写着历史。同时，文学史写作实际上也是一种文学评论，允许，也应当有不同的写法。这场讨论表面上只是因为对20世纪60年代以来通行的几种文学史的陈旧框架和机械唯物论思维模式不满而进行的，企图做出新的评价，取得新的突破，实际上已涉及如何看待文学的内涵、如何评价文学，乃至如何划定新的文学界限、设定新的价值基准等根本性的问题。框架和方法也是当时讨论得很热烈的问题，活跃的文论界关于新方法论的热烈讨论，也在一旁起了推波助澜的作用。

讨论中，围绕理论、观念、方法、框架之类讲了不少，在具体操作上，则实践还不够多。实际上，具体操作最能显示学术水平，也是最重要的。任何没有经过具体操作检验的理论、观念、方法、框架，都是灰色的。在具体操作中，断代、分体的文学史也许相对容易着手一些，因此，近年来这一方面出现的佳作也比较多；而通史时间跨度大，写作难度也大，短期内比较难以产生佳制。而且，在通史的写作中，还有不少重要问题需要再思考、再讨论、再试验。例如，关于文学史的分期问题。如何看待文学的兴衰与朝代兴亡之间的关系？是否一定要以朝代为文学的分期依据？或者反过来，是否一定只能以年代（如以世纪）为断？除此二者，是否还有别的断法？能否两种断法交叉使用？历史学中使用的社会形态分期，文学研究中能不能搬用，以及应该在怎样的范围内搬用？是否有必要把文学史分割成古代、近代和现代三大段？

又如文学史研究和编撰中的点、线、面问题。基于不同的角度、不同的范围，对点、线、面可以有不同的理解。以作家论，一篇作品是点，其前后期的发展是线，作家不同文体、风格的创作则是面；以时期或时代论，一个作家是点，各时期文学风尚的变迁和潮流的起伏是线，一群作家、一个或多个文学团体是面；以整个文学史论，作家作品或文体个案、文学现象是点，文体、理论、思想等演变的历史脉络是线，一个时期的文学横断面、文学的各种面相则构成各种不同的面。如何把握并处理好各种不同的点、线、面的关系，是文学史写作中的难点之一。

再如文学史潮流中的合流和偏离，也即共性和个性的问题，也是必须加以注意的。一个时代有一个时代的潮流和时尚，有合乎这种潮流时尚的作家，也有乖离这种潮流时尚的人群。文学史描述当然要辨明主次，既把握时代共性，也分清具体作家的个性，才算全面。以汉赋为例，骋辞大赋自然是主体，但也要看到，同时还有为数不少的各类小赋，不仅在东汉中后期存在，在大赋最隆盛的西汉时代也同样存在。最近，江苏东海县尹湾汉墓出土了一批汉简，其中有一篇《神乌赋》，写的是一只雌乌鸦被为盗的乌鸦所伤，即将死亡，雄乌决心以身殉，雌乌劝其飞走的故事。赋用四言句式，叙事性强，富有民间文学的色彩，与传世汉赋差异很大，却与后来曹植的《鹞雀赋》、敦煌卷子中的《燕子赋》一脉相承。这也提醒我们，所谓合流和偏离，也即共性和个性，不能理解得过分绝对，学术的进展、新材料的发现，有可能改变我们的固有看法。

此外还有文学史的结构框架问题。不言而喻，不同的文学史对象要求不同的文学史叙述结构；甚至对象相同而篇幅不同者，也适用不同的叙述结构框架。中国传统史学著作有各种不同的体裁，有通史、断代史、专史（如制度史，“三通”“十通”之类），有编年体、国别体、纪传体、纪事本末体等等。现有的中国文学史著作中，有通史，也有断代史。有某一专题的历史研究，类同于专史；也有某一文体的历史研究，类同于国别史。编年体也有不少人做过实验，产生了吴文治《中国文学史大事年表》（黄山书社，1987）、刘知渐《建安文学编年史》（重庆出版社，1985）、熊笃《天宝文学编年史》（重庆出版社，

1987）等著作。此外，从纪事本末体和纪传体中，我们也可以得到一些有益的启示。以纪传体为例，“本纪”可以交代时代大背景；“世家”可以处理文体文类主题；“列传”可以用来评述文学史上的大家名家；“表”可以列举有关统计数字及图表；“志”可以讨论一些比较重要的文学史专题，如雅俗问题、南北异同问题等等。六朝古典名著中，《三国志注》《世说新语注》《洛阳伽蓝记》《水经注》等书都吸取了佛经合本子注的形式。在中国文学史著作中，刘永济先生的《十四朝文学要略》也是采用这种形式，以简驭繁，纲举目张，有其优长之处，在今天仍有启示意义。

唐以前的纪传体正史多出自个人之手，初唐朝廷设局修史，以后逐渐形成制度，为后代所沿用。这也是势所必然，因为越到后来，史料越多，以一人之力，难以胜任修史之职。中国文学史的编写也是如此，以个人的力量处理日益纷繁的史料文献，学识、精力之捉襟见肘是不难想象的。所以，哈佛大学教授海陶玮（Hightower）评陈受颐所作《中国文学史》时，就曾说过，个人编写文学史几乎是不可能的。于是，集体编写的文学史著作也就应运而生。集体协作便于集思广益，发挥集体的智慧，可以在较短的时间内完成浩大的工程，这是其长处；但人文科学本质上特重独创性和个性，集体协作则要求前后统一、彼此一致，势必销磨个人风格，使之变得四平八稳，没有棱角，这是其短处。事实上，集体编写的文学史的长短优劣，在很大程度上就是由这种工作方式决定的。近年来，这种集体协作式的大工程又引起了人们的兴趣，不少计划被提上了议事日程，并以不同的规模次第展开。大集体协作这种方式和由这种方式产生出来的文学史著作显然有其存在的必要和价值，虽然其具体操作的难度乃至成本要高一些。

六

这本书是由我们师生二人合作的，在讨论写作计划和就具体问题往返交换意见时，这种小范围的合作相当便利。书名冠以“程氏”，只是要说明我们恰好都姓程，并以此区别于其他众多的文学史著作而已，别无深意。书名中的“汉语文学”，亦即鲁迅《汉文学史纲要》中的“汉文学”，意味着本书不涉及汉语文学以外的其他中国语言文学。尽管我们为本书倾注了相当多的时间和精力，在写作过程中，仍然时时感到困惑和迷茫。我们参考了古今学人的许多研究著作和论文，尽量弥补自身知识的不足，并从中得到了许多启示。如本书第八章中关于从子书衰落到论说文勃兴的一些论述，就是从刘永济先生《十四朝文学要略》中受到启示，并参考利用了刘先生的一些思考结晶。在本书的相关章节中，我们也参考了林庚先生《西游记漫话》中对《西游记》一书的性质及其人物形象的独到分析，以及启功、金克木、张中行诸先生关于八股文体的一些论述（《说八股》）。限于本书行文及体例的关系，没有逐一随文注明，这是我们应当特别说明并郑重致谢的。至于书中仍然存在的一些缺憾，则是要由我们自己负责的。

1998 年岁末

程章灿谨记于南京大学

研赋新得

——《赋学论丛》后记

在1989年4月写完《魏晋南北朝赋史》之后，我的主要精力和研究重点就逐渐转到了其他方面，但是对赋的兴趣依旧保留了下来。在这种兴趣的驱动之下，1990年我曾与同门曹虹教授合作为程千帆师选定篇目的一本辞赋选本作注，1994年又应上海古籍出版社之约，写了一本题为《汉赋揽胜》的小册子。除此之外，十六年来，因为参加一些学术会议特别是辞赋学界的一些学术活动，也写了若干论文。收在本书中的十四篇论文，大部分就是这样产生的。现在将其汇而存之，大略分为两辑：第一辑关注赋学文献及其赋史意义，第二辑则是关于赋史专门问题的研究。因此，本书也可以称为《赋学文献与赋史》。十四篇论文中最早的一篇写于1986年，最晚的作于2005年，前后时间跨度差不多整整二十年，文体风格自然不尽相同。我愿意借此机会对各篇论文的情况略作介绍。

1996年，我应简宗梧教授的邀请赴台北政治大学参加辞赋学国际学术研讨会。那时，我正试图根据自己多年的搜集积累，编撰一部《六朝赋话》供学术界同行参考，并为此做了一些准备，因此，就将自己在这方面的想法写成《辞赋批评：思的框架和史的脉络——关于〈六朝赋话〉的编纂设想》提交会议。

其后时过境迁，我在编撰赋话这方面的计划有所改变，但对赋学文献的关注却与日俱增。2003 年秋，凤凰出版社姜小青先生决定重新整理影印《历代赋汇》，约我撰写《赋学文献综论》。我沿着前一篇文章的思路，在其基础上大加扩充丰富，从别集、总集、诗文话、赋话、史传、书目、诸子、笔记、类书和出土文献等十个方面，论述各种形态的赋学文献及其赋史意义。写成之后，竟有四万多字，这篇长文后来登载于凤凰出版社 2004 年新刊《历代赋汇》卷首，这次收入本书时，又做了较多修改和补充。

由于《魏晋南北朝赋史》等论著的关系，我经常有机会与一些同道切磋赋学。南京大学中文系 2002 级博士研究生张巍是我师兄莫砺锋教授的高足，好学深思，曾与我讨论马融《长笛赋》李善注所称枚乘作《笙赋》如何理解的问题。枚乘究竟是否作过《笙赋》，这个问题以前似乎从未有学者质疑过。我们两人就此往返笔谈多次，后来又将双方的意见融合起来，写成这么一篇文章，初刊于南京大学古典文献研究所集刊《古典文献研究》第 7 辑上。这本是两人合作的结果，应当说明。

《关于〈文选〉注引赋的一些问题》初稿写于 1986 年底，初刊于 1987 年第 3 期《古籍研究》，后来曾经附入拙撰《世族与六朝文学》，显然不算切题，聊充篇幅而已。我希望将来有机会修订《世族与六朝文学》时将此文抽去。这次对此文做了较大改动，重新收入本书。这是我涉足《文选》学和赋学研究的开始，今天回想起来，当年在南园北窗之下细读《文选》的情景犹历历在目。

平常读赋的时候，我习惯做一些札记，将其中有关赋学文献的札记汇总一处，就成了《赋学文献拾零》。这些札记其实是一些文献学的杂考，前两条札记是对两篇旧文《先唐赋辑补》和《先唐赋存目考》的拾遗。另外，我曾写过《〈事类赋注〉引六朝赋考》，原刊于《古籍整理研究学刊》2000 年第 2 期，也是对这两篇旧文的拾遗补阙，因为曾经单独刊行，所以这次仍其原貌，而不一并附入《赋学文献拾零》。第三条札记《〈后汉书〉所记赋家赋作》则是从特定角度对前两条的补充。此外，我还从《太平广记》中辑得若干唐赋佚文，比较有意思的是一篇唐人假托谢庄、江淹之名而作的律赋《爱妾换马赋》。收入《太平广记》的这段故事不仅说明谢庄《月赋》和江淹《恨赋》在唐代已经经典化，而且以“子不语”的“怪力乱神”的方式阐述了南朝骈赋和唐代律赋的异同，殊有意味。古人说，校书如扫落叶，旋扫旋生。我觉得，文献辑佚考订工作有时候也跟校书一样，不过这正是其令人乐此不疲之处，当然这与自己读书不多用功不够也有关系。很多赋作都有政治内涵，乃至唐代律赋之命题也与政治密切相关，札记中就有两条从文献考订出发而涉及这一点。“碑文似赋”说的来历及其意义，涉及碑、赋这两个先唐重要文体。《全唐文》根据《文苑英华》辑录晚唐赋家谢观的作品，在文献甄辨取舍上还不够审慎，我对此也做了排比推考。这些考辨可以从具体案例的角度与《赋学文献综论》相互印证。

《唐宋元石刻中的赋》原是提交给 1998 年南京大学中文系主办的第四届国际辞赋学研讨会的论文，初刊于《文献》1999

年第 4 期，后来又收载于南京大学中文系编《辞赋论文集》（江苏教育出版社，1999 年 12 月）。这些年来，我花了不少时间研读石刻文献，相关心得曾汇集成《石学论丛》在台湾大安出版社出版。这篇论文试图融合石学与赋学，对这一方面的文献做一些梳理与阐发。收入本书时，我对这篇文章做了较大改写补充。元代作家袁桷的《七观》最初也是在研读石刻文献的过程中注意到的。表面上，这篇作品采用赋史上陈陈相因的“七体”形式，实际上，我认为，它涉及文学与学术、七体的变革与创新等重要问题，其结构形式与主题立意皆别开生面，其流传与历史意义也值得另眼相看，绝不能漫不经心而忽略之，于是写了这么一篇文章。

第一次读到明人施重光编《赋珍》，是 1995 年在哈佛大学燕京学社访学之时。当时我就做了比较详尽的笔记，准备就此写一篇文章，结果一拖就过了将近十年。直到 2004 年，我在南京大学负责筹办中国古代文学文献学国际学术研讨会之际，才将《〈赋珍〉考论》写出来并提交是年 8 月举办的这次会议，总算夙愿得偿。

《〈闽峤赋约〉考论》是闽人编选的律赋选本，与当时科举文战关系密切。此书编成于晚清，编者王式金是福州人，也是我的同乡。2004 年 9 月，应陈庆元教授之邀回乡参加福建师范大学文学院与《文学遗产》编辑部合办之“《文学遗产》论坛”，我提交的就是这一篇论文，窃以为能得人情地理之便宜。在开会之馀，我抽空到福建省图书馆古籍特藏部访书，不仅核对了《闽峤赋约》的版本，也第一次读到了珍贵的郭白阳家藏本《闽南唐赋》。在以往的学术研究中，这一类赋集受到的关注比较少，近年来，随着赋学研究的深化和拓展，越来越多的学者开始对这些赋集刮目相看，刮垢磨光。在《赋学文献拾零》中，我对《赋苑》和《闽南唐赋》这两种赋集曾做简单考评。

在旧作《魏晋南北朝赋史》中，我曾经涉及晋室南迁与辞赋创作舞台转移到江南的问题，其后又写过一篇《江涛声里的兴亡梦——析郭璞〈江赋〉》，刊载于1992年第4期《古典文学知识》。这次对旧文几乎是推倒重写，虽然某些部分沿用了旧作的文字，但论述的侧重方面已有所不同，所以干脆换上一个新的题目。

作为一个具有两千多年历史的传统文体，赋在步入20世纪之后面临着新的语言环境和新的文化语境，它在20世纪文学史上的位置如何，它在今后的走向如何，是很多赋学研究者都很关心的问题，我也时常在心里追问自已。2004年4月，在复旦大学中国古代文学研究中心举办的中国古今文学演变学术研讨会上，我报告了《古典文体的现代命运——以现代赋体文学观念及创作为中心的思考》这篇论文。这个题目涉及的问题不少，文章只能做一些粗线条的勾画，还有不少可以深入探索的空间。

1987年，马积高先生的《赋史》在上海古籍出版社出版。我在《南京大学学报》1988年第3期上发表《“廖化作先锋，何必逊大将”——评马积高先生著〈赋史〉》，从赋的名义、赋史脉络、材料与方法等三方面进行评述。通过这篇书评，我与马先生建立了学术联系，也多次承他赐赠其著作。十年过后，我才第一次亲眼见到马先生，并越来越认识到这部《赋史》的划时代意义。与此同时，前辈学者的渊雅风范也给我留下了深刻的印象。马先生已驾鹤西行多年，整理这篇文稿的时候，我从箧中翻出珍藏多年的马先生手书五言诗一首，诗书俱佳，翰墨馨香，不禁临风怀想。

本书最后两篇是《论赋绝句五十首》和《后论赋绝句五十首》，其文体显然与前此各篇差别很大。前人所作论诗绝句甚多，也有论词绝句、论书绝句乃至论画绝句等，而论赋绝句似乎未见。我想通过这两组诗作，试验一下这个传统批评方式在当代学术研究中的弹性、适应性以及生命力。前一篇是提交给 2001 年 11 月由漳州师范学院主办的第五届国际辞赋学研讨会的论文，后来先刊于《中国典籍与文化》2002 年第 2 期，继而收入这次会议的论文集。后一篇本来是为 2004 年 10 月由四川师范大学举办的第六届国际辞赋学研讨会准备的，后来我因临时有事未能与会，但仍然提交了论文。前一篇专论先秦两汉赋，后一篇专论唐宋两代赋，比较集中地表达了我对这两段赋史的一些看法。一百首绝句数量已经不少，我在写作之时也颇费经营，但比写成全部赋史还是明显省时省力，也好玩得多。我希望未来的日子里有机会再作一百首绝句，将元明清的赋史一并论及。也许，这些零碎篇章终究不可能与我的《魏晋南北朝赋史》“重组”成一部纵贯古今的赋史，但至少可以满足我不吐不快的冲动。

一般人认为，赋，尤其是汉赋作品，是很难读的，不容易从中获得阅读快感。在大多数人眼里，赋学研究大概也好不到哪里去。我最后想在这里说的是，二十年来，赋学研究给了我很多快乐和享受，感性方面的和理性方面的都有，所以才会产生上文所说的那种“不吐不快的冲动”。

2005 年 3 月 11 日

记于南京大学

读石留痕

——《古刻新诠》后记

本书是我的第二本石刻研究论文集，取名《古刻新诠》，既是为了与以前在台北大安出版社出版的第一本论文集《石学论丛》有所区分，也是为了与现在的这套丛书的名称“文献传承与文化认同”尽量靠近。

1999 年《石学论丛》出版之时，我写了一篇后记，比较详细地交代了个人学习石刻文献学的缘起以及那本论文集出版的因缘：

> 我从 1989 年开始接触金石学，准确地说，是金石学中的石学部分。当时，我所在的南京大学古典文献研究所承接了一个有关石刻史料研究的项目，鉴于我在大学本科阶段曾就读于北京大学历史系，程千帆师和周勋初师就鼓励我着手石刻学的学习和研究。说实话，我那时虽然很爽快地点头了，心里却是一点底也没有的。光阴荏苒，转眼已过了十年。在这十年中，我不自量力，先后承担了两个有关石学的研究项目，即“石刻文献学研究”和“石刻中的唐人史料研究”，也陆续写作了一些石学研究的论文，同时，配合给研究生讲授的“石刻文献学”课程，还完成了一本“石

刻文献学概论”的书稿。这其间的辛苦和自得都不足为外人道，聊可自慰的是，时光没有虚掷，个人的一段生命有所着落。

收录在这本书中的二十篇文章，就是这一段蹒跚足迹的记录。这些文章大多数都曾经发表过。我想借此机会，感谢《考古》《中国语文》《文献》《古籍整理出版情况简报》《中国典籍与文化》《古籍整理研究学刊》《唐代文学研究》《古典文献研究》等刊物。在这一类被称为冷僻之学的文章很难发表的今日，是它们给了我向学术界同行汇报请教的宝贵机会。我还要特别感谢全国高等院校古籍整理研究工作委员会主办的《中国典籍与文化》杂志社对我的信任和支持。本书所收录的《读石随笔》中的九篇文章，最初就是以同名专栏的形式，在该刊刊载的。

由于写作时地不一，心境各异，刊载的杂志也各不相同，本书中的文章在文体和口气方面颇不相同。时过境迁，我想不必再作统一，故一仍其旧。其中最明显的是《读石随笔》。为了破除一般读者对金石学敬而远之的心理，这一组文章尝试用一种比较轻松活泼的语气来叙述，但文中所讨论的，又都是比较严肃而专门的话题。我很高兴，这一组文章引起广大读者的注意和兴趣，大大超出了个人的预料。《读〈六朝碑别记新编〉札记》，是提交在杭州大学召开的“古汉语与古文献国际学术研讨会”的论文，它尝试遵从语言学论文的格式，故在文末标注引用书目，因而显得有些特别。关于石刻刻工的两篇文章，虽然篇幅不短，应该说并未搜罗完备。也许可以在此基础上再进一步，重编《石刻考工录》，预计其篇幅将不止比原书增加一倍。

在研究石学之初，我是很有一点寂寞的，所幸的是，这种寂寞正日益减弱。从大的方面说，20 世纪的石刻研究虽总体上呈急剧衰退之势，但近十年来，又似乎有复兴之机，尽管其总体态势还未能让人乐观；从小的方面说，在与学侣的交往中，以文相会，声气相同，颇得相知论学之乐。这本小书的出版，就是仰仗叶国良教授的鼎力相助。这使我在感念之馀，更印证了人生的种种缘法。

逝者如斯，这篇后记差不多又是十年之前的事了！而今虽然时过境迁，但个人情怀依旧，因照录如上，以志鸿爪。

当然，这毕竟是一本新的论文集。近十年来，个人对石学的学习与研究并没有停止，虽然方向和重点有点转移。这一点在这本新论文集中也有所反映。《古刻新诠》共收入论文二十五篇，其中已见于《石学论丛》的旧作十四篇，新作十一篇，包括：

1. 《刘熊碑》新考
2. 读《张迁碑》志疑
3. 《张迁碑》再志疑
4. 作为文本的汉代石刻——读《汉代石刻集成》
5. 明僧绍与栖霞立寺史实考——重读《摄山栖霞寺碑》与《明征君碑》

6．《头陀寺碑文》所用佛典与《涅槃无名论》之真伪

7．唐代墓志中所见隋唐经籍续考

8．读《金石录》卷二十四札记

9．读《金石录》小识

10．《大越国李家第四帝崇善延龄塔碑》校考

11．石刻文献与古代文学研究刍论

除了1、3、7、8、10五篇未刊之外，其他各篇已在《文献》《人文中国》《古典文献研究》以及《文献学研究的回顾与展望——第二届中国文献学学术研讨会论文集》等书刊中发表。《读〈金石录〉小识》是应金文明先生之约而作，附载于新刊本《金石录校证》（广西师范大学出版社，2005年）之后。这些文章的文字材料等在编入本书时都稍有增订。

收入《石学论丛》的二十篇文章，有五篇被剔除：《石学与赋学》关乎赋学研究，已收入本人的《赋学论丛》（中华书局，2005年）；《墓志起源考》和《墓志铭的结构与名目》二篇有关墓志文体研究，将与本人近年来研究碑志文体的论文结集重刊；《〈石刻考工录〉补遗》和《石刻刻工续补》已作为本人专著《石刻刻工研究》的一部分，将在今年由上海古籍出版社出版。此外，《陆广成墓志考》一篇并入《唐代墓志丛考》，《丛考》原收十一则考证，此次多有增补，扩充为二十则。收入《古刻新诠》的十四篇论文，只在文字上做了一些修订，基本观点没有改变。

旧作《金石百咏》中有一首《读〈西岳华山庙碑〉》：

西岳岩岩若有神，丰碑蝉蜕古遗珍。
察书偶自标名姓，飞动千秋纸上尘！

说到底，这本书也不过是一粒埃尘而已，因录以结束此记。

2008 年 6 月
记于秦淮河畔

一本书的身世

——《石刻刻工研究》后记

每一本书都有它的身世，它的身世又与作者的经历密切相关。

这部书稿跟了我十几年，从20世纪90年代初，到21世纪，在不知不觉之间，21世纪的第一个十年也要过完了，不由人不惘然兴叹。书稿的一部分，或者说，它最原始的基础与片断，曾经在一些学术刊物上跟读者们见过面，甚至在十年前台北大安出版社出版的那本拙著《石学论丛》中，以另外一种片断的方式出现过。一开始，我并没有奢望做成这样一本书，当做成一本书的想法朦胧成形，我也不清楚，究竟什么时候这个计划才能够最后完成。我知道这中间的艰难，有那么多的文献要查，有那么多的拓本集要翻，而我受主客观方面的种种条件限制，很难找到一段较长的完整的时间，也很难将材料网罗无遗。尽管如此，有愿在心，总比没有的好。

拜现代化的电脑和数字技术之托，这十馀年来，我走到哪里，都把这部书稿带在身边，在牛津，在香港，在西雅图，在心境、外部环境与这部书稿的主题似乎很不协调的地方，我居然抽空添补了不少材料，从东到西，从南到北，时断时续，时作时辍，有一次居然完成了书稿上编中相当一部分内容。初稿成形之后，又经多次增补修改。说不清是因缘，是机遇，还是压力，到最后，我感觉好像有一股外力推着我，使我在不由自主中，加速完成了这样一件事。

说到机缘，要特别感谢教育部全国高校古籍整理工作委员会，感谢古委会“中国典籍与文化研究丛书”编委会将这部书稿列入此套丛书。我本人虽然忝列丛书编委，但如果不是古委会诸公的热诚邀约、殷勤催促与耐心等待，我不知道自己有没有胆量与心力，去着手完成这样一部书稿。尽管目前的这部书稿，仍旧存在上编不够系统、下编未尽完备等种种毛病，但那完全是我个人的责任，显然与他人无关。我要借此机会，向古委会的安平秋先生、杨忠先生、曹亦冰先生、刘玉才先生、顾歆艺先生、顾永新先生、吴国武先生，致以衷心的感谢。在撰作这部书稿的漫长过程中，诸位先生对我的关心与厚爱，我感铭不忘。特别是顾永新先生。呈报书稿的时候，我远在大洋彼岸，只用电子信箱传了一份电子本，是永新先生不辞劳烦，帮我将几十万字的书稿打印出来，并装订成册。书稿上交之后，我按照惯例回避，编委会专诚为我聘请了两位石刻文献研究领域的专家，对书稿进行认真审查。两位匿名审稿的先生对书稿给予的热情肯定与过当揄扬，使我感愧不已；他们为书稿所做的细致的订讹正误工作，令我感激不尽。我必须利用这个机会，向这两位先生表示深切的感谢。

此书最终交由上海古籍出版社出版，离不开高克勤先生和奚彤云女士的大力支持。责任编辑郭时羽博士为此书付出诸多辛劳。成林女士不辞辛苦，编制刻工索引。我谨在此向他们表达真诚的感谢。

2008 年 5 月 28 日

于金陵石头城畔

导览唐诗

——香港中华版《唐诗入门》自序

《唐诗入门》的写作，是在1990年到1991年之间。那前后几年，我有较多时间沉浸于唐诗的阅读与研究之中，至今回想这段经历，仍然满是美好的回忆。大约1990年，供职于贵州人民出版社的老同学李立朴向我约稿，希望我写一本关于唐诗的书，为普通读者做一个比较全面的介绍。于是，我设计了一个框架，花了不到一年时间，写了十来万字，并于1992年在贵州人民出版社出版。此版开本不大，限于当时的物质条件，印制装帧也不可能太讲究，但出版以后，却颇受读者欢迎。我要借此机会，再次感谢李立朴兄。

2008年，此书在凤凰出版社出了新版，于是有了向更多读者请教的机会。凤凰版《唐诗入门》的开本较大，印数挺多，至于具体印了多少，我也说不上来。近几年，社会上对中华传统文化的热情高涨，对古典诗词尤其是唐诗宋词感兴趣的读者似乎越来越多，也许因为我这本小书的书名，符合一些读者的期待，因此卖得不错。2016年，本书还入选国家新闻出版署首届“中华优秀传统文化普及图书”。随后，香港中华书局又从凤凰出版社购买了中文繁体字的版权。为此，我要感谢凤凰社的朋友们，特别是姜小青社长，当然也要感谢香港中华书局，特别是责任编辑萧健先生。

读唐诗，自然需要了解唐诗产生的那个时代。本书第一章《唐诗的繁荣及其因缘》，即致力于分析唐诗繁荣背后的诸重胜缘。第二章则将唐诗分为初唐、盛唐、中唐、晚唐四个阶段，描述唐诗的发展及其流变。第三章《唐诗分类举例及其风格特征》，着重从题材和风格的角度，呈现唐诗的丰富性与多样性。第四章《唐诗的体裁与格律》关注的是唐诗的形式，重点介绍唐诗中的古体、绝句、律诗和杂体诗。第五章围绕唐诗的研究史，突出一些重要选本，并结合今人的研究成果，希望从阅读与欣赏的角度，给读者一些引导。

在具体写作中，我有如下几点考虑，读者诸君幸勿忽之：

一、分析举例，尽量结合名篇佳作，使读者多接触具体作品，增加感性认识。但本书毕竟不是唐诗选本，诗作涵盖面有限，最多只能起向导作用，不可能面面俱到、罗列周全。

二、坊间各类诗选和鉴赏辞典甚多，多附有诗人小传，本书对诗人生平略而不述，以节省篇幅。李、杜二大家，山高水长，谈到他们在唐诗发展史上的贡献和地位时，名篇之多，不胜枚举，只好在其他部分尽力弥补，多引述李杜诗。这是不得已的变通和内部调剂。

三、目前有关唐诗选读赏析的文章专书甚多，读者自当参阅。本书于分析诗作，力求简洁，点到即止，要言不烦。

四、唐诗题材类别很多，书中举例，既是对唐诗题材内容的平面剖析，更可视作特殊序列的评点鉴赏举例，期望举一反三、触类旁通。

五、本书对唐诗的介绍，如浮光掠影，似蜻蜓点水，难以究其深、穷其广。虽然作者想在有限的篇幅内传达尽可能多的信息，又多引诗句为题，增强文章的可读性，但能否令读者满意，尚待裁判。

无论如何，此书算是我的少作，稚嫩之处在所不免。初稿既成，幸承学兄严杰先生通读一过，匡我不逮，厚谊可感，谨志于此。在凤凰出版社出新版时，由于手头杂事甚多，只匆匆看过一遍，对局部文字做了一些调整，个别地方补入一些材料，大的框架与基本观点都保持不变。此番在香港新版，也只对《前言》和第一章略做文字修订，其他各部分基本未改，深感心有馀而力不足。面对“少作”，一句句看下来，仿佛面对一个个旧我，似曾相识之馀，也免不了几番感喟。

对自己写的书，我没有作自序的习惯，却往往会写一段后记，交代缘起。这次应萧健先生之请，在卷前写这几段话，权当自序，恐怕未尽得体，读者谅之。

2018 年 3 月

《山围故国》小引

紫金山、青龙山、栖霞山、清凉山、将军山、牛首山、方山、幕府山、顶山，东西南北，群山围绕故国。

故国，既是政治上的故都，也是文化上的故乡。

每座山都有自己的传奇故事，一如山上的草木，随岁月而枯荣。无数传奇故事，大大小小，围聚缠绕，编织成一部南京城的历史，有大历史，也有小历史。

北宋大词人周邦彦曾任溧水知县，我说不清他在溧水有何政绩，却牢牢记住了他那首《西河·金陵怀古》：

> 佳丽地。南朝盛事谁记？山围故国绕清江，髻鬟对起。怒涛寂寞打孤城，风樯遥度天际。　断崖树，犹倒倚。莫愁艇子曾系。空余旧迹郁苍苍，雾沉半垒。夜深月过女墙来，伤心东望淮水。　酒旗戏鼓甚处市？想依稀，王谢邻里。燕子不知何世，向寻常、巷陌人家，相对如说兴亡，斜阳里。

月过女墙，人隔淮水，佳丽南朝，旧时燕子，背后隐藏着多少传奇故事，说不尽，读不完。南京这一部厚厚的史书，周邦彦是认真读过的，《西河·金陵怀古》就是他的读书笔记。

每个生活在南京的人、每个路过南京的人，都有这样一篇读书笔记，只不过有的人写了下来，有的人藏在心里。《山围故国》是我的读书笔记，是阅读南京的一组随笔，是近十年间陆陆续续写下来的。

二十岁那年负笈南来，没想到就在南京长住了下来，不知不觉，已经三十六年矣。弹指一挥间，逝者如斯夫！

与南京镇日相对、长相厮守，每天睁开眼，阅读的就是它。用眼睛、用耳朵、用脚步、用鼻子，阅读的方式多种多样。我在这里读到了胜地遗迹，读到了名贤奇士，也读到了旧闻和新语。人已远，事已渺，然而旧地犹在，江山如故，馀韵依然，这样的阅读近乡土，接地气。

“旧闻”就是当年的新闻，“新语”亦将成为他日的旧史。我眼中的“旧闻”，大多是细碎的枝节；我笔下的“新语”，大多是丛残的故事。只有细小的陈迹，没有宏大叙事，也不新奇时尚。小有小的好处，具体而真切，一篇两三千字的文章，唯小是务，不知其馀。5 世纪的南京，曾经产生过一部《世说新语》，一千多条，都简短而隽永，我的“旧闻新语”是邯郸学步，东施效颦。

《山围故国》共收录文章五十五篇，都是“旧闻”或是“新语”，分为四辑：《佳丽地》《前朝盛事》《旧迹郁苍苍》《王谢邻里》。书名和辑名都是从周邦彦词中“挦撦”来的，未经词人许可。山很沉重，故国更沉重，我希望借助婉约词人的笔墨，为这个沉重的话题增添几分轻灵。如果不能，那就权当向“阅读南京”的周邦彦前辈致敬吧。

这些文章的初稿，曾经贴在我的新浪博客（“廿年远在帝王州”）之上，二稿迁移到我的个人微信公众号（“金陵帝王州”），现在终于以纸本的形式，在线下与大家正式见面。昔年孟母三迁，为的是替儿子寻找最佳的成长环境；我对自己这些小文章的敝帚自珍之情，庶几近之。

十三年前的《旧时燕——一座城市的传奇》，应该算是我的第一本阅读南京的笔记。十三年太久，我希望下一本读城笔记，不需要等待那么长时间。

2019年5月4日

于金陵城东之仙霞庐

《潮打石城》小引

“山围故国周遭在，潮打空城寂寞回。”这座“空城”就是石头城，简称石城，就是今天的南京。

“山围故国”与“潮打空城”，城国相对，山水相映，多好的对偶啊，仿佛天造地设。自从刘禹锡写下这样美妙的诗句，我阅读南京的随笔写作，似乎就有了一个宿命的目标：在《山围故国》之后，再续以《潮打石城》。此事可以有，此书必须有。

大约七年前，我曾在某个公开场合，向在场的许多师友和学生们承诺，我打算围绕对南京城的阅读，写一百篇左右的随笔，但我并没有给自己确定具体的完成时间，生怕作茧自缚。时间不知不觉地过去了，四五年之后，点检工作成绩，居然已经完成了一百来篇随笔，这个效率有点出乎我的意料。我虽然郑重于自己的承诺，但对于这一类千字短文的写作，并没有安排一整段时间，也没有整体的规划，乘兴而行，兴尽即返。利用零碎的时间，编织零散的材料，写成细碎的篇章，不敢自诩集腋成裘，但积少成多，废旧利用，三冬文史，乐在其中。这种轻松愉快的感觉，希望能够通过我的文字，多少分享一点给我的读者们。

这百来篇随笔，原先大多曾在我的新浪博客（“廿年远在帝王州”）和个人微信公众号（“金陵帝王州”）上刊载过，今年抽空琢磨，有所润色，转换成纸本出版。其中的五十五篇编成《山围故国——旧闻新语读南京》，2019 年 7 月已由南京大学出版社出版。另有五十六篇，则编成这本《潮打石城》，交由凤凰出版社出版。我的第一本阅读南京城的随笔《旧时燕——一座城市的传奇》出版于十三年前，十三年太久。第二本与第三本阅读南京城的随笔，相去不过区区数月而已。觍颜自夸：真是只争朝夕啊。

其实，这应该感谢南京大学出版社和凤凰出版社。南京大学出版社将《山围故国》列入“守望者”系列，深感荣幸。凤凰出版社将《潮打石城》列入“凤凰枝丛书”，“凤凰枝”这个充满诗意的名称，让人浮想联翩。本来，《潮打石城》也应该沿用《山围故国》的副标题“旧闻新语读南京”，考虑到要与“凤凰枝丛书”书名的整体风格保持一致，就省去了。

潮打石城，一浪又一浪，经年又历代。《潮打石城》大致按照年代先后，分为五辑：第一辑六朝唐宋，共十三篇；第二辑明代，共十二篇；第三辑清代，共十三篇；第四辑现代，共十一篇；第五辑当代，共七篇。五辑合计五十六篇，与《山围故国》相当，佳偶天成。

2019 年 10 月 18 日

于金陵城东之仙霞庐

一座城市的传奇

——《旧时燕》后记

一

如果将一座城市比作一个人，南京应该说是一位鹤发童颜而精神矍铄的老人。曾经的繁华风景、血雨腥风，凡夫俗子的聚散离合，英雄豪杰的事业勋名，所有这一切，在他眼里，无非掠眼而过的烟云。他曲折的身世中，随便抽出一段，都有动人的故事，都呈现出与众不同的个性。骚人墨客、名流佳士，面对这座沧桑之城，面对这个千年老人，都情不自禁地诉说着自己的想象和感受，历千百年，直到20世纪，犹不绝如缕。吸引他们的，大概就是这座城市的性情吧。

这些人的诉说，久而久之，就变成了城市的诉说。从古代，到今天，有许多人与南京缘悭一面，可是，每当他们提起这座城市，心中也会油然而生一种文学的情怀，平添一阵古典而浪漫的激动。诱发他们的，大概就是这座城市的性情吧。

我曾表示过，如果要评选最古雅、最有文学性情的城市，我愿意投南京一票。若干年前，我甚至“心痒难忍”，在南京大学讲了一学期的“文学南京”课程，后来，又在此讲稿的基础上，整理成一组文章，题为《城市传奇》，在《古典文学知识》

上发表。现在想来，在后面驱动我这样做的，大概也是这座城市的性情吧。

有性情，就有传奇的一生，这样的城市怎么不令人喜爱？虽然从根本上说，对于这座城市的历史，我不过是一个匆匆过客；对于这座城市的现在，我不过是个流寓多年的外乡人。

二

那么，南京的性情又是什么样子的呢？

前些时，曾经应邀为南京城市形象规划写过几句话，大致采用对偶形式，也许说出了我潜意识中的城市性情。其中一条：

悦目赏心的城市，千年莫愁的家园。

不用说，这两句双关赏心亭和莫愁湖，我想突出城市的人居环境和文化氛围，这是一座宜居的城市。还有一条：

金陵埋藏古今财富，集庆汇聚南北吉祥。

金陵之名通行千年，贯穿古今。元代南京称集庆府，元人北来，文化上融合南北。南京地处南北要冲，到今天也还可以说是交通枢纽。在经济全球化的时代，我也不免凑个热闹，说几句财富、吉祥之类的应景话。不过作为文化古城、江左名都，南京最值得珍惜、骄傲的还是它的文化资本。比如说：

钟山巍峨，紫气东来；石城雄峙，凤凰西飞。

从地理形胜中突出祥瑞，从紫气东来中突出王都的高贵身份。都说凤凰能够浴火新生，南京两千多年，起起落落，今天仍然有日新之德，就像凤凰。古典文脉和现代南京相结合，可以说：

三山二水，绵延千年文脉；江东河西，变换旧貌新颜。

当然，如果只注意它的历史身份和地理环境，也可以说：

十朝都会繁华地，佳丽江南第一州。

如果突显现代意识，突出这里有广阔天地，可以大展鸿图，再结合南京的地理位置，可以说：

大江东去，英雄乘风破浪；南天寥阔，事业鸿鹄高飞。

或者说：

钟阜巍峨，高山仰止；江天寥阔，新燕远飞。

钟阜的中山陵，当然让我们高山仰止；而亘古常新的燕子矶，令人有振翅欲飞的冲动。南京向来有“山水城林”和“城市山林”的称号，我用鸢尾格嵌字法，写了两组文句。一组是：

一城名山，几湾绿水，千年古城，处处园林。

另一组是：

千年名城，江南都市，几座名山，多少园林。

也算是对这两个称号简单的“名词解释”，顺带凸显了城市的历史传统和区域定位。说到历史传统，还有：

龙蟠虎踞，千年王者气象；白鹭青天，一座诗意都城。

上一句是要呈现南京的帝都气象，虽然有些陈旧，但有足以矜夸的老资本也不是坏事。李白的诗句，人们耳熟能详，青天白鹭的意象唤起的是诗意的联想。这是一座诗意的城市。单讲地理形胜的话，可以说：

江淮如带，山河壮丽；冈峦起伏，气象雄浑。

或者说：

江河行地，扬子涌动雄毅之气；日月经天，钟山闪耀博爱之光。

这么说，南京不仅有人文性情，还有雄健气魄呢。

三

城市不仅是一个地理的概念、空间的概念，更是一个文化的概念、时间的概念。每一座城市都有自己的个性、自己的形象、自己的韵味。历史上真真假假的言说，都在重复和深化这些城市论述，谁管是虚是实。

历史本来是琐细、复杂、生动的，但通常的叙述一落言筌，就难免概括、抽象的描述，失掉原汁原味。我期望换一个角度，从文学的诉说中，从文化的图景里，看一看城市的形象。让城市来叙述文学和历史，代替那些常见的英雄主角；反过来，也让文学和日常生活故事来叙述一个城市，代替那些枯燥的数字统计。

历史，有多种多样的谈法。“究天人之际，通古今之变，成一家之言”，这是太史公的谈法；“寥落古行宫，宫花寂寞红。白头宫女在，闲坐说玄宗”，这是诗人的谈法；“一壶浊酒喜相逢，古今多少事，都付笑谈中”，这是渔樵的谈法……无论哪一种，我总觉得，谈论文学与历史，应该再多一点感性，多一点故事性、趣味性。每座城市都有很多典故、很多传奇、很多故事，它们是城市文化精魂的凝缩，是城市的根。数典述祖，就是城市的文化寻根。

四

稍微有些历史的城市，都有自己的独特景观，标名为十景、二十景、二十四景，乃至四十八景、六十景，层层累加，越积越多，往往蔚然壮观。清代南京有“金陵四十八景”，每个景点后面都有传奇故事，洋溢着人文的温馨。我很喜欢这些名称。它们平仄和谐，用词讲究，富有古典韵味。很可惜，今人新命名的景点不讲平仄，岂止略输文采，简直辜负先人的一片苦心！我更喜欢清人徐虎画的《金陵四十八景图》，所以为这本书配图的时候，“巧取豪夺”，一幅不落。文不够，图来凑，我显然没能免俗。辅以图画，是期望书在能悦目之外，更能赏心，刺激一下读者因久读文字而麻木的神经。我不敢自诩图文并茂，却期待读者理解这份微小的用心。

伦敦有个餐馆，客人用餐前一律熄灯，目的是让客人不受视觉干扰，一心一意地品赏美味。不过，读书毕竟不同于用餐——虽然书也常常被人比作精神食粮——读书首先是眼睛的活动，岂可视而不见？再说，视觉时代的潮流是不可阻挡的，渺小如我，自然不敢螳臂当车，那就顺水推舟吧。

这二十几篇文章，只是原计划的一部分。因为喜欢金陵四十八景，所以东施效颦，篇名都用四字格，平平仄仄，调谐起来并不难。令我沮丧的是，忙活了几年，到今天完成的，只是四十八景的一半而已。惭愧，惭愧。

2005年8月26日

记于石头城对岸之龙江

旧时王谢堂前燕

——《旧时燕》新版后记

《旧时燕》中的大部分篇章，曾首发于凤凰出版社主办的《古典文学知识》，作为专栏文章连载。这一专栏有个名称，叫作“城市传奇”。感谢姜小青社长，允我将其结集出版，我喜爱刘禹锡《金陵五题》，就用“旧时燕”做了书名，又在专栏名称的基础上，起了一个副标题，叫作“一座城市的传奇”。记得交稿之后，我就出国访学，校样出来时，人还在国外，只能在电脑上看 PDF 文件。岁月不居，此书初版距今已经十五年了。

我在初版后记中说，“这二十几篇文章，只是原计划的一部分”。很遗憾，十五年前所说的“原计划”，有的至今仍未完成。好在也有一部分已经完成，虽然是以另外一种方式呈现给读者的。我指的是去年七月在南京大学出版社出版的《山围故国》和今年六月在凤凰出版社出版的《潮打石城》，这两种可以和《旧时燕》一起，合称我的“南京三书”。我自 1983 年流寓南京，至今已跨越三十八个年头。“三十八年过去，弹指一挥间。”我能奉献给这座城市的，惟此戋戋卮言而已。

修订《旧时燕》的时候，恰逢南京入选世界文学之都，于是，就将书的副标题改为“文学之都的传奇”，既求名副其实，亦有表达“与有荣焉”之意。除了核对引文、润饰文字，最大的修订是调换了原书的插图。初版插图中，用得最多的是清人徐虎所绘《金陵四十八景图》，因底本不理想，图片不够清楚，加上我拍的照片，以及各处找来的图片，来源庞杂，风格不一。这次全部删除，代之以明人陆寿柏所绘《金陵四十景图》。这个系列一共四十幅，风格统一，数量虽略少于《金陵四十八景图》，却更为清晰。根据图上题跋，可知画家陆寿柏是南京本地人，这组图画作于天启癸亥也就是1623年，距今将近四百年。倘有细心的读者，比对“金陵四十景”与“金陵四十八景”及其名目出入，一定会有很多有趣的发现。

感谢南京大学出版社惠允出版此书修订版。在设计版式封面和配置插图方面，美编周伟伟和责编沈卫娟费心费力良多，请接受我真诚的感谢。

2020年8月9日

记于金陵仙霞庐

独守千秋纸上尘

——《纸上尘》前言

在永恒的时间面前，文字是脆弱的，也太无足轻重，像飘飘然的一粒轻尘。中国古人有“三不朽”的希冀，立德、立功、立言，照我看，都不容易，对包括我在内的大多数人，这些都是奢望，是不切实际的空想。不过，即使如此，对我来说，有书照样要读，有感想照样要发，每天都有书读，读了书还能多少有点感触，已经挺满足的了。

读书不容易，风沙不大，纸面上也容易有积尘，各色各样的灰尘，会模糊我们的视线。北朝人说，“校书如扫落叶，旋扫旋生”，所以读书先要“扫落叶”。宋朝人读书，有了比较舒适的桌椅，几案上仍不免落灰，也要时时拂扫。“扫帚不到，灰尘照例不会自己跑掉”，我小学时就读过这条语录。

多年来，我的生活基本上就是读书和写作，写的大多数是所谓学术论文，正襟危坐的；也有一些比较轻松随意的涂抹，大概可以美其名曰学术随笔。个人的想法，是舍不得放弃平时的点滴感兴，写下来，还希望这些东西都能言之有物，并且，尽可能有趣一些。这个夏天，花一些时间把这些东西编在一起，长长短短的，居然有四十篇。

编的时候，把这四十篇东西大概分成了三组。上编是“古货纫新”，是读古书时所发的一些议论，故意与“蛊惑人心”谐音，纯粹是为了好玩。中篇是“塔中塔外”，不用说，这塔就是“象牙塔”。这里所收的东西，与我的学业本行相关的，自然属于“塔中”；有时也不免溜到塔外张望一下，就是“塔外”。有两三篇是演讲的稿子，介于二者之间。这几年，因为对欧美汉学史感兴趣，胡乱看了一些书，比较关注的是西方人怎样看东方、外国人如何看中国。在他们的张望里，究竟有一些什么，事实、想象、推测，我都有兴趣。下编起名“东张西望”，大体上就是这么一个意思。

差不多有一半文章，以前曾在各个地方登过，另外一半文章，曾经在我的博客上挂过，这次收编时，都有所充实修改。

区区岂尽高贤意，
独守千秋纸上尘。

2008 年 7 月 11 日

《鬼话连篇》代序

《鬼话连篇》是一组谈鬼的随笔，共三十六篇。

随笔又叫笔记，本书就是一组读书笔记。古人很喜欢写笔记，几乎无话不可谈。谈论诗的叫做诗话，谈论词的叫做词话，谈论赋的叫做赋话，谈论文的叫做文话，谈论四六的叫做四六话……照这个体例，谈论鬼的随笔，应该叫做“鬼话”。

笔记不好写。《许彦周诗话》中说，诗话要能够“辨句法，备古今，纪盛德，录异事，正讹误”，话不多，要求可不低，说起来容易，做起来难。自知浅陋，不敢以这样的高标准要求自己的“鬼话”，只希望以笔代舌，如三五好友闲坐漫谈，与大家分享我读书中所体会到的种种趣味。

20 世纪 90 年代中期，由于一个阴差阳错的机会，我集中读了一批鬼故事，过后觉得很有意思，就随手写了一些东西，就是后来发表在 1999 年《文史知识》上的五篇“鬼话”。杂志编辑部一直希望我能贾其馀勇，继续为他们写下去，我也有这样的念头，还留心积累了一些材料。可是，俗务缠身，东打西敲，过去了好多年，这件事悬在心头，却一直没有做成。2006 年客居西雅图，有一年的读书空闲，遂整理旧稿，又重写了几篇，放在自己的博客上，都是未定草。回国后诸事倥偬，屡次迁延，2008 年底，终于下决心再作冯妇，这就有了 2009 年《文史知识》

上的十二篇连载。好不容易支撑了一年，编辑很希望我再写下去，我却因他事困扰，不能一鼓作气。虽然据她说，这些稿子“趣、奇、新、酷”，从第一篇开始，就有读者喜欢，我却想，这兴许只是编辑的鼓励和部分读者的偏爱。当然，听到自己忙碌一年，终究得到了一些回应，内心还是不无欣慰的。

相隔十年，分两次在《文史知识》上刊载了十七篇文章，我想在此感谢《文史知识》，特别感谢胡友鸣先生和厚艳芬女士。这些文章现已全部收入这册小书，但多少都有修订，有的篇章大幅改写，已经面目全非。没有在《文史知识》上刊载过的，其草稿大多数曾在我的新浪博客上登过，收入这册小书时，同样做了很大修订。感谢广西师范大学出版社赵运仕先生，在本书还只是一个概念的时候，他就热情约稿。如果没有他，本书现在还是博客上的一堆“乱草”。

中国人喜欢说鬼，也喜欢听说鬼，无论缙绅大夫，还是引车卖浆者流，鲜有不耳濡目染的。茶馀饭后、豆棚瓜架，民间多的是滋生鬼故事的土壤。怪怪奇奇，口耳相传，老百姓借此打发平淡的日子，增添人生的情趣，宣泄郁抑的心情。“子不语怪、力、乱、神。”（《论语·述而》）中国的士大夫，向来号称以读书明理为旨归，自然也要秉承经典的训诲。但事实上，对于鬼怪神仙世界，他们也不乏兴趣。好奇是人的天性。当年苏东坡先生“强人说鬼”，无非也是对鬼故事中溢出的奇意妙趣情有独钟罢了。姑妄言之，姑妄听之，态度是何等豁达。如果少了鬼，乐观的东坡先生怕也要感到寂寞的。

中国古代典籍浩如烟海，关于鬼的故事，涉及鬼的闲谈，可以说汗牛充栋，既有来自民间的传闻、源于异域的怪谈，也有相当一部分属于文人记录传写、即景遣兴，或者是小说家精心创作、别有寄托。周作人说过：“我们喜欢知道鬼的情状与生活，从文献、从风俗上各方面搜求，为的是可以了解一点平常不易知道的人情。换句话说，就是为了鬼里边的人。反过来说，则人间的鬼怪伎俩也值得注意，为的可以认识人里边的鬼吧。”以周氏的博雅和闲适，“从文献、从风俗上各方面搜求”，应该不是一句空话，至于我，则不敢存那样的奢望，只是同样“觉得那鬼是怪有趣的物事，舍不得不谈”，妄附前贤之骥尾，拿这个题目来说说。早在20世纪30年代，李金发就在《论语》杂志上发表《鬼话连篇》，那是鬼故事的系列连载，与我的用意不同。不过，就字面上看，本书书名也是拾前贤之牙慧，略有改造而已。

鬼故事里边不仅有人情事理，也有人的想象力。写鬼故事，是对人的想象力的测验。2008年5月22日，到访北京的当代土耳其著名作家奥尔罕·帕慕克，在中国社会科学院外国文学研究所发表演讲时说：“小说的历史是一部人类的解放史。设想我们自己处于别人的境地，运用想象力摆脱我们的身份，于是我们获得了自由。”（《南方周末》2008年5月29日D25版）人类通过小说，通过文学的想象，来摆脱自我身份的束缚，达到自我解放的目的。作为一名小说家，帕慕克这样高度评价小说艺术的意义，是完全可以理解的。这段话讲的是广义的小说，我却觉得，它对志怪小说特别合适。安德森说过，民族/国家是“想象的共同体”。其实，鬼甚至人，也是一个“想象的共同体”。只不过，民族 / 国家是宏大无比的叙事，而鬼故事只是细碎无稽的闲谭。

美国学者萨义德说：“没有对立面和负面的属性是不能存在的，就像野蛮人之于希腊人，非洲人、东方人之于欧洲人等等，反之亦然。”（《文化与帝国主义》，李琨译本，第 69 页）在人眼中，鬼的很多属性正是负面的、与人相对立的。在这个意义上，鬼可以说是人的“他者”。因为有了鬼这样一面镜子，人明确了自身的文化身份，确立了自己的文化认同，还获得了人类没有的自由。

掉了半天书袋，无非是要表明，这本小书并非全无学理依据，并非没有点滴学术思考。只是临到落笔之时，不想被所谓“学术规范”缚住手脚，希望文字平易一些，笔调轻松一点，每篇都不要太长，也不故弄玄虚。冗长的注释，不管是脚注还是尾注，格杀勿论。实在有必要交代出处的，就随文说明，希望给读者一个比较友好的阅读“界面”，至少不令人望而生畏。曾经写过《士人谈鬼：于俗趣中求雅理——读南海霍氏珍藏本罗聘〈鬼趣图〉题咏诗文》，长篇论文，有两万多字，注释亦繁，与本书诸篇不是“一丘之貉”，就割弃了。

说实话，我有点喜欢这个书名。十几年来，这个有趣的书名一直盘踞在我的心头，诱导着我，鞭策着我。现在，我总算可以放下了。

谢谢您把它拾起，将它打开。

2011 年

书是一张网

——《书史纵横》书后

书是物，上海的陈麦青先生出过一本谈书的书，那书名就叫作《书物风雅》。书是读物，是文物，是玩物，也是风雅之物，是文人学士案头必不可少之物。如果让我找一个可以比拟书的物质形象，我愿意说，书是一张网。

书是一张网，联接古人与今人，联接此地与远方，联接一种文字与另一种文字。古人与今人，相隔千年，不必“怅望千秋”；此地与远方，不必“遥隔沧波”。书可以使人跨越时空，开卷便可“思接千载”，“视通万里”。据《论语·八佾》，孔夫子当年曾经说过：“夏礼吾能言之，杞不足征也。殷礼吾能言之，宋不足征也。文献不足故也。足，则吾能征之矣。”孔子生活于春秋之世，却能上溯夏商二代，谈论其时之礼，依靠的就是文献，其中最重要的就是书。《尚书》中早就说过：“惟殷先人，有册有典。”殷商时代的先人们，已经有了最早的书，那时书的名称，叫作“典”或者“册”。“典”“册”二字都是象形文字，即使从今天通行的正楷字体中，也还可以想见其简牍相互编连的样子。一典一册，乃至更原始的龟甲兽骨，每一片文字，都是用文字编织起来的网。物换星移，书的物质媒介也在不断演变之中，从龟甲兽骨到竹简、木牍，从丝帛到纸张，从抄本到刻本，从纸本到光盘、移动硬盘，书始终是一张网，可以帮助人类从忘川之中，网罗许多文字，世代传承文明与记忆。

书是一张网，联结书的撰作者、抄写者、刻版者、刷印者、销售者、购买者、阅读者、批注者、收藏者、研究者，联结各个时代环境中背景不同的各类写作者与阅读者。这些不同身份的人组织起来，就构成了一个以书为中心的社会，来自政治史、经济史、社会史、文化史等各个方面的力，也会对书施加影响，发挥作用，从而影响书的形貌、内容（从生产流程来说）、价格，全残与存佚（从流通过程来说），轻重与隐显（从文化地位上说）。这些围绕着书而展开的各种社会互动，构成了书的社会文化史。

书是一张网。这张网是有能量的，甚至可以说是有生命力的。书通过作者之手生产出来，在读者之间流转。人类赋予书以生命，而书又以知识与思想反哺人类，以文化传承回馈人类。常言道，书比人寿。作者早已离开这个世界，他的书还在世上流传。只要还有读者，书就还有生命。换一个角度说，书一完成，作者就死了。书的命运，甚至比人的命运还有更多的不确定性。离开了它的作者，书才开始踏上未知的漫漫长路，行走于人世间，翻山越岭，飘洋过海，面对江湖风波，面对无从预料的明天。每一本书，都有自己的命运，也都有自己的道路。它们纵横交错，经纬相织，就是文化的“阡陌交通，鸡犬相闻”。中国书随着中国文化走向世界，或者说，中国文化随着中国书走向世界，其间有难以计数的“书之路”，就像当年那条丝绸之路一样值得我们注目。

书是一张网。网的特点，亦即其长处之一，就是可以无限地向外编连、扩张。书也像网一样，可以围绕某一核心点，无限地向外衍生。孔夫子自称“述而不作”，“述”就是原作的衍生。如果原作是经书，那么，传注、笺证、解释等等，都是经书的衍生。经书的衍生，还有一种特殊的形式，那就是纬。纬是配合经的，经纬相生，一纵一横，恰以网的形态衍生，也以网的形态存在。衍生还有各种不同的形态，续补、仿作、重刊、选编、汇辑、辑佚等等，以某一点为中心向外孳乳，书的数量日益丰富，遂至浩如烟海。这些书彼此间的联系千丝万缕，剪不乱，理还乱。这种书的衍生，既是物质形态的增长，更是知识的累积和文化的延展。

书是一张网。这张网上有无数节点，在这些节点上，生长出许多关于书的学问。这些学问，拣重要的来说，就有版本学、目录学、校勘学和典藏学，还可以加上辑佚学、考证学等等，不一而足。非要把这些学问归总起来，起一个总的名字，那就是“书之学”，也可以叫“治书之学”。版本学处理的是书的版本形态，涉及书的物质与内容两方面特征的辨别。目录学处理的是书与书之间的类属分别及其位置关系，涉及相对与绝对位置的判定。校勘学处理的是书的内容，减少书在生产流通过程中所遭受的“侵蚀”或“污染”，追求文本的本真。典藏学处理的则是书的收集与存放，涉及的主要是书的流传问题。很显然，这四个方面是相互联系、息息相关的。用通俗一点的话说，版本学关注的是书的内在与外在形貌，目录学关注的是书在知识体系中的位置，校勘学关注的是书的本来面目，典藏学关注的是书的存在形态，它们各司其职，把书学织成一张网。

在这几门学问中，从形态上看，最像一张网的，要数目录学。目录学，像一座建于纸上的图书馆，分门别类地安置，有条不紊地编排，经归经，子归子，凯撒的归凯撒，上帝的归上帝，不容淆乱。每一次改朝换代，伴随着天下大乱的，往往是书物的流散，以及文化知识体系的淆乱。大乱之后，必有大治。新朝建立伊始，百废待兴，最重要的一件事，就是重新收拾书物，整理目录，梳理学术文化的遗存，将传世书目网络化，各书皆须精确定位。西汉末年天下扰攘，东汉初年才有了《汉书·艺文志》。南北朝重归统一之后，初唐才有《隋书·经籍志》。清朝天下大定，乾隆时代才编成了《四库全书总目》。这三种著作不是简单的目录书，而是汉、隋、清三代对既有书物家底的全面清理，也是对上古、中古以及近古三个时段中国传统知识体系的总结。群书各就其位，一方面便于按目索骥，另一方面也建立了一个书面知识的网络图谱。在这一网络图谱中，单本的书不仅有了背景，而且有了归属，好比有了户口，建了档案，即使偶然失踪，人们也有可能通过其户籍，通过寻访其街巷门牌、左邻右舍，或者借助其亲属故旧的陈述，去察考其身世，局部恢复甚至精确描摹出“失踪人口”的面貌。书是一张网，有助于捕捞学术与文化之海中的“沉舟”。

关于书的学问，也可以说关于书的文化，在中国早已形成了无与伦比的传统。无论是读书，还是抄书、注书，抑或是藏书，都有中国特色，这个特色别致而固执，根深而蒂固。这里不说别的，单说抄书。自古以来，就有抄胥、抄手、经生、佣书之类的人，靠抄书糊口。从主观上说，抄书是这些人的职业和谋生手段；从客观上说，他们是书的生产者与传播者。更重要的是，在中国传统中，抄书即读书，是重要的读书方式，甚至是治学方式。借书来抄，抄了读，读了再抄，渐成记诵，明代大儒宋濂就是这样刻苦用功，而成就自己的。“读书不如抄书”“读十遍不如写一遍”，很多学者都奉行这样的古训。对中国人的抄读传统，德国哲学家本雅明充满了敬佩。他在《单向街》曾经这样写道：“一条乡村道路具有的力量，你徒步在上边行走和乘飞机飞过它的上空，是截然不同的。同样地，一本书的力量读一遍与抄写一遍也是不一样的。坐在飞机上的人，只能看到路是怎样穿过原野伸向天边的，而徒步跋涉的人则能体会到距离的长短、景致的千变万化。他可以自由地伸展视野，仔细眺望道路的每一个转弯，犹如一个将军在前线率兵布阵。一个人誊抄一本书时，他的灵魂会深受感动；而对于一个普通的读者，他的内在自我很难被书开启，并由此产生新的向度。因为一个读者在那种白日梦般的冥想中只追随自己思绪的流动，而一个抄书者却忠实地遵循书的指令。中国人誊抄书籍是一种无与伦比的文字传统，而书籍的抄本则是一把解开中国之谜的钥匙。”

中国书是一张中国网，纵横交错，联接各种形态的汉字，联接各种不同的材质，联系各科不同的学问，也联接世界各地、不同时代的人，这样就有了中国书的世界。这样一个网络，这样一个世界，容得下长久的流连忘返，也容得下走马观花的惊鸿一瞥，于是就有了这样一本小书，叫作《书史纵横》。

2017 年 3 月

《何处是蓬莱》弁言

本书共收二十篇小文，自 2009 年起，应《古典文学知识》杂志之约，曾以专栏“故典新说”的形式陆续刊出。收入本书时，一些篇章的文字做了修订。

这些文字可以分为两部分。第一部分八篇，其初始形态是我在新浪博客（“廿年远在帝王州”）上的学术随笔，更准确地说，只是匆匆记下的一些读书随感，当时来不及发挥，事后也无暇润色充实，自然不宜拿到杂志上去发表。于溯对典故问题一直很有兴趣，也有想法，于是我请她改写，原来每篇只有千把字的博客文章，一下子扩充到了四千多字。她戏称这项工作为“灌水”，实际上，只要把我博客上的初稿与本书中的文字做一个比较，就会知道，这样的“灌水”是蛮需要能力的，绝不是简单的活儿。我博客上原来有一篇《刘克庄英雄欺人？》，改写成《谁误君寻五作家？》之后，不仅观点焕然一新，而且问题也得到了较好的解决。吴承学教授对此篇称赞有加，那主要是因为于溯的贡献。由于这一部分文字是这个专栏和这本小书最初的缘起，所以算作第一部分。

第二部分十二篇，其中十篇为于溯撰写，我只做一些局部修改，基本上限于文字调整。这里面有两篇，我搜集了一些资料，提出了一些思考方向，算是多做了一点工作，至于最后落笔成文，也还是于溯的事。有一段时间，于溯比较忙，我就找刘洋帮忙。她写了《刘克庄为何爱用本朝事？》和《乌台为何开梅花？》两篇。我事先帮她确定主题，提供相关的一些资料，等她成文后，我再对初稿进行修改润色。

这二十篇文章的话题，集中在典故的形成及使用，大概可以算作所谓学术随笔吧。随笔是个更具弹性也更开放的讨论空间，话题可以收放自如，文字可以轻松活泼，可读性也强于考订札记。若换一种笔调，自信这些文字也可以写成“论文”，但既然随笔能尽其意，又何必一定要写成“论文”呢？

每篇文章的题目都是一个问句，无非是要制造小小的悬念，挑起一些阅读的兴味，求其轻松有趣而已。提问是学术研究的基本起点，学术提问给人的感觉，总不免是峨冠博带、正襟危坐的样子，这本小书的二十问，恐怕也未完全摆脱那样的妆束和表情吧。

“何处是蓬莱”原来是书中一篇之题，现在挪用来为全书冠名，一则图其省事，二则爱其词句清雅，三则蓬莱远隔沧波，美丽而飘缈，正可以充当典故的代名词。

2013 年 12 月

第五辑

编校者说

且向前朝话旧闻

——《秦淮广纪》整理本前言

《秦淮广纪》是缪荃孙围绕秦淮歌妓文化这一主题而辑撰的文献汇编，也可以说是一部关于秦淮画舫的“前朝旧闻”集。缪荃孙《艺风堂文漫存·辛壬稿》卷一有《金陵怀古》四首，其中第四首云：

长板桥荒剩夕曛，回光寺古接晴云。
旧游尚觅乌衣巷，院本难寻白练裙。
画舫何人听夜雨，荒郊有鬼唱秋坟。
沧桑两度须臾过，莫向前朝话旧闻。

对于文献学家缪荃孙来说，这首诗中对长板桥、画舫等秦淮旧迹的感慨，不是一时的心血来潮，也不是无的放矢，徒然发思古之幽情，它最终落实为一个具体的行为，就是《秦淮广纪》这样一部“前朝旧闻”的编撰。

一、编撰过程

缪荃孙（1844—1919），字筱珊，晚号艺风老人，江苏江阴人，近代著名图书馆学家、文献学家、金石学家、历史学家和教育家。光绪二年（1876），缪荃孙考中进士，授翰林院编修，但此后的他并没有奔走经营于仕途，而是将自己的一生，献给了学术、文化和教育事业。缪荃孙的一生，与文献、与南京都结下了不解之缘。他对文献情有独钟，对书籍文献和金石文献都有浓厚的兴趣。无论是担任书院山长、学堂监督，还是担任图书馆馆长等职，莫不以教书、藏书、编书、校书、写书为己任，为中国文献传承做出了巨大贡献。与此同时，缪荃孙也与南京结缘甚深。光绪二十年（1894），他出任南京著名书院钟山书院的山长。光绪二十八年（1902），钟山书院改为江南高等学堂，他出任学堂监督，继又出任学堂总稽查，并负责筹建江南最高学府三江师范学堂，校址择定于南京国子监旧址，鸡鸣山南成贤街一带，亦即今日东南大学四牌楼校区之所在。后来，三江师范学堂更名两江师范学堂。1914年，两江师范学堂复建为南京高师，三江、两江和南高一脉相承，成为中央大学和后来南京大学的主要源头。其间，缪荃孙的历史贡献是不可低估的。光绪三十三年（1907），缪荃孙又受聘筹建江南图书馆（今南京图书馆前身之一），出任总办。他筹建江南图书馆的经历，无疑为其两年后受聘创办北京京师图书馆（今国家图书馆），积累了经验。

从光绪二十年（1894）到宣统元年（1909），从五十一岁到六十六岁，缪荃孙都生活在南京，前后凡十六年。这个时期的缪荃孙，学问越来越成熟，人脉越来越拓广，无论在图书文献还是金石收藏方面，无论是在编书校书还是学术研究方面，都取得了令人瞩目的成就。他对南京这座城市，尤其是对于这座城市的历史文化，兴趣也越来越浓厚。编撰一部秦淮旧闻集的念头，他早已蕴蓄于心。不过，正式着手编辑《秦淮广纪》一书，却是在他离开南京以后的1912年。那时，缪荃孙已经六十九岁，正寓居上海，从西风弥漫的沪上，回望饱经沧桑的古都南京，老人心中当别有一种感怀。

《秦淮广纪》前有缪氏自序，末尾署："壬子十二月东坡生日，老蟫自书于海上寄庐。"宋代大文豪苏东坡的生日在农历十二月十九日，可见此序撰成于壬子年（1912）十二月十九日。检《艺风老人日记》壬子年十二月十九日，正有"晴，飞雪""写《秦淮广记》"的记录。"老蟫"就是老蠹鱼（书虫）的意思，是缪氏所用别号之一。这项工作持续了三年时间，到1915年完成。现存《艺风老人日记》相当完整，为我们还原《秦淮广纪》的编撰过程，提供了极大方便。

根据《艺风老人日记》，此书编撰始于壬子年三月廿五日。是日日记中有"辑《秦淮名妓考》"一条，《秦淮名妓考》当即《秦淮广纪》的初拟书名。此前十一天，亦即三月十四日，缪氏曾到《国粹报》报馆晤见邓实（秋枚），在交给邓实的诸种书目中，有《续板桥杂记》《秦淮闻见录》等书，似乎已经开始为辑撰此书准备材料。三月廿五日的日记所透露的最重要的信息，就是缪氏为《秦淮广纪》所拟的第一个书名是《秦淮名妓考》。

但这个书名很快就被否定了，至迟四月四日，缪氏已改变主意，将书名改拟为《丁帘话旧》。在那一天的日记中，有"撰《丁帘话旧》"的记录。所谓"丁帘"，就是"丁字帘"的简称。清初诗人钱谦益《留题秦淮丁家水阁》诗中有句云："夕阳凝望春如水，丁字帘前是六朝。”后来，“丁字帘”被用以指代明末妓女聚居的秦淮河房之地。清初孔尚任名著《桃花扇》的《寄扇》一出中，亦有“桃根桃叶无人问，丁字帘前是断桥”的句子。可见，《丁帘话旧》实际上就是《秦淮话旧》之意。四月十二日、十三日两天的《艺风老人日记》中，都有“写《丁帘话旧》四叶”的记载。

在随后两个月的日记中，缪荃孙有时称此书为“旧话”，有时称此书为“话旧录”，这些应该都是《丁帘话旧》的别称。为此，缪荃孙大量借阅相关书籍，包括《玉光剑气集》《客座新闻》《金陵琐事》《本事诗》等。从四月廿五日、廿六日两天日记中可以看出，全书由“纪藻”“纪盛”（此二部分后来合成“纪盛”）、“纪丽”“纪琐”四大部分构成的框架已经初步成型，“纪丽”“纪琐”两部分的小序，也在廿六日撰成。相关文字交由一位名叫崇质堂的抄手誊录，可惜崇氏五月廿五日就暴病而卒，缪荃孙只好另觅抄手。

七月七日，缪荃孙在日记中写道：“改《淮青话旧》二卷，传十二篇。”此时，他似乎有意改题书名为《淮青话旧》。所谓“淮青”，指秦淮河和青溪交汇之处的淮青桥，其周边即秦淮歌妓汇聚之处。本年七、八两个月的日记中，也有借入《秦淮事迹》《白门新柳记》《青楼集》等书的记载，以及补《卞玉京传》、录《寇湄传》的编撰进程记录。

到了九月，缪荃孙对书名又有了新的提法。他先是称之为《秦淮话旧录》，继而又称为《秦淮谈故》。九月五日日记中载：“写《秦淮话旧录》明末一卷。”次日亦记有：“校《秦淮话旧录·纪丽》一卷。”本月十三日日记则记：“辑《秦淮谈故》‘谈琐’一门。”“谈琐”应当就是后来的《秦淮广纪》中的《纪琐》。十五日日记则记：“校《秦淮谈故》‘纪鉴’之第三卷。”“纪鉴”之名后来不见于《秦淮广纪》。但在紧接的十月、十一月的日记中，对于书名，又出现“淮青谈故”“淮青故事”的不同称法，可见在缪荃孙心目中，“淮青”“秦淮”二词形异义同。直到十二月十七日，《秦淮广记》（“记”“纪”二字通用）的书名才第一次出现。两天之后，缪荃孙撰成《秦淮广记》自序，标志着这一书名正式启用。此后，他提到此书时，虽然偶而也会用到其他书名，例如次年十一月七日日记中又提到其“取《秦淮话旧》三册回”，但总体来看，《秦淮广记》这个书名基本上确定下来了。

从次年亦即癸丑年（1913）的日记来看，此书的编撰进程时断时续。正月里，缪荃孙主要在辑《秦淮广记》康熙朝事，日记中有时候称为“辑康熙朝笔记”。但二月以后，由于其他事务的牵扯，此书编撰中断了很长一段时间，直到次年亦即甲寅年（1914）四月二十一日，他才重新拾起，赓续旧编。

甲寅年（1914），从四月二十一日到五月四日，五月十一日、十六日、二十日至二十三日、二十五日至二十六日，闰五月三日，缪荃孙集中精力编校《秦淮广记》。但闰五月三日以后，又中断了很长一段时间，直到次年即乙卯年（1915）正月廿三日才又开始“续修《秦淮广记》”。

乙卯年（1915），从正月廿三日至三月十日，缪荃孙一边补撰，一边勘校，基本完成了《秦淮广记》的编撰。此后有待解决的，基本上只是书稿的校勘和刊刻问题了。

二、体制与内容

民国十三年（1924），《秦淮广纪》由上海商务印书馆排印出版。全书分为三部分，即卷一《纪盛》、卷二《纪丽》和卷三《纪琐》。其中，《纪盛》一卷又分一、二两部分，而《纪丽》一卷篇幅最大，故再分为八个部分，《纪琐》只有一卷，不再细分。从篇幅体制来看，也可以说，这部书表面上只有三卷，而实际上却有十一卷。

唐代诗人白居易作新乐府诗，“首章标其目，卒章显其志”，以求通俗易懂，收到较好的传播效果。缪荃孙编撰《秦淮广纪》时，不仅选择“纪盛”“纪丽”“纪琐”为三卷的标目，而且为这三卷分别撰写了卷首题词，以“显其志”。这三篇题词都采用四言韵文体，文句雅丽，不仅贴合本书的内容及其风格特点，也精要地概括了各卷的宗旨。《纪盛》卷首题词如下：

> 峨峨帝京，人物丰昌。诏起重楼，雅乐名倡。来宾招贤，重译归王。南巡法曲，我思武皇。灯火游船，鼓吹名场。秦淮一水，阅尽兴亡。

可见，《纪盛》是从秦淮妓家的历史沿革入手，突出当日秦淮灯火之繁、歌舞之盛，其中辑录各种文献中的有关材料，基本上按照时代先后编排。这一部分所辑录的文献，主要有刘辰《国初事迹》《大明会典》，周晖《金陵琐事》，朱彝尊《明诗综》，余怀《板桥杂记》以及潘之恒《亘史》等等。这些文献分别属于史部、子部和集部，种类庞杂，涉及面相当广。显而易见，盛衰是相对而言的。不写盛，就体现不出衰；不写衰，也难以凸显盛况。所以，这一卷的重点固然在于“纪盛”，但也附带记录衰败之况，通过盛衰的对比，突出“秦淮一水，阅尽兴亡”的主题。

《纪丽》卷首题词如下：

> 籍著教坊，名喧旧院。邂逅昌期，往来时彦。贳酒征歌，弦诗捧砚。濡染翰墨，旗亭传遍。沧桑屡经，世风递变。女也棘心，士也墙面。罕见才鸣，聊以色选。

与《纪盛》以时间为经不同，《纪丽》是以人（妓女）为纲目。不同时代的妓女，仍然大致以时代先后为序。如果以纪传体正史相比拟，那么，《纪盛》大约相当于正史中的“本纪”，而《纪丽》大概相当于各篇人物传记。《纪丽》一卷是全书的重点与重心，其下又分为八个分卷。其结构基本上以人（妓女）为纲，每人一条，偶而也有二人或三人同一条（一人为主，其他附见）。据统计，《纪丽》著录佳丽共计 404 条。与纯粹人物传记不同的是，书中将有关此人的轶事和诗词，亦汇集于本条之下。严格说来，每一条与其说是人物传记，不如说是相关人物的资料汇编。

《纪丽》中有关明末诸妓的材料，大多取之清初余怀所著《板桥杂记》。余怀（1616—1696），字澹心，号广霞，又号壶山外史、寒铁道人等，晚年自号鬘持老人。他原籍福建莆田，但少小生长金陵，因而每自称“江宁余怀”“白下余怀”。明亡之后，谙熟秦淮旧事的余怀抚今追今，撰写《板桥杂记》一书，借以抒发自己作为明朝遗民的感怀。值得注意的是，《板桥杂记》中未收入陈圆圆、柳如是二人，尽管二人名列“秦淮八艳”。《秦淮广纪》虽然沿用《板桥杂记》中的很多记录，但在这一点上，却反其例而行之。缪荃孙对此有如下说明：

> 世有人以柳是、陈圆，广霞君未收，是吴妓而未至秦淮者，然广霞君撰此书时，尚书婆娑里门，平西坐镇边徼，声势赫然，殊有未便。近人“秦淮八艳”均已列入。即使借材异地，亦不同名臣仕籍，龂龂辨论也。有人又曰：“龚尚书之善持君，何亦列入而不讳乎？”予应之曰：“龚尚书与善持君，方在秦淮大会，召姊妹行与旧宾客，镇日宴乐，未尝自讳，不比河东以匹嫡争礼，延陵以千金改诗，几几欲自讳也。”国初尚存旧人，于《杂记》之外掇拾丛残，即以附后。

这段文字见于《秦淮广纪》卷二之四末。文中提到的“广霞君”就是余怀，“尚书”指的是娶了柳如是的钱谦益，“平西”指的是纳宠陈圆圆的吴三桂。陈圆圆、柳如是、顾横波三人同样列名“秦淮八艳”，余怀《板桥杂记》只载录顾横波，而不录陈、柳二人。缪荃孙认为，这是因为钱谦益和吴三桂不欲彰显柳、陈昔日的身份，而余怀当日慑于钱谦益、吴三桂的权势，故不载录。相比之下，顾横波所依傍的龚鼎孳，虽然也有尚书之权位，但龚、顾二人自身并不讳言顾曾经的妓籍，余怀自然可以无所顾忌了。

《纪琐》卷首题词如下：

> 姚冶怡情，燕僻溺志。颓废盛年，消磨才气。朝局屡更，情天不醉。销金有窟，避债无地。梦华梦粱，感慨一致，酒后灯前，藉以破睡。

所谓“纪琐”，字面上看是载录琐事，实际上，这些琐事多与史事、掌故有关，有很高的历史文献价值。例如《纪琐》中辑录自《板桥杂记》的一段文字，详细解释明末秦淮妓户间流行的几种称呼：“妓家，仆婢称之曰‘娘’，外人呼之曰‘小娘’，假母称之曰‘娘儿’。有客，称客曰‘姊夫’，客称假母曰‘外婆’。”如果没有余怀这样的好事者载笔，后代读者骤然遇到这类名词，恐怕会如坠五里云雾之中。

又如，《纪琐》据《秦淮画舫录》辑录的一条，有如下内容：“诸姬家所用男仆曰‘捞猫’，曰‘镶帮’。女仆曰‘端水’，曰‘八老’。均不得其解，亦不知各是此二字否。然是皆外人呼之，其主人则深以为讳。”与前几种称呼相比，这几种称呼更俚俗，更有私密性，不是经常与妓家打交道的人，恐怕无从得知。此条与上一条所记之事都很琐细，却是十分重要的掌故材料。

再如，《纪琐》又据《青溪梦影》辑有如下一条，记录当日妓家办酒席之过程，委曲详细，既有史料价值，又可备掌故之谈资，颇为珍贵：

> 酒筵之丰者曰“八大八”，席费币十有六，下脚币十有二。下脚者，备赏需也。主人入座，先置下脚于席，酒半，呈炙鸭炙肉，谓之双烤，各置币一于盘中。曲师二，席终，各犒银币一，皆半跪以谢。馀则男女班及诸侍席者均分之。次曰“六大六”，席费币十有二，下脚币七，烤一，曲师一。再次曰“幺二三”，无烤，席费币六，下脚三。最俭曰“例菜加帽”，席费四，下脚二。客初至者，献桌盒，盒如梅花式，中实果饵，临去例置一币于盒，再至则无之。新年至，则燃爆竹，曰“迎财神”，大伙计礼服半跪以贺，客必解囊以为利市。四月进樱桃，五月进枇杷，六月进西瓜，八月进月饼，冬月无时新物，则进橄榄。荐一新，必犒一币，应时而至，无或爽者。当时视为寻常，初不经意，至于今日，时移世异，境往情迁，片影微尘，都足增人怅触。《东京梦华》《钱塘遗事》，后之读者，皆知其为点点泪痕也。

在这一段文字中，《青溪梦影》原作者将自己的书比为南宋孟元老的《东京梦华录》和元代刘一清的《钱塘遗事》。《东京梦华录》撰作之时，东京——也就是北宋首都开封——早已陷落，孟元老回首往昔，不胜怅惘。钱塘是指南宋首都临安，《钱塘遗事》记载的是南宋一代历史掌故。无论是东京繁华，还是钱塘遗事，它们之所以成为后代回忆所凝聚的对象，同样都是因为故国已亡、故都已毁。无独有偶，缪荃孙在《秦淮广纪》

自序中也这样写道："秦淮一隅，风流薮泽，自明弘正迄今同光，无不倚文人为主持，藉题咏为标榜……""广明离乱之后，教坊之记乃成；靖康倾覆之馀，梦华之录斯出。"在缪荃孙心目中，《秦淮广纪》堪比唐末广明离乱之后写成的《教坊记》和北宋靖康覆亡之后的《东京梦华录》。他在这里提到《教坊记》，当然是着眼于此书题材与《秦淮广纪》有相近之处；而强调"广明离乱之后"和"靖康倾覆之馀"，则是要突出《秦淮广纪》编撰之时，亦是在大清王朝覆亡之后。在这些地方，他情不自禁地流露出些许"大清遗民"的意识。

三、文献价值

《秦淮广纪》是一部分类编排的专题文献汇辑，其编撰成书已是一百年前的事了，但迄今它仍然是汇聚秦淮文化材料最多、最全的一部文献汇编，在某种程度上，也可以说它就是一种关于秦淮歌妓文化的类书。

《秦淮广纪》的历史文献价值，具体表现在如下三个方面：

第一，广搜博取，后出转精。

作为文献学家，缪荃孙对于各类书籍的知见视野，是一般人难以企及的。同时，他在找书、借书以及抄书等方面所拥有的人脉资源，也是一般人难以比拟的。另一方面，作为一位对南京历史掌故尤其是秦淮掌故情有独钟的文献学家，他很早就留意搜辑与秦淮歌妓文化相关的文献。长期生活在南京，负责书院、学校以及图书馆建设，也为他搜寻这一方面的文献提供了地利。从《艺风老人日记》中可以看出，在辑撰《秦淮广纪》的时候，大多数书是他已准备好的，还有一些书则是向友人同好借阅的。《秦淮广纪》所抄辑的，既有诸如《板桥杂记》《续板桥杂记》《秦淮画舫录》《陶庵梦忆》等比较常见，或者一般人耳熟能详的书，也有《亘史》《玉光剑气集》《白门新柳记》《画航馀谭》等较为稀见的文献。例如，《亘史》又名《亘史钞》，明人潘之恒撰，其中“金陵艳”部分，载录许多金陵妓女传记资料，有不少事是作者亲历或亲身见闻，颇为难得。此书虽然被列为《四库全书》“存目”，但在民国初年，洵不易得。又如，《玉光剑气集》出自明遗民张怡之手，史料价值甚高，但在当时，此书只有稿本，流行不广，不太容易见到。缪荃孙通过各种渠道，搜罗到了这些材料，汇聚一处，使《秦淮广纪》在同类著作中后出转精。从这一点来看，书名中用“广”字，确是名副其实的。

为了体现《秦淮广纪》辑录征引之广，现将此书辑录所用书目抄录如下（按书名音序排列），以见一斑：

B：《八仙图》《白门残柳记》《白门新柳记》《白下纪闻》《白下琐言》《板桥杂记》《本事诗》《碧香词》《卞玉京传》

C：《彩笔清辞》《池北偶谈》《词苑丛谈》

D：《大明会典》《达观堂诗话》《道听录》《定山堂集》《冬青树馆集》《赌棋山庄词话》《读书日录》《遁窟谰言》《多暇录》

G：《感旧集》《亘史》《宫词》《广阳杂记》《国朝

典故》《国初事迹》

F:《芬陀利室诗话》《妇人集》

H:《海天馀话》《河东君尺牍》《呼桓日记》《湖上草》《觚剩》《壶天录》《画舫馀谭》《花国剧谈》《花笺录》《画录》

J:《甲乙剩言》《见闻录》《教坊录》《鲒埼亭集》《金陵琐事》《静志居诗话》

K:《客座新闻》《快园诗话》

L:《列朝诗小传》《列朝诗选》《灵芬馆诗话》《留都见闻录》《六才子评》《柳南随笔》《露书》《论印绝句》

M:《妙香室丛话》《明季北略》《明诗综》《牧翁事略》《牧翁事迹》

N:《南京法司记》《女张仪传》

P:《曝书亭集》

Q:《秦淮八艳图咏》《秦淮八艳小传》《秦淮感旧录》《秦淮画舫录》《秦淮闻见录》《秦淮艳品》《青泥莲花记》《青溪风雨录》《青溪梦影》《青溪闲笔》《曲中志》

R:《然脂集》

S:《三借庐赘谭》《三十六春小谱》《三垣笔记》《珊瑚网》《士女品目》《识小录》《史云村日记》《石斋黄公逸事》《四友斋丛说》《书史会要》《书影》

T:《覃溪诗草》《陶庵梦忆》《天香阁随笔》《图绘宝鉴》

W:《万历野获编》《闻见录》《卧游楼史》《吴觚》《吴门画舫录》《五石瓠》《五石脂》

X:《闲处光阴》《香畹楼忆语》《湘烟小录》《香祖轩记》《小匏庵诗集》《谐铎》《撷芳集》《绣江集》《续板桥杂记》《续本事诗》《续金陵琐事》

Y:《弇州史料》《野语秘汇》《翼驯稗编》《倚声初集》《忆云词》《影梅庵忆语》《有学集》《遇变纪略》《虞初新志》《玉光剑气集》《鱼计亭诗话》《俞琬纶集》《云鸿小记》《云间杂志》《云堪小记》《云龙笔记》

Z:《在园杂志》《众香集》《罪惟录》

从这一书目中可以看出，很多文献是十分罕见的，缪荃孙在文献搜集上眼界之广、用力之勤，也由此可见。

第二，类聚整理，体例严谨。

《秦淮广纪》将有关秦淮歌妓文化的文献史料，分门别类，分条辑录。如前所述，全书只分“纪盛”“纪丽”“纪琐”三类，三类标目中各带一个“纪”字，恰可配合书名《秦淮广纪》中的“广纪”二字。三“纪”是纲，众条是目，纲目配合，纲举目张。“纪盛”重点在串联历史发展的线索；“纪丽”以众多的散点组合成秦淮歌妓文化的诸横断面，二者纵横交错，如同经纬；“纪琐”则如同一条纤维，将散点串联起来。在类聚辑录时，缪荃孙尊重原文，基本上不作删改，在条目开头偶见有少量的文字调整，那也是为了照顾前后行文的连续性，或者维护全书体例的统一性。

此外，应该指出的是，《秦淮广纪》的类目设计，也参考了前此同类书目。例如，《板桥杂记》和《续板桥杂记》都是三卷结构，分为上卷《雅游》、中卷《丽品》、下卷《轶事》，其中，《丽品》《轶事》与《秦淮广纪》的《纪丽》《纪琐》名异实同，殊途同归；而《秦淮画舫录》则分为《纪丽》《征题》二卷，“纪丽”之目径为《秦淮广纪》沿用。

第三，视角独特，内容丰富。

确定《秦淮广纪》这样一个选题并且辑撰成功，已经足以显示缪荃孙独特的文献眼光与开阔的历史视野。在很多人眼中，秦淮河畔这些歌姬倡女、莺莺燕燕，河房里那些选妓征歌、灯红酒绿，文字中那些司空见惯的风尘旖旎，士女之间各种形色的悲欢离合，最多提供诗人词家感叹吟咏之资，甚至只够作为茶馀饭后的消遣，难以登大雅之堂，甚至不能进入严肃史学的史料范畴。缪荃孙却独具只眼，通过深细的文献挖掘，发现了其中蕴藏的丰富的历史意义。这些貌似杂乱琐细的记录，正如从秦淮河深深的河床上挖出来的断瓦瓷片，向我们揭示了流逝的时光在秦淮河中埋藏的诸多秘密。

总之，《秦淮广纪》中所辑录的材料，五花八门，相当庞杂，但都有各自的历史文献价值。前一节特别是其中论《纪琐》一段，对此已有若干举证。以名字为例，只要综合《纪丽》卷中诸条，便可以看出，当时妓女最喜欢取什么样的名字。喜龄、宝龄、宝珠、五福等名都很常见，仅据《纪丽》中所辑，名叫“宝珠”的妓女就有四个：杨宝珠、王宝珠、胡宝珠、安宝珠。可见“宝珠”

之名在当时妓女中颇为通用。以“香”和“仙”命名的也相当多，以“香”而论，就有袭香、藕香、姿香、雪香、玉香、李香等。

秦淮歌妓文化的昌盛，与明清两代到江南贡院参加科举考试的秦淮士子大有关系。秦淮河房匾额，亦多出于名家之手，如今，梓泽丘墟，那些屋宇早已不存，但《画舫馀谭》中有颇为详尽的记载，不仅记录了匾额内容，还记录了书家和书体，使我们得以想见当年：

> 秦淮檐扁，莫久于“丁字帘前”。屋常易主，而扁终仍旧。今所悬者，乃兰川太守玉箸篆文也。嗣后名士往来，亦多题志，然兴废不常，存佚各半，偶将经见而现在者，录以备考。题者、居者，一并缀入，其不知者，概付阙如。“冶花陶月之轩”（吴山尊行书，清音陈凤皋所居）、“兰云仙馆”（药庵行书，小伶朱双寿居之）、“彤云阁”（朱姬赠香家，不知谁氏书）、“足以极视听之娱”（吴山尊行书，在清音赵廷桂家）、“邀月榭”（孙渊如分书，亦在赵廷桂家）、“月映淮流”“伴竹轩”（二扁俱在马姬又兰家）、“东城吟墅”（在东水关，为鹾商游息处，铁线篆，佚其名）、“忆青”（教师浦大椿行书，佚其名）、“绉绿”（伊墨卿分书，亦在清音陈凤皋家）、“驻春馆”（万廉山钟鼎文，宫姬雨香家）、“听春楼”（方子固楷书，亦在雨香家）、“秋禊亭”（本月波榭故址，余今年七月邀同人修禊事于此，因易此额）、“先得月”画舫（小伶王百顺居之，书者佚其名）、“媚香居”（汪玉才行书，单姬芳阑家）、“月波榭”（马月川行书，

陈老人居之，每值水涨时，凭人租赁以宴客，在文星阁东首）、“云构”（顾姬双凤家，行书，遗其名）、“夕阳箫鼓”（毛氏别墅有此扁，似是刘生楷书）、“春波楼”（即今之兴寓，已故陆姬绮琴旧宅也，方玉川行书）、“云水光中”（清音左士隆家，行书，佚其名）、“画桥碧阴”（杨姬月仙家，罗抑山行书）、“水流云在”（清音孟元宝家，罗抑山行书）、“烟波画船”（石执如分书，亦在清音孟元宝家）、“倚云阁”（余所题，金陵校书袖珠家）、“瑶台清影”（方子山以余品倚云为花中水仙，乃题此赠之，行书）。

秦淮歌妓大多好文，以楹联装点自己的闺阁，就是她们吸引士子的一个手段。这些楹联中不乏佳作。《秦淮广纪》自《秦淮闻见录》辑录如下一段：

> 近过诸姬妆阁中，见其楹联颇多佳句，如马翠娘妆次云：“娇如新月真宜拜，瘦似秋英转耐看。”高秀英阁中句云：“绿雨红云春一片，浓香浅梦月三更。”赠吴蔻香联云：“并命鸟衔红豆蔻，同心瓶插紫丁香。”余药园赠王翘云联云：“终日校雠排闷录，他生报答有情仙。”某司马赠茗玉联云：“化为蝴蝶魂犹瘦，修到鸳鸯劫更多。”

从《秦淮广纪》中可以看出，当时士子中有一批好事之徒，热衷于“品花”，也就是对妓女进行品评。在品头论足之馀，他们还喜欢给妓女改名、取字，赠诗题字。因此，这些楹联很可能就是由士子代撰的。实际上，有些妓女的书画诗作，也有这些好事的士子在幕后捉刀。这些联语诗画既有文艺价值，又可以反映一时的风俗。至于那些有关妓女经历的故事，大多曲折生动，或为悲剧，或为喜剧，不仅可以当作社会史研究的重要史料，也可以当作文学创作的重要素材。

毋庸讳言,《秦淮广纪》也存在一些不足。最明显的一点就是，有些史料价值不低、本来应当收录的文献资料，却出人意料地被遗漏了。例如《板桥杂记》中卷《丽品》中有《李香君小传》，其中写道：

> 李香，身躯短小，肤理玉色，慧俊宛转，调笑无双，人题之为“香扇坠”。余有诗赠之云：“生小倾城是李香，怀中婀娜袖中藏。何缘十二巫峰女，梦里偏来见楚王。”武塘魏子中为书于粉壁，贵阳杨龙友写崇兰诡石于左偏，时人称为三绝。由是，香之名盛于南曲，四方才士争一识面以为荣。

这段文字提供了关于李香君身材及与其相关的诗书画的一段掌故，与其他各条并不重复，奇怪的是，《秦淮广纪》竟然未予收录。照理说，《秦淮广纪》采辑文献中已经包括《板桥杂记》一书，缪荃孙不应该遗漏此条。再仔细核对，还可以发现，《板桥杂记》中还有一些段落文字，也未见采录。不知道这是出于缪荃孙有意的剪裁，出于某种我们未知的体例考虑，还仅仅是抄手偷懒或者漏抄所致？我个人认为，后一种可能性比较大一些。

尽管缪荃孙是文献大家，但受当时各种条件的限制，仍然有一些文献是他无法看到并利用的。例如，“秦淮八艳”之一的董小宛的史料，多见于与冒辟疆相关的文献之中。今人整理的《冒辟疆全集》，其中所收《同人集》中，就有不少为董小宛而撰的悼亡诗。该书上册第615—620页录有冒氏所撰《亡妾秦淮董氏小宛哀辞》，下册第919页有周积贤《悼亡赋》，均可收录。但是，当时缪荃孙可能没有看到，乃致有遗珠之憾。

此外，《秦淮广纪》的编撰是在缪荃孙晚年，其刊印则是在缪荃孙身后。在完稿之后与刊印之前，缪荃孙大概没有更多时间精力细细校阅订补全书，这也是造成此书白璧微瑕的一个原因。

2016年12月30日

第一金陵明秀山

——《摄山志》整理本前言

栖霞山是一座与众不同的山。从唐代开始到今天，这座山已经有了十馀种专属于它的志书，这足以证明它的不同寻常。

在中国传统学术分类体系中，志书属于史部地理类，其所叙述的对象五花八门，大至通都大邑乃至寰宇，小至山川遗迹古寺名刹。将这些志书归在史部这一大类之下，当然是因为这些志书不仅关注地理，叙述其形胜，而且关注当地历史的沿革，叙述其创始建置，缕列其名胜古迹。此外，志书还传述当地人物，记录传说异闻，汇辑相关的文学作品，类似于正史中的人物传记、五行志和艺文志。长达数十卷乃至百馀卷的大型通志，固然称得上是一部百科全书，即使只有寥寥数卷的一部志书，也大多是麻雀虽小，五脏俱全。换句话说，这一类志书虽以地理为中心，然其旨趣却在汇聚围绕某地累积形成的知识与传统，举凡信史、故事、传说、异闻等，亦无不具录，其体例亦以人文性和综合性见长，集地方知识之大全。

从自然地理意义上说，栖霞山的诞生可以追溯到开天辟地，邈远而不可究详；而从人文地理意义上说，栖霞山的诞生应该说是从南齐征君明僧绍开始的。在历史上，这座山先后有过好几个名字：伞山、摄山、栖霞山。从外形上看，此山形状如伞，因而得名伞山，这是表面的也是比较粗浅的认识。当人们深入山中，便发现此山盛产药草，正可用以摄生，故称其山为摄山。从远观山形到近采草药，说明人们走近了这座山，与它有了更多接触、更多了解。见于文字记载的摄山最早的开发者，可能是汉末三国时代的道士，据陈朝江总《摄山栖霞寺碑》记载，东晋之时，术士扈谦已来此结茅，可惜因为疾疠流行而未能坚持下去。到南朝刘宋泰始年间，从北方南下的名士明僧绍酷爱此山的泉石岩壑，在山中修筑栖霞精舍，作为其隐居之所。南齐永明年间，明僧绍舍宅为寺，并使僧人法度居之，寺庙亦沿用精舍之名。明僧绍南下之前，曾在郁州（今江苏连云港）弇榆山筑栖云精舍，“栖霞”是与“栖云”相匹配，而且互文见义，霞亦即是云。“山中何所有，岭上多白云。只可自怡悦，不堪持寄君。”当年，比明僧绍稍晚的隐士陶弘景曾这样回答齐高帝。栖霞精舍在高岭之上，明僧绍日与云霞为侣，想来也有同样的逍遥。正因为如此，后人在栖霞精舍故址之上复建寺庙，遂以白云庵为名，而明末在摄山隐居并重修白云庵的张怡，也以“白云道人”为号。袁枚《白云庵》诗云：“南齐碧虚仙，舍宅存高岭。前朝隐士来，补茅庵复整。同是白云人，都无白云影。寂寂读书堂，沉沉功德井。池静夜泉深，云深春色冷。风韵一弦琴，月白万山顶。”所谓“前朝隐士”“白云人”，指的就是张怡。“栖霞”二字承载了丰富的历史文化信息，可惜，现在很少人明白“栖霞”二字的这个来历了。

栖霞山不仅有令人骄傲的白云，其岩壑泉石之美，也驰名宇内。泉则有白乳泉、白鹿泉、品外泉，岩则有天开岩、醒石、叠浪崖、千佛岩。千佛岩始凿于南朝，齐梁二代的皇帝诸侯、高士名僧，都曾参与这一工程。这是魏晋南北朝时代江南地区一处大规模佛教石刻，其千姿百态的佛像造型，特别是洞窟中的飞天形象，保留了南朝佛教艺术的宝贵遗产，引来历代游客的注目。自唐代沈传师，南唐徐铉、徐锴，以至近代黄侃等人，都在千佛岩上留下题刻。隋文帝令八十三州建塔以储舍利，栖霞寺名列第一。唐时，栖霞寺被称为天下“四大丛林”之一，唐高宗亲撰的《明征君碑》，至今矗立于寺门外。宋代张瓌在此隐居读书。明代“嘉隆间，留都多暇，一二风雅朝士，搜奇揽胜，几如汗漫游”，几多名僧驻止栖霞寺，倾圮的寺庙亦得重修扩大。清代乾隆皇帝对此山情有独钟，称其为“第一金陵明秀山”，并在此修建行宫，五次幸临。作为佛教名蓝，栖霞寺历代不乏名僧高士和骚人墨客的游踪，历代文人题咏甚多，其文化内涵越来越富，亟待整理汇辑，刮垢磨光。

据文献记献，关于栖霞山和栖霞寺的最早的志书，是唐僧灵湍所著《摄山栖霞寺记》一卷。《新唐书》卷五九《艺文志》和《宋史》卷二〇五并作“灵湍”，《通志》卷六十七作“灵偳”，未知孰是。此书已佚，作者当是栖霞寺僧，其事迹不可详考，此书的内容亦不能详。栖霞山在唐代即有志书，与其在唐代为“四大丛林”之一的显赫地位不无关系。其后，明代有金銮、盛时泰、僧可浩等人编写过《摄山志》或《栖霞寺志》，其中，金銮《栖霞寺志》和盛时泰《栖霞小志》保存下来，但是流传不广。清代也出现了几本栖霞山志，包括明末清初隐居于栖霞山的高士张怡撰《摄山志略》、清初栖霞寺住持楚云上人编《摄山志》

八卷、乾隆时邑人陈毅撰《摄山志》八卷等等。以上诸种志书中，陈毅《摄山志》最为后出，内容也最为丰富。

陈毅，字直方，号古渔，是雍正、乾隆间南京一位著名的布衣诗人。他工诗善文，勤于著述，有诗选《所知集》，多辑录布衣寒士之作；又有《诗概》六卷，见于《四库未收书辑刊》。陈毅以诗才深受袁枚赏识，《随园诗话》中摘录、品评了很多他的诗句，如“老似名山到始知”“无名草长非关雨，得暖虫飞不待春”等等。当时的两江总督尹继善亦爱其才，曾荐举他到钟山书院任职，后因故未成。除《摄山志》八卷之外，陈毅还有《金陵闻见录》六卷，其诗作中也多有以南京名胜为题者，表明他是一位十分热爱乡土文化的诗人。《摄山志》未及刊刻，陈毅便去世了，今天我们看到的《摄山志》一书，是经过苏州太守汪志伊等人加工才刊刻面世的。书前所附汪志伊序，称“戊申夏，余守京口，于役金陵，顺游摄山，住持僧出此稿示余，属以剞劂之任”。据此可以推知戊申年（乾隆五十三年，1788）夏天陈毅已经不在人世。书前又有陈毅序一篇，署“甲辰五月江宁古渔陈毅撰”，甲辰是乾隆四十九年（1784），照此推算，陈毅当卒于1784—1788年间。

汪志伊（1743—1818），字稼门，桐城（今属安徽）人，乾隆三十六年（1771）举人，时官苏州太守，后官至闽浙总督。有《稼门诗钞》。《清史稿》卷三五七有传。汪序中对书稿加工的过程叙述得比较清楚：“爰取陈稿，略加删补，复请嘉定钱辛楣宫詹考订，震泽诸生费玉衡校字，且广谋于同寅诸君子，佽助蒇工，而敬志其大义如此。”可见，汪志伊不仅亲自动手，对原稿有所删补，还邀请著名学者钱大昕进行考订，请费玉衡负责校对。钱大昕字辛楣，嘉定（今属上海）人，是乾嘉学术的代表人物。从乾隆四十三年至四十六年（1778—1781），他曾担任南京钟山书院山长，与南京早有文化学术的渊源。这次考订《摄山志》，使他与南京再结因缘。

除了汪志伊序（乾隆五十五年庚戌，1790），今本《摄山志》还有陈毅（乾隆四十九年甲辰，1784）、王泽宏（康熙三十二年癸酉，1693）、耿光祚（康熙三十二年癸酉，1693）、马士芳（康熙三十二年癸酉，1693）四序。汪志伊所撰是新序，陈毅所撰是原序，而王、耿、马三篇则是旧序，从中可以看到栖霞山寺志书撰写的历史。汪序云："以一山之显晦，系治化之根本。"王序云："名山有志，犹家之有乘，国之有史也。不有以纪之，则其地不传，其人不传，其文与事亦不传。"马序云："志之为体，征故实，详名胜，考山川之形势，纪梵刹之废兴。虽小乘也，有史裁焉，固乡之学士大夫所宜究心者。"虽然指的是不同的志书，但从中也可以看出这些撰述的文化意义。

《摄山志》全书共八卷，除首卷《天章》外，依次为卷一《图说》、卷二《形胜、创始、建置》、卷三《人物》，卷四至卷七载录有关栖霞山寺的各体文学作品，卷八为《考证、灵异、诗话、杂记》。

所谓《天章》，是指乾隆皇帝的诗歌及匾额对联作品。乾隆丁丑（二十二年，1757）、壬午（二十七年，1762）、乙酉（三十年，1765）、庚子（四十五年，1780）、甲辰（四十九年，1784），皇帝五次幸临栖霞山，驻跸于栖霞行宫，也就是汪序中所谓“自丁丑以迄甲辰，翠华时迈”。为迎接乾隆到来，两江总督尹继善等大兴土木，多次修筑行宫，增饰胜迹，于是有了彩虹明镜、玲峰池、春雨山房、万松山房、夕佳楼、太古堂、栖霞行馆、武夷一曲精庐等。驻跸期间，乾隆题写了一批匾额，撰写了一百二十首古近体诗，并令尹继善、沈德潜等人唱和。这些诗作艺术上大都平庸，不足称道，但它们记录了栖霞行宫的一时盛况，具有重要的历史文献价值。《天章》中的第一首诗，即“丁丑初幸”时作《游栖霞山》，其首句即云“第一金陵明秀山”，这句对栖霞山的品题赏誉至今仍然流传人口。

中国古代史学向来重视以图配史。《摄山志》卷一《图说》有图十一幅，依次为《栖霞全图》《行宫图》《彩虹明镜图》《玲峰池图》《紫峰阁图》《万松山房图》《幽居庵图》《天开岩图》《叠浪岩图》《德云庵图》《珍珠泉图》，绘制精美，堪称本书的特色和亮点。这些图或与栖霞自然胜迹，或与乾隆栖霞行宫有关，特别是在行宫建筑已一无遗存的今天，颇可发思古之幽情，亦有文献和历史认识的价值。中国科学院自然科学史研究所汪前进在其《地图在中国古籍中的分布及其社会功能》（《中国科技史料》1998 年第 3 期）一文中曾提到这些图，并给予很高评价。

卷二先叙栖霞山之山川形胜，次叙栖霞寺创寺之缘起及寺名更变之过程，再叙寺庙的建置、历代著名住持僧的贡献、僧人之数量，最后叙及山寺之名胜古迹。这些叙述关乎隋舍利塔建造的经过、栖霞寺当年建筑与现如今的不同、楚云禅师对于寺庙重建的贡献等，都有资于历史研究。《古迹》部分有一些内容与卷八《考证》略有重叠，但二者着眼点并不相同。

历史上往来栖霞山的名流高士和驻止栖霞寺的高僧很多。本书卷三为这些人物立传，先名流高士，后高僧，依时代先后排列。其中，《明僧绍传》比勘《南史》和《南齐书》两传的异同，颇似考订，不知是否出自钱大昕之手。《刘长卿传》中录其《吊庆法师》诗句，可补卷六录诗之缺。《耿光祚传》引偈文，亦可补卷五所录偈文之缺。至于其中有关历代高僧的传记，如收列靳尚为门徒的法度大师、称栖霞为“天下四绝”之一的智者禅师、为虎说法的法响禅师、恒有四虎环护身边的智聪禅师、新修寺院的明代云谷禅师、明清之际名满天下的觉浪禅师、勤于著述而好与文士交往的楚云禅师，风姿各异，都有传奇色彩。这些传记读来引人入胜，而且保存了很多重要的历史资料。

卷四至卷七汇辑有关栖霞寺的文学作品，分体编录，依次为诏敕、碑铭、塔铭、山中铭、建记（卷四），赞、记、叙、书启、疏、引、文、帖、赋、偈参（卷五），诗（卷六为南朝至明，卷七为清朝）。就文学价值来说，诗赋游记作品最值得珍视；就历史文献价值来说，其他各体作品往往更高，也更应该重视。比如隋文帝《立舍利塔诏》详述舍利塔建立的因缘，相当重要；再如，碑铭有助于考察寺庙及建筑的历史，塔铭记载了僧人生平，山中铭则是胜迹之品题，价值各不相同。总而言之，这些作品积累了栖霞山的文化资产，是前人给我们留下的宝贵的文化财富。美中不足的是，陈毅虽然用力搜聚，但这四卷所收仍有遗漏。且不说乾隆以后，即从明代至乾隆以前的诗文集之中，就有不少有关栖霞山寺的诗文可以补辑，明人如祝允明、王世贞、于慎行、王樵，清人如汤右曾、宋荦、厉鹗等，不一而足。陈毅本人也意识到这一点。这主要是当时客观条件所限，不应苛责古人。

本书最后一卷内容比较庞杂，从对古迹地名的考证，到灵异、诗话和杂记之类，条目文字简短，大都偏于掌故之类。灵异、诗话和杂记自然多有故事，考证之中也不无故事。有些故事只是街谈巷议、道听途说，自然不符信史，有些甚至荒诞不经，但从这些故事中，仍能看出当时当地的民俗历史和文化心理。如果说志书中有很多“地方知识”，这一卷中的掌故便是最具地方性特色的知识。

乾隆庚戌（五十五年，1790），《摄山志》八卷在苏州府署雕版印行，今人影印本都是以此本为据。其中比较重要的影印本有：1975年台北文海出版社影印本，编入沈云龙教授主编《中国名山胜迹志丛刊》；1980年台北明文书局影印本，收入该社《中国佛寺史志汇刊》；2001年，海南出版社影印本，编入《故宫珍本丛刊》；2004年北京线装书局影印本，收入《中华山水志丛刊·山志卷》；2006年江苏广陵书社影印本，编入该社《中国佛寺志丛刊》。两岸屡次影印此书，此书对学术研究的重要性由此可见一斑。遗憾的是，此书面世至今已经两百二十年，却没有一种点校整理本，一般读者若想阅读，颇为不便。近年来，海内外朋友关注栖霞山佛教文化的热情越来越高，对栖霞山历史文化有兴趣的读者也越来越多。有鉴于此，南京市栖霞区政协组织专家对此书进行点校，期望为弘扬栖霞山文化尽绵薄之力。可以相信，点校本《摄山志》的出版，一定会受到广大读者的欢迎。

2010 年 8 月

诗意的栖居

——《诗栖名山》前言

六朝古都南京有座山，山里有座寺。

春去秋来，山中变换着花月风景；朝阴暮晴，寺里往来有名士高僧。时间久了，就传出很多故事，吟成很多诗篇。故事越传越远，诗篇越吟越多。伴随着这些风景、这些人物、这些故事、这些诗篇，山就成了名山，寺也就成了名寺。

这山就是栖霞山，这寺就是栖霞寺。栖霞山位于南京城的东北，处在仙林大学城正北方，北濒大江，西瞰古城，千载沧桑，声名益显。

一

栖霞山是一座自然名山。

栖霞山最早名叫伞山，这是因为它的外形，看上去像一把伞。由于山中盛产各种药草，可以用于养生，有益于延年益寿，于是，这座山又得名摄山。“摄”字的意思就是摄生，也就是养生。栖霞山本来就有山水之美，加上有益养生，就更加吸引隐逸高士。公元480年，山东名士明僧绍来到南京，选择在摄山隐居，就是看中了摄山的自然资源，既有赏心悦目的泉石，又有养生延年的药草。他在这里建了一座栖霞精舍，在这里悠然地度过了自己的晚年。临终之际，明僧绍舍宅为寺，寺以宅名，于是山里有了栖霞寺。后来，寺的规模越来越大，于是山以寺名，才有了栖霞山这个名称。从伞山到摄山，再从摄山到栖霞山，人们对这座山的认识越来越深刻，山的名气也越来越大了。

古代名贤高士喜欢栖霞山，早在三国时代，就有人选择在此栖居，六朝以后，历代诗家名士到此优游盘桓，如过江之鲫，不胜枚举。对栖霞山美不胜收的自然胜景，他们情有独钟，赞不绝口。最妙的是，明朝万历十七年（1589）状元、南京本土名人焦竑，为栖霞山写过一篇碑文，现在还竖立在千佛岩三圣殿左前方。焦竑在这篇碑文中说，南京牛首山以山胜，燕子矶弘济寺以水胜，而兼有山水之胜则是栖霞山，压低牛首山和弘济寺，唯独抬高了栖霞山。栖霞山兼有岩石、碧树和清泉这三个亮点，前两个代表山，后一个代表水，山水相映生辉，让人流连忘返。

岩石是栖霞山最重要的自然资源，经过历代开发，更转化为一笔宝贵的文化资源。天开岩在栖霞山中峰右边，形状犹如被天神一刀劈开，留下的刀缝就是一线天，可容一人穿行，上面刻有“醒石”二字。叠浪岩位于虎山的南坡，是石灰岩溶蚀而成，溶沟与石芽交错而成，石浪起伏，蔚为奇观，历来被认为栖霞山美景之一。最有名的是千佛岩，这是江南唯一一处大规模的南朝石刻，也是传世千年的珍贵的六朝文物。千佛岩的开凿从南齐开始，经历了齐、梁、陈诸代，影响很大。齐梁的王公贵族达官贵人，争先恐后在此开凿佛龛，积聚功德。千佛岩中最大的石刻是三圣殿，中间刻的是无量寿佛，左右两边是观音与大势至。无量寿佛高达十几米，虽然不及洛阳龙门石窟里的那尊卢舍那佛雄伟，但在六朝石刻尤其是南朝石刻中已属相当稀罕，非常壮观。无量寿佛的设计和雕造，出自南朝著名的佛教学者僧祐之手，显示了高超的技艺。前些年，在千佛岩石刻洞窟中发现的飞天的画像，更加凸显了千佛岩在佛教艺术史上的地位和价值。隋唐以后，历代文人来到千佛岩、天开岩观摩拜谒，题字留刻，或诗或文，为天开岩和千佛岩增添了文化分量。拿千佛岩来说，南唐著名学者徐铉、徐锴兄弟的题名旁边，就是现代国学大师黄侃先生的题刻，如今都还能看得到。

栖霞山树林茂密，有些树长得很高大，一看就知道树龄很长。历史文献上提到栖霞山有所谓的六朝松、六朝银杏。据说六朝松是梁武帝亲手种植的，直到清初康熙年间，还有人提到这棵六朝松。清代人来到栖霞寺，看到的银杏树有大到六七抱，高达十几丈的，时代久远，传说也有植于六朝时代的，倒不一定可信。但有一点可以确定，栖霞山不乏古树名木。今天人们比较熟悉的是枫树，秋深霜降，人们喜欢到栖霞山赏枫。南京有一句俗语："春游牛首，秋游栖霞。"这个习俗至少已经有四百年的历史。同样去世于 1624 年的两位诗人，原籍福建长乐的谢肇淛和原籍湖北竟陵的钟惺，都在他们游览栖霞山的诗中写到了红叶。顺治十五年（1658）冬天，诗人杜濬来游栖霞山，虽然他知道自己来得晚了一些，因为"游此山者例以秋"，但是，他仍然看到了"红叶无风犹着树，青松媚日自生烟"的可爱景色。明清之际很多诗人笔下，都写到了栖霞山赏枫的经历，为栖霞山这一新的自然胜景，注入了风雅人文的内涵。现代以来，山上枫树种植规模越来越大，以利游人观赏，来栖霞山的人，甚至只知枫树而不知其他了。

栖霞山水好，泉水尤其有名，泉名也起得古雅可爱。在明代，珍珠泉、白乳泉和品外泉并列为栖霞山三大名泉。珍珠泉的水，涌吐有如珍珠；白乳泉之水，其白似乳；品外泉的名字，则与茶圣陆羽有关。据说中国各地有名的泉水，都经过茶圣陆羽的品定，此泉后出，未经陆羽品定，所以得名品外泉。好的泉水，要适合饮用，也要适宜泡茶。陆羽曾经来到栖霞山采茶，《全唐诗》里收录中唐诗人皇甫冉留下的一首诗，可以为证。这首诗本书已经选录，诗题为《送陆鸿渐栖霞寺采茶》，陆鸿渐就是陆羽，这是皇甫冉为陆羽去栖霞寺采茶而作的送别诗。栖霞山茶文化源远流长，至少可以追踪到中唐时代。那个时代，栖霞山茶叶已经相当有名，才会吸引原籍湖北的茶圣陆羽，不远千里前来采摘。白乳泉旁曾经有一座试茶亭，相传是陆羽当年试茶的地方，他试的当然是新茶，也当然是好茶。因为这一层关系，栖霞山后来又有陆羽茶社。北宋时代，栖霞寺前还开过一间茶馆，叫作“徐十郎茶肆”，那是徐锴的儿子开的，茶客盈门，据说茶馆里还同时展示一些二徐兄弟世代相传的古物。直到清代乾隆年间，《江南通志》里还记录栖霞山的茶叶“味甘香”，很受欢迎。好茶叶配上甘甜的泉水，为栖霞山赢来了茶文化名山的名声。

栖霞山由东中西三峰构成，三峰夹两涧，一名中峰涧，一名桃花涧。栖霞山的涧水也很有名。现在，一进栖霞寺山门，就能看到一处名为“彩虹明镜”的景点，这是当年为了迎接乾隆南巡驻跸栖霞山而挖掘的，由彩虹桥与明镜湖组成。明镜湖的水，主要是由桃花涧水汇集而成，湖水澄碧，光可照人。清澈的涧水自山谷下流，淙淙作响，悦耳动听。“涧浮山影，山传涧声”，这是南朝梁元帝萧绎笔下的栖霞山；“松涧纷相悦，溪喧若趋敌”，这是明代著名诗人王世贞笔下的栖霞山；“中峰新雨后，石濑溅人衣”，这是清代著名诗人王士祯笔下的中峰涧。空山新雨，青松碧流，山影涧声，这是一处有声有色的清幽世界。在这里，不仅可以领略山光水色，还可以在大自然美景中洗涤世俗的嚣尘，陶冶身心，难怪从古到今人们都喜欢来栖霞山。

二

栖霞山是一座人文名山。

首先，栖霞山是宗教名山。从历史上看，栖霞山不仅是佛教名山，也是道教名山。在明僧绍到达摄山以前，山中已经有前人留下的历史遗迹。比较早的有两处：一处是三国东吴的将军顾悌留下的一座堡垒，他曾经率军队在这里戍守；还有一处是东晋时有名的道教术士扈谦留下的道馆，他曾经在这里结茅而居。可惜道馆后继无人，逐渐堙灭了。不过，栖霞山后来的历史上，仍然不乏道教的遗迹。明清之际，道士张瑶星隐居于山上的白云庵。这位道士是当时名人，曾被写入孔尚任的名作《桃花扇》中。据说明亡以后，李香君在栖霞山葆贞观出家，后来侯方域与之相见于山中，就是经过这位张瑶星道士的点拨开悟，双双入道。相传李香君死后埋于山中，而桃花涧也因此而得名。

栖霞山的主峰名叫凤翔峰，又名三茅峰，那是因为凤翔峰顶上曾经建有三茅宫，祭祀三茅真君，也就是汉代的茅盈及其弟茅固、茅衷，他们是道教传说中的三位神仙。另外还有碧霞元君庙。碧霞元君就是道教中的天仙玉女泰山碧霞元君，俗称泰山娘娘、泰山奶奶、泰山老母。据说庙里还同时供着佛祖、三茅真君和梁元帝的塑像，各开一门，同处一宇，并行不悖。儒道释三教和谐相处，在栖霞山是有历史渊源的。

据说张瑶星所隐居的白云庵，就是当年明僧绍栖霞精舍的故址。明僧绍是栖霞山的灵魂人物，后人提到栖霞山的历史，几乎离不开他。他出身山东平原，明氏是当地大家族，世代为官，很有影响力。仅南朝的宋齐梁三代，明氏家族出任太守、刺史级别的人物就有六位。但明僧绍从小对富贵仕宦之事不感兴趣，而喜欢山水林岩，喜欢当隐士，在隐逸中钻研学问，刻苦讲学。也许从他父亲给他起名“僧绍”开始，他就与佛教结下不解之缘。他对佛学有很深的领悟，但他的学问并不限于佛学，而是同时钻研三教即儒教、佛教和玄学，玄、佛、儒三教兼融。明僧绍写过一篇文章《正二教论》，就是把道教与佛教放在一起比较，结论是佛理通达而老庄敝陋。他与法度禅师十分投缘，而且临终舍宅为寺，也证明他内心还是倾向于佛教的。

南齐永明七年（489），明征君去世。他把自己居住过的栖霞精舍，捐给法度禅师，栖霞精舍就成了现今栖霞寺的前身。法度禅师少小出家，“游学北土，备综众经，而专以苦节成务”，刘宋末年来到建康，明僧绍对他十分尊敬。法度的功绩主要有两项：一项是他与明僧绍的儿子、当时正在栖霞山下的临沂县任县令的明仲璋联手，发动建康城的善男信女出钱出力，在栖霞山开凿了千佛岩。另一项是他收服了靳尚，使栖霞山成为佛教的永久据点。在他之前，有道士想在这里建观立足，却经常受到疾病瘟疫的困扰，最后都以失败告终。这可能是因为山神勒尚作乱。靳尚是战国时代楚国人，也就是史书上记载与屈原作对的那个奸佞小人。不知道为什么，他流落到栖霞山，血食一方，经常现身为巨蛇，恐吓来往行客。可是，他却十分崇敬法度，拜法度为师，素食斋戒，成了皈依佛门的弟子。

自南朝以来，栖霞寺声誉日隆，隋文帝令天下八十三州建塔以储舍利，南京栖霞寺名列第一，可见栖霞寺在当时的位置。到唐代，它与山东长清灵岩寺、湖北荆山玉泉寺、浙江天台国清寺并称“天下四大丛林”。历代名僧大德层出不穷。隋朝的法响法师，佛学高深，讲经传神。据说他讲经引人入胜，甚至连老虎也听得津津有味。明朝万历年间，栖霞寺云谷禅师以个人影响力四处募捐，重修栖霞寺，使之焕然一新。云谷禅师在禅宗历史上也非常有名，明朝文人罗洪先、唐顺之和思想家袁了凡等人都到栖霞山听云谷禅师讲学，他们都非常佩服法师的禅学修养。生活在明末清初的觉浪法师，在南京很多寺庙里都做过住持，灵谷寺、祖堂寺、报恩寺、天界寺等多所寺庙监院都很尊重他。他的佛学修为在当时南京的佛学界首屈一指，他去世后，人们为他在栖霞山千佛岭上建了灵塔，其他寺庙也以自己的方式纪念这位一世高僧。

进入 20 世纪，栖霞山的名僧也层出不穷，有宗仰上人、若舜上人、寂然上人、志开上人、茗山上人等。寂然上人与志开上人在侵华日军南京大屠杀期间，救助了很多无辜平民。台湾佛光山的开山法师星云大师，就是在那时候到了栖霞寺，后来在栖霞寺出家，从此也与栖霞寺结下了不解之缘。

其次，栖霞山堪称教育名山。它悠久的教育传统，可以追溯到明僧绍。明僧绍一边隐居，一边讲学。他一生中换了好几个隐居讲学的地方：从今天的青岛崂山，到连云港东边的一个海岛，再到南京栖霞山。研究学问与聚徒讲学就是他隐居生活的主要内容。他在栖霞山隐居讲学的时间最长，影响也最大。与法度同时，栖霞寺和尚僧朗在佛学上也有精深的造诣，他是佛学三论宗历史上的重要人物之一。梁武帝曾专门派一些僧人上栖霞山，由僧朗向他们传授三论宗。从此，栖霞山成为三论宗的发源地，也就是三论宗的“祖庭”。前些年，韩国佛教三论宗代表团还专程到栖霞寺来认祖归宗。可以说，从南朝起，栖霞山就是佛学教育的重要基地。今天的中国佛学院栖霞山分院，就设在栖霞寺里，佛学教育传统一脉相承，绵延不绝。

古代士人喜欢借住寺庙读书，或者准备科举考试，幽静的栖霞寺成为南京士人的首选。明清两代，有不少士人住在栖霞寺里读书，焦竑有诗《送叶生读书栖霞》，明末程嘉燧也有诗《寄李长蘅（同王从生读书栖霞山）》，这两首诗本书都已选录。今天的仙林大学城临近栖霞山，书香文脉，承传有自。

第三，栖霞山很有帝王之缘，可以称为历史名山。“一座栖霞山，半部金陵史”，当之无愧。秦始皇统一中国之后，南巡北还，渡江到栖霞山，在这里留下了“始皇临江处”的遗迹。

明僧绍因为不响应宋齐两朝的征召，拒不出山，而被后人尊称为明征君。他在宋齐两代很受帝王尊重，齐高帝萧道成对他尤其礼敬有加。千佛岩开凿之初，萧齐文惠太子、竟陵王、豫章王以及后来梁朝的梁武帝、元帝、临川王萧宏等，都参预其中。梁元帝萧绎还撰有《摄山栖霞寺碑铭》。陈后主曾与江总一起游栖霞山，本书已经收录的陈后主《同江仆射游摄山栖霞寺》诗，就是当年二人的唱和之作。陈后主还命江总撰写《摄山栖霞寺碑》，并命当时最有名的书法家韦霈书写。不幸的是，江总碑毁于唐武宗会昌年间的那场灭佛运动，连宋仁宗康定元年（1040）栖霞寺和尚契先重刻的江总碑，今天也不存在。现在栖霞寺门左边树立的江总碑，是前几年重新刻立的。

栖霞寺门右边树立的唐碑《明征君碑》，则因为出于唐高宗之手，而安然度过了会昌年间的那场劫难。明僧绍的六世孙明崇俨擅长神道法术，很受唐高宗宠幸，上元三年（676），唐高宗特撰此碑文，以示恩宠。《明征君碑》象征着栖霞寺与唐代皇权的特殊关系，也有力地维护着栖霞寺在唐代的地位。从这个角度可以说，明僧绍不仅是栖霞山的灵魂人物，也是栖霞寺的保护神，他的神力通过他的子孙，通过这块碑文，庇护山寺长达几百年。

与栖霞山结缘最深的帝王，是清朝乾隆皇帝。他六下江南，五次住在栖霞行宫，第一次是1757年，第二次在1762年，第三次在1765年，第四次在1780年，第五次在1784年，虽然总共只有四十五天，却作诗一百一十九首，楹联、匾额等五十多副。乾隆南巡之前，两江总督尹继善就着手做准备，修建了栖霞行宫。

行宫的建筑，包括春雨山房、太古堂、武夷一曲精庐、话山亭、夕佳楼、石壁精舍，还有御花园等。这些诗文作品，成为栖霞山一笔宝贵的历史文化财富。乾隆也给栖霞山的一些景点命名，“彩虹明镜”就是他命名的。千佛岩上有一座“纱帽峰”，“纱帽”就是古代官员戴的乌纱帽，乾隆认为与明征君的隐逸形象不和谐，就提议改名“玉冠峰”。他还在诗中称赞栖霞山是“第一金陵明秀山”，这对于宣传栖霞山和提升栖霞山的知名度，大有好处。乾隆皇帝是栖霞山最高级别的形象代言人，也是最为热心的宣传员之一。

三

栖霞山是一座文学名山，尤其是诗歌名山。

栖霞山的自然胜景和人文胜迹，吸引诗人文士来到这里，发现、体认、歌咏并享受这座山丰沛的诗意，使这座山成为诗歌的名山。

早在南朝时代，江总碑文中所描写的栖霞山景，就十分迷人：“崖檐峻绝，涧户幽深。卉木滋荣，四时助其雕绮；烟霞舒卷，五色成其藻绚。”高峻的岩崖、幽深的山涧、欣欣向荣的草木、五色舒卷的云霞，这是一幅栖霞山的自然生态图，多么悦目怡人，多么适合养心！更不用说还有满山的药草，养心之馀，更宜养生。

从南朝直到今天，在这一千五百多年里，有无数文人学士来过栖霞山，他们访古寻幽，流连山水，吟赏风景，也留下了难以计数的诗文篇章。本书所选录的九十五位诗人的一百二十六首诗，只是其中一部分而已。这些诗人来自全国各地，既有南京本地人，也有来南京任职或者流寓南京的外地人，还有因事路过南京的游客。他们的身份也五花八门，上至帝王贵胄高官，下到一般文人学士，从梁陈隋唐，到两宋明清，再到民国，都有名家名篇，如南朝的梁元帝萧绎、江总、陈后主，唐朝的刘长卿、顾况、权德舆、皮日休，宋朝的叶清臣、王安石、俞紫芝、周文璞等。明清两代游览栖霞山并留下题咏的诗人，数量尤其多。明朝有汪道昆、王世贞、焦竑、于慎行、汤显祖、钟惺、袁宏道、袁中道、吴应箕，清朝有杜濬、顾炎武、王士禛、宋荦、孔尚任、查慎行、厉鹗、袁枚、蒋士铨、赵翼等。民国年间，作为首都的南京吸引了很多学者诗人，本书所选的黄侃和王伯沆两位，就是其中的代表。他们都是当时著名学者，一个是本地人，一个则流寓南京。纵观各代，只有元朝暂缺，我们翻检了今人编撰的《全元诗》，也没有找到一篇可信的题咏栖霞山的诗。这多少有点出人意外，但早在乾隆年间，编撰《摄山志》的南京本地学人陈毅就说过："观元人百家诗，无一过而问之者。"这是令我们感到遗憾的。

各家题咏栖霞山的诗篇，形式多样，长短不同，各有特点。既有五言诗，也有七言诗；既有绝句律诗，也有古体诗；既有短篇小绝，也有长篇歌行，还有系列组诗。独自吟唱的居多，友朋唱和的也不少，比如明代余孟麟、朱之蕃、焦竑三人的唱和，谢肇淛和叶向高两人的赠答，前者为本地人，后者为外地人。他们来访栖霞山，选择在不同的时间节点，春夏秋冬、阴晴雨雪、朝暮晨昏，应有尽有，所见之景、所遇之境不同，内心所感自然也就两样。这些诗人写到的栖霞山各种景点，有的今天仍存，有的已不可见。仍存者，将诗中所描绘的与今天的面貌相对比，可以看见古今沧桑；不可见者，则可以透过前人的诗句，想见其风貌。选题的角度也各有特点，都有新意。有的是重访或者再来，有的是刚刚离开就已回首，有的如谢肇淛是因为下雨而未果前来，有的如汤显祖是因为水灾而取消了行程。大多数诗篇写的是现实中的栖霞山之行，也有一些诗篇则是描写虚幻的行程，例如梦中游历栖霞山，或者以题画诗的形式，想象别人的栖霞山之游，更有一层奇幻的色彩。本书在选录诗篇时，注意采择各种不同的题材和选题角度，希望提供观察栖霞山的众多视角。尽管视角有所不同，艺术水准有高有低，但这些诗篇都提供了理解栖霞山自然风貌与历史文化变迁的重要材料。比如，从谢肇淛、钟惺等人的诗篇中，我们可以看出，观赏红叶在明代后期的南京已经蔚然成风了。

“禅坐蕙楼”，这是江总《摄山栖霞寺碑》铭文中的一句。所谓“禅坐”，就是打坐悟禅，说的是养心之道；所谓“蕙楼”指的是有药草的生活环境，说的是养生。诗人文士到栖霞山，目的各有不同：有人为了看山，有人为了访古，有人来此寻友，有人到此礼佛，有人来此避暑解闷，有人借此静养读书。这些诗人游客，或者踽踽独行，或者结伴而至，或者得意狂歌，或者失意徘徊，往往来时带着尘世间的重重心事，到这里沐浴一番云光月色，耳听一阵晨钟暮鼓，离开时便携走山中的诗意，换上了轻松的心境。甚至连陈后主在游山之后，都心血来潮，生出高隐的念头。所以，王世贞曾在一首诗中写道：“来似江总持，去则明征君。”来的时候，心里想的都是江总那样的高官厚禄，回去时想的则是像明僧绍那样隐逸高栖。栖霞山的药草，使人珍重生命的摄养；栖霞山的绿树，使人呼吸到更多清新的氧气；栖霞山的清幽，使人获得心境的宁静；栖霞山的禅意，使人的精神焕发。

19 世纪初叶，德国伟大诗人荷尔德林在一首题为《轻柔的湛蓝》的诗中写道：“如果生活是全然的劳累，那么人将仰望而问，我们仍然愿意存在吗？是的，充满劳绩，但人，诗意地栖居在此大地上。”20 世纪德国著名哲学家海德格尔借用这首诗句，将“诗意地栖居”提升到人生和人性思考的层次，将其转变为一个哲学命题。所谓“诗意地栖居”，就是如何转化生活中的烦恼、痛苦，使其成为诗意人生的一种体悟。技术日新而人性异化，物质日富而道德贫乏，心源枯竭而诗意匮缺，这是现代人所面临的人生困境，没有一个人可以逃避。这实质上就是养生之馀兼顾养心的问题。本书选录的一百二十六首诗，实际上就是九十五位诗人对这个问题的思考以及答案。翁心存《栖霞阻风》有这样两句：“鹢不因风先自退，山如欲语笑人忙。”谦退、散淡、悠闲、缓慢，就是他的一种诗意人生的态度，这也是栖霞山的生活态度。

四

本书共选录自南朝至民国九十五位诗人的一百二十六首题咏栖霞山的诗。诗篇按年代先后编排。诗人小传力求简明扼要，适当突出其生平事迹中与南京相关的部分。诗篇注释则尽量平易，用白话解释，一般不征引原始文献；为了方便读者阅读，对词语、典故的注释以及相关名胜的介绍，不避前后重复。诗篇的赏析，尽量突出各篇的艺术特点，侧重其层次与写法的分析，同时兼及其思想内容的解读。

本书的具体分工是这样的：我全面负责，制订工作计划及全书主旨，布置文献查找方向，确定入选篇目，改定全书文字并撰写前言。诗人小传与诗篇注释及赏析初稿的撰写，南朝至明代部分由李晓林负责，清代及民国部分由杨化坤负责。篇目查找搜集，南朝至宋代部分，由卜兴蕾负责，明清两代部分，由许勇负责。

《诗栖名山》是南京市栖霞区政府和栖霞区政协立项的课题。这个课题的开展，自始至终得到栖霞区政协的大力支持，“诗栖名山”这个书名，就是由区政协夏宁主席所提议的，一语双关，富有诗意，对我们很有启发。

编撰既毕，复缀一诗，以抒我怀：“林外隔箫韶，听钟认寺寮。岩开天醒豁，霞合凤翔遥。雅韵流千载，名山溯六朝。何当枕泉壑，漱齿洗尘嚣。”

2015 年 3 月 22 日

爱读南京

——《南京历代经典散文》前言后记

“江南佳丽地，金陵帝王州。”南京美丽多彩的山川自然风光、悠久丰厚的历史人文景观，吸引了一代又一代骚人墨客、学者文士。他们以自己优美的文笔、动听的歌喉，歌咏南京的山川风物和人情世态，留下了难以计数的诗文篇章。其中很多都是脍炙人口、传诵久远的名篇。

热爱南京的人们，就是这些名篇最热心的读者。为了满足这些读者的需要，市面上已经出现了许多种内容不尽相同、形式各有特点的南京诗选——严格说来，应该叫“题咏南京的诗选”。这些诗选或者只选古典诗词作品，或者只选现当代诗篇，或者兼及二者，其实都只是尝鼎一脔而已。在“题咏南京”的诗歌之外，以南京人文景观、自然风光为主题的历代散文作品其实也为数甚多，其中也有众多名篇佳什。可是令人遗憾的是，南京散文选——严格说来，就是以南京为主题的散文的选本——却比南京诗选要少得多。市面上所能见到的这类选本，多半只选现当代作家的散文，而把古代作家的各体散文名篇忽略不计。这样处置，对于呕心沥血的古代作家，对于不同凡响的南京古代文学史，尤其是散文史，显然都是不公平的。这一局面亟须改变。

编选《南京历代经典散文》，就是基于这样一种考虑。在此有必要对这个书名略作说明，“释名以章义”。书名中的“南京”，准确地说，不是文学的主体，不是指南京籍或长期流寓南京的作家。相反，这里的“南京”是文学的客体，是历代经典散文中的描写对象。换句话说，在中国古代文学史这一舞台上，有一场以散文为主角的演出，它的核心主题是南京。书名中的“历代”，从三国直到当代，时间跨度有近一千八百年。分久必合，合久必分。这里既有分裂偏安的王朝，又有统一强盛的帝国；既有以文言文为主要文学语言形式的帝制中国时代，又有以白话文为主导的民国时代和共和国时代。总之，这是古今贯通、文白合编的。书名中的“经典散文”，着重于这些篇章的文学品质。基本上，本书所选录的这些散文作品，都是值得讽诵的名篇，它们早已入选各种不同的文章选本，堪称经典。

散文是一个大的类别，在散文的羽翼之下，诸多文体形式既分门别类，又集合成群。本书所选录的篇章，就文体而言，以游记居多，但也有辞赋、传、铭、诔、表、移、序、记等其他各种文体。有两点很显然，一点是这些文章的作者大都并非南京本籍的，而是客居南京甚至路过南京的，这并不妨碍他们写出关于南京的好文章。也许，在寓客或过客的眼中，南京这座城市的自然颜值和人文魅力，才能更新鲜完美地显露出来。另一点更加不言而喻，这就是文言文比起白话文要难懂一些，为了帮助读者理解文意，我们加了一些注释。像《三月三日曲水诗序》这样的典型的南朝骈文，喜欢用典，讲究词藻，不详加注解，恐怕是不行的。至于白话文，则基本不为加注，只有极少数几处牵涉南京历史人文的人名、书名等，在文中有简注。

以散文描写南京，与以诗歌吟咏南京，形式不同自不待言，风格情调亦自有别。诗歌以抒情写志为主，间有景色描写；散文则以描写叙述居多，对山水南京、人文南京和历史南京有更具体翔实的记载，然亦时时杂以感慨咏叹，呈现出强烈的抒情色彩。所以，从这些散文中不仅能读到南京的历史沧桑与人事变迁，也能读到作者的才情俊美和辞章隽永。

本书是“品读南京”丛书中的一种。“品读南京”，顾名思义，就是以南京为品读的对象。显然，这是一个比喻，把南京这座城市看作一本书，一本值得反复品读的名著。

本书选录历代经典散文，魏晋南北朝六篇、唐五代两宋八篇、元明清十三篇、现代十三篇，合计四十篇。这四十篇古今散文，就是历代散文名家品读南京的心得记录。四十篇文章，就是四十篇读后感。经过时间的淘洗，这些读城心得变成了经典，又成为今天人们品读的对象。在这个意义上可以说，读这本书，乃至读这一套丛书，其实是“品读南京”。

感谢南京出版社卢海鸣社长的约稿，感谢责任编辑严行健认真细致的工作，还要感谢帮助阅读校样的刘驰。没有他们的全力支持，这本小书是不可能问世的，至少没有这么顺利。我们由此知道，他们和我们一样，都是无比热爱南京文化的人。

2017 年 9 月 7 日

被黑的诗史

——《南北朝诗选》前言

一

为南北朝诗歌编一部选本，虽然不缺少理由，但这些理由也不是不证自明，需要先说在前面。这样的不自信，是历史强加于我们的负担之一。

在人们熟悉的文学史和诗歌史框架中，南北朝诗歌从来不是最引人注目的那个单元。相反，它作为一个整体，被“黑”的机会要比被点赞的机会多得多，被有意遗忘的时候要比被历史记住的时候多得多。什么仇，什么怨，竟然让它身后聚集起那么多“敌对势力”？一言难尽。对南北朝文学抱有合理或不合理的偏见，投以正当或不正当的鄙视的，不乏名声赫赫的诗文大家名家。比如唐代诗仙李白，他在诗篇《古风》里就曾经高声宣扬：“自从建安来，绮丽不足珍。”建安以来的文学都入不了他的法眼，诗歌当然也在其中，南北朝诗歌是自郐以下，更可以一笔抹煞。考虑到李白的时代坐标，这两句诗几乎就是专门“黑”南北朝文学的。又比如另一个唐代大文豪、被宋代大文豪苏轼捧成“文起八代之衰”的韩愈，轮到他来“黑”南北朝文学的时候，更是不加掩饰，肆无忌惮。在《荐士》诗中，韩愈指名道姓嘲笑南朝文学，把它们说成几乎一文不值："齐梁及陈隋，众作等蝉噪。"再比如苏轼，他对南北朝文学也常常口诛笔伐，锋芒所向，从作家诗人到批评家无一幸免。他在致友人的书信中，轻蔑地批评《文选》所收录的西汉苏武、李陵的赠答诗歌，至于李陵与苏武的书信，他认为"词句儇浅，正齐梁间小儿所拟作，决非西汉文"，可惜编纂《文选》的梁昭明太子萧统"拙于文而陋于识"（《答刘沔都曹书》），缺少眼光，才被齐梁小儿蒙混过去。

李白、韩愈、苏轼自然是文坛大人物，但大人物也免不了说大话，而且还难免造成"英雄欺人"的结果，不管这结果是他们有心的，还有无意的。所以，听大人物们说话，切不可盲目信从，照单全收，否则就上了英雄的当。表字玄晖、因为出任宣城太守而得到"谢宣城"这个雅号的诗人谢朓，毫无疑问是生活在南齐时代的，比建安时代晚了差不多二百五十年。可是，李白一边说"自从建安来，绮丽不足珍"，一边又说"解道澄江静如练，令人长忆谢玄晖"（《金陵城西楼月下吟》），分明是此一时彼一时，到哪山唱哪山的歌。清代诗人兼诗评家王士祯，早就看出了青莲居士的自相矛盾，他在《论诗绝句》中说："青莲才笔九州横，六代淫哇总废声。白纻青山魂魄在，一生低首谢宣城。"我们无法否认，受到李白钦敬的谢朓正是他所鄙夷的六代诗人之一，正如我们同样不能否认，声称"六代淫哇总废声"与"一生低首谢宣城"的是同一个人。

从整体上"黑"南北朝文学，还有一个常见的策略，就是把南北朝文学简单化为齐梁文学、梁陈文学、陈隋文学，或者置换为六朝文学、六代文学，然后从政治上将其贬低，从道德上加以申斥。因为南北朝地缘政治上的分裂与对峙，南北政权走马灯似的频繁更换，以及由此引发的战乱和时局动荡，六朝通脱任诞的社会风气和自由不羁的思想状况，在喜欢大一统盛世的中国人看来，六朝就是一个不堪回首的乱世，一个夹于汉、唐两个盛世之间的衰世，一个两座高峰之间的低谷。唐代史官对六朝的批判更是不遗馀力，对塑造南朝的负面形象至关重要，于是，六朝文学，包括这个时代的诗歌，因为先天背上了“乱世”和“衰世”的政治黑锅，而沦为文学史上的弱势群体，成为被轻视，甚至被忽视的群体存在。南朝作为六朝大家庭的一分子，而且基本上是家中最不“成器”的一员，更逃脱不了这个命运了。如此下来，后代很多作家，即使私淑或者暗地里服膺南朝文学，但是从政治正确出发，也总要想方设法，与南朝撇清关系，避之唯恐不及。

实际上，南北朝的历史是复杂而鲜活的，遗憾的是，我们往往习惯于把南北朝全然视为南北对峙分裂，把南北朝诗歌视为盛世的过渡、衰世的低谷，失于平面化，流于简单化。当北魏分裂为东魏与西魏，而东魏与西魏又分别为北齐和北周所取代，6 世纪的中国，曾经又一次出现过“三国时代”。漂泊北朝的南朝诗人颜之推，曾经写过一首诗，题为《从周人齐夜度砥柱》，就形象地勾画出这个活生生的三国鼎立的形势局面。唐朝人丘悦作过一部《三国典略》，其核心主题就是这一段历史，可惜很少人还记得。本书选入这篇诗作，也有提示这段历史的意思。人是容易健忘的一种动物，得鱼忘筌，过河拆桥，历史的复杂性和丰富性就被轻易地省略掉了。

历史如此，诗歌也是这样。当文学史把南朝诗歌与汉魏或者魏晋诗歌相提并论，作为魏晋南北朝或者汉魏六朝文学的组成部分，就有一个权威的声音警示我们：汉魏、魏晋乃至晋宋的诗歌，多少还有可能与风骨、骨力扯上关系，到了齐梁、梁陈、陈隋，就每况愈下，越发丽靡，甚至不可救药了。所以，是作为“后生”的南北朝多少分享了魏晋或汉魏的荣光，而作为前辈的魏晋和汉魏则多少受到了南北朝的牵累。几百年以后，盛唐诗人杜甫在《戏为六绝句》中所说的“不觉前贤畏后生”，几乎可以移用来比拟这种局面。所以，尽管很多后代诗人作家从南北朝诗歌中获得哺养，却羞于承认，或者勇于否认，说轻一些，这叫言行不一、自相矛盾，如果说重一些，那就是忘恩负义。

南北朝诗歌是南北朝文学的主体。它要挺直腰杆，获得自己的地位，也不难，只要唤醒文学史中的历史记忆，洗去曾经的骂名和污名，摆出曾经树立的典范，摊开曾经积累的资本，就能名正而言顺了。

二

谁都知道，诗史与政治史是两码事。诗史与诗风的盛衰节奏，并不一定与政治史合拍。政治史可以截然划清界限，而诗歌史的分期往往是模糊重叠的。一个诗人可以跨越两个朝代，一种诗风也可以绵延于两个时段。可是，轮到要为某一段诗史划清起迄点，大多数时候还是照搬或者参照政治史上的朝代起迄、王位更代。有一些诗坛的新动向，正好发生于前后两个朝代之间，所以，诗歌史上有所谓“晋宋之际”的说法，这无疑是一个左右逢源的时期，也是一种前后两个朝代都不得罪的分法。谁都知道，人为地为诗史划定一个明确的起迄点，无非是慰情聊胜无的做法。对这部诗选来说，与其把晋宋之间的界限划得清清楚楚，不如模糊一些为好。模糊就有可能灵活，有空间机动。以晋宋之际的谢瞻作为《南北朝诗选》中的第一人，就是这种灵活、机动的产物。谢瞻本人由晋入宋，虽然入宋只活了两年，在刘裕即位的第二年，他就去世了，他的《九日从宋公戏马台集送孔令》更是作于刘裕上台之前，当时的国号还是晋，但晋早已名存实亡，真正执掌天下权柄的是宋公刘裕，天下早已是宋的天下，只能国号暂时没换而已。把这个人的这首诗列在《南北朝诗选》第一篇，正可以突出诗歌史和政治史的不同步。

接下来选录的是颜延之和谢灵运，这两个也是由晋入宋，但在刘宋生活了较长一段时间，他们代表的是南北朝诗人中最重要的一群——世族诗人。从《世说新语》以及六朝史传中，经常可以看到世族子弟早慧、文才卓异的例子。谢玄自许芝兰玉树生于阶庭，那是陈郡谢氏家门内的自尊和自豪；颜延之《赠王太常》称许琅琊王氏“舒文广国华”，那是旁观者的揄扬和恭维。这些都有事实的依据，并没有太多的夸张。在门阀政治最为典型的东晋时代，以王导和谢安为核心的王谢两家在政坛上占据了主导地位，当时甚至有“王（琅琊王氏）与马（王室司马氏），共天下”的说法。在文坛特别是诗坛上，世族尤其是王、谢这两个一等高门的表现，格外令人瞩目。东晋南朝诗坛上的新风气和新时尚，几乎都是由世家大族引领的，从东晋的玄言诗到南朝的山水诗、永明声律说，从谢惠连体、联句到赋得体，少有例外。也许是因为玄言诗后来的诗史评价不高，所以，东晋诗史给后人留下的印象是，非世族高门出身的陶渊明，风头压过了一群王谢子弟。但另一方面，晋宋之际，“理过其辞，淡乎寡味”（《诗品序》）的玄言诗，被新兴的山水诗风气取代，而开创新风的人物，正是出自世家大族，尤其是谢混、谢灵运等人。刘勰《文心雕龙·明诗》说：“宋初文咏，体有因革，庄老告退，而山水方滋。俪采百字之偶，争价一句之奇，情必极貌以写物，辞必穷力而追新，此近世之所竞也。”这固然是诗史内在理路的流转，也是世族文学审美趣味的自我变革。南朝时代，世家大族在政治上不复东晋往昔的簪缨辉煌，但在诗坛上依然独领风骚，人杰辈出。在入选本书的诗人中，谢家的谢瞻、谢灵运、谢惠连、谢朓，王家的王微、王僧达、王融、王籍、王褒，庾肩吾、庾信父子，刘孝绰、刘令娴兄妹，在他们背后，都有一个强大的家族文化文学传统。颜延之、袁淑、张融、沈约等等，也都是世族出身。北朝诗人中，杨素、卢思道也都有世族背景。

与世族贵族相比，南朝王室多半不是老资格的贵族，而是由武转文的新贵，但也有诗史的贡献。创立刘宋的刘裕是行伍出身，不通文学，据说连签字画押都搞不定，亏得有谋士及时点拨，教他只管把字写大，就能显出王者气魄。他那些几乎是含着金钥匙出身的子孙，无法理解先祖乡巴佬似的俭啬，更看不上他的略输文采。到了第三代的宋孝武帝刘骏、刘铄、刘昶

（都是宋文帝的儿子），兄弟三人都有文才，都有诗选入本书，一举弥补了前两代文采的不足，替刘宋王室赢回了面子。萧齐皇帝中，虽然没有前朝的刘骏与后代的萧衍那么突出的文才之士，但竟陵王萧子良和随郡王萧子隆，却都喜欢接触文学之士，谈诗论艺，相处甚欢。特别是围绕萧子良西邸的“竟陵八友”，以及永明时代由西邸文士开始扇扬的诗歌声律说，引领了南朝诗歌的新风尚，最终使中国诗歌走上了声律化的道路。诗史功劳簿上，绝不能少了这一笔。梁武帝萧衍及其子萧统、萧纲、萧绎，文学史上合称“四萧”，父子四人都有才学，纵观千年国史，也不多见。本书选录了萧衍和萧绎的诗作。陈朝的末代皇帝陈后主，其政治行为的可笑与文艺才华的可敬，适成大比例的反差。总之，南朝王室贵族与世族贵族这两个群体，是最盛产诗人的，南朝诗歌有显著的贵族趣味，是丝毫不足为奇的。

鲍照是南朝寒素诗人的代表。在世族先据政治和文学要津的时代，寒门出身的鲍照备受压抑，在压抑中喷薄而出，发出了愤懑不平的高亢声音，闯出了一条与众不同的道路。殊为难得的是，他的妹妹鲍令晖也有罕见的文才，是南朝并不多见的女诗人之一。本书还选入另外一位女诗人——世族彭城刘氏出身的刘令娴。鲍、刘两位门第背景绝然不同，恰好可以作为南朝女诗人的代表。

从题材内容上看，南北朝诗歌在山水、离别、拟古等方面较多。山水诗是南朝对于诗史的特别贡献，在山水描写中融入赋笔的细腻描绘、人生的玄理思考和心理情绪的投射，技术越来越圆熟，体式也越来越稳定。并称“大小谢”的谢灵运和谢朓的山水诗各有千秋，一则多用赋笔，一则多用比兴；一则以理趣取胜，一则以意趣见长。到南朝后期，山水写景技术更加成熟。王籍《入若耶溪》中的“蝉噪林逾静，鸟鸣山更幽”，深得对立统一的艺术辩证法。阴铿、何逊等人在物色描写方面的功力，连李白、杜甫这样的大家也不敢小觑。实际上，后来的山水诗人，任他腾挪变化，大抵都跳不出南朝人画出的金箍圈子。

送行赠别诗也屡见不鲜，往往嵌入山水景色的描写，情景交融，韵味悠长。在一次送别中，送行者与被送者都是诗坛名家，都留下了诗作，而且还都是广为传诵的名篇，这就是本书已予选录的范云《之零陵郡次新亭》与谢朓《新亭渚别范零陵云》。对读这两首诗，就好比透过两台摄影机，观看那幕江边依依惜别的情景。

拟古是汉魏六朝文学的时尚，几乎跟流行病一样，影响广泛，此风在南朝方兴未艾，每一个成名的南朝诗人集中，基本都可以找到拟古的作品，只是数量多少不同而已。本书选录的谢灵运《拟魏太子邺中集诗八首》、江淹《杂体诗三十首》，就是这种风气中的典型产品。拟古是对前辈典型的模仿，是对前贤大家的学习，是从艺术大家仓库中借贷，是文学经典化的一种认定方式。《拟魏太子邺中集诗八首》和《杂体诗三十首》，都是拟古组诗，规模大，规划周密，而且有明确的目标指向，有自觉的艺术追求。如何开掘和利用传统文学资源，如何通过拟古超越前人，乃至评骘历史，谢灵运和江淹凿出了新的通道，开启了新的可能。喜爱摹拟的人，并非都没有开阔的文学视野，也并不都少转益多师的胸襟。

在《史记》和《汉书》中，当刘邦、项羽等大英雄出现在历史转折的紧要关头，总有歌诗相伴出现，于是我们读到了《大风歌》和《垓下歌》。歌诗使这些历史人物形象立体化，也增添了历史故事的戏剧性和抒情性。一方面，这可以说是史书中最早的一种“有诗为证”；另一方面，就歌诗而言，这也可以说是“有史为证”。南朝诗歌中也有同类的诗作，很多诗人在危急关头，尤其是即将死于非命的时刻，赋诗抒怀明志。“鸟之将死，其鸣也哀。人之将死，其言也善。”这些诗作中浸透了政治的阴沉，回荡着生命的忧愤。这与人们通常印象中南朝贵族歌吟的悠闲节奏与靡丽词采，形成了有张力的对照。南北朝历史上，谢晦、谢世基、谢灵运、范晔、吴迈远等人都作过临终诗。《梁书·元帝纪》记：“魏师至，帝在幽逼，求酒饮之，制诗四绝。其一曰：‘南风且绝唱，西陵最可悲。今日还蒿里，终非封禅时。’”这也几乎可以算作梁元帝萧绎的临终绝唱。刘昶仓皇逃命时的断句、江总题在鲁广达棺材上的短诗，虽然与临终诗有所不同，但在表达生命沉思方面，与临终诗是同一主题的。本书选入了刘、江这两首诗。读这两首诗，尝鼎一脔，就可以知道南朝诗歌也有政治内涵，南朝诗人也有关注时事的忧患之思。

“诗可以群”，意思是诗歌可以促进人与人之间思想感情的交流，有益于社会群体的和谐相处。汉武帝时代的苏武、李陵赠答诗，即使真实可信，也是相当个别的现象；而南北朝时代，友朋间的诗歌赠答、唱和与联句，堪称日常现象，表明“诗可以群”这种社会功能，普遍而有效地发挥出来了。参预赠答、唱和与联句的，不乏诗坛名家。谢灵运与谢惠连，是同族兄弟之间亲密的文字往来；颜延之与王僧达、范云与何逊，是忘年交之间的赠答。柳恽和吴均、杨素与薛道衡，地位高下不同，但篇什往返，交流的主要是诗友之间的情谊。这些赠答诗，不仅诗意之间形成对话关系，使用的词语意象也往往相同或相似，形成呼应。

“来而不往，非礼也。”“投我以木桃，报之以琼瑶。”赠答诗中有社交礼仪，有秀才人情，也有风雅竞争。如果赠答诗彼此意脉承连，或者形式类同，联系更直接，更明确，更紧密，那就是唱和诗了。一唱一和，其乐融融。谢灵运《登临海峤初发强中作与从弟惠连见羊何共和之》，特地使用谢惠连标志性的蝉联格（也称“谢惠连体”），借此向这位可爱的族弟致敬。本书还选录了另外几篇唱和诗，如王僧达《和琅琊王依古》、谢朓《和徐都曹出新亭渚》、王融《和王友德元古意二首》以及庾信《和侃法师》等。有点奇怪的是，这几篇都是和作，而不是原唱。原唱较易，和作较难，几乎是众所周知的老生常谈。但是，南朝唱和诗不和韵，没有后来唱和诗那么多拘束，作和诗的人先认真拜读了赠诗，被激起争胜之心，就有可能产生好诗。

范云与何逊之间不仅有赠答，还有联句。本书除选入何逊《酬范记室云》一篇之外，还选录了范云和何逊二人的联句。所谓联句，就是一首诗由两人或多人共同创作，每人一句或数句，联成一篇。这种创作方式兴起于东晋南朝。有的每人两句，如刘孝绰与妹妹刘令娴的联句，兄妹合作，有心灵感应，整体感较强。有的每人四句，如范云与何逊的联句。范、何联句分开来看，很像是两首五绝，各说各话，并不像后代的联句诗那么浑然一体。这是联句诗进化过程中的特点。

“诗可以群”的另一种表现，是同题共作，这是从建安时代开始蔚为风气的，到南朝更为频繁，更加自觉。永明时代，诗人同题唱和颇多，有几次规模都相当可观。比如，永明七年（489）著名学者刘瓛去世后，由随郡王萧子隆和竟陵王萧子良发起，曾以《经刘瓛墓下作》为题，组织谢朓、虞炎、柳恽、沈约等人同题共作。另一次则是为谢朓送行的同题创作，参加者有沈约、范云、王融、萧琛、谢朓等人。这次同题共作，配备的是一支“超豪华”的团队，值得另眼相待。本书选入萧琛和王融的两篇《饯谢文学离夜》，有作为典范展示之意。

如何拈题，如何选韵，决定了诗歌的写作方式。在南朝诗史上引人注目的赋得和分韵，表面上是两种制题方式，实际上是两种写作方式。赋得其实就是分题，这种制题方式主要有两种，一种是赋得眼前景物，一种是赋得古人的成句。本书选录的江总《赋得三五明月满》和张正见《薄帷鉴明月》，都属于后一种。南朝贵族宴集或游乐场合分题作诗，经常采用这种赋得形式。分派题目之外，又进一步分派诗韵，要求以限定的韵字作诗。这就叫作分韵，也叫作赋韵。曹景宗《华光殿侍宴赋韵》，就是一次典型的分韵创作，行伍出身的曹景宗异军突起，令人刮目相看。赋得也好，分韵也罢，实质上是南朝诗史文人化、贵族化和宫廷化的体现。

分题与分韵，可以说是作诗中的双重“双规”原则，说易行难。一重是用规定的题目和规定的韵部作诗，另一重则是在规定的场合和规定的时间内完成诗作。借用柳宗元的诗句，这真是所谓“春风无限潇湘意，欲采蘋花不自由”（《酬曹侍御过象县见寄》）。南朝诗史由朴素的古诗走上声律化的道路，走向唐代格律诗形式的逐渐完善，就是一段从自由走向不自由，再从不自由走向自由的路程。在这个过程中，南朝诗史也使自身逐渐地从不重要走向重要。

就语言形式来说，南北朝诗歌有五言诗和七言诗两大类，五言诗是正体大宗，七言诗是新兴诗体。五言诗作者多，在南朝前期已经相当成熟。七言诗体则起步较晚，作者较少，幸亏有鲍照这样的大家不拘旧格，大胆革新，勇于创造，才为七言诗积累了一点像样的家底。直到梁代，钟嵘在诗学批评专著《诗品》中，仍然只评五言诗，不评更为古典的四言体，也不评七言诗，因为在当时很多人眼中，七言诗较为俚俗，尚未成大气候。直到南朝末期，才有了较多、较成熟的七言诗作，七言与五言联袂亮相，方无愧作。就诗体发展而言，乐府诗与文人诗可以比作南北朝诗歌发展的双轮或者两翼，民间文学与文人创作之间的互动，是包括南北朝在内的历代诗歌发展的重要动力。留存至今的南北朝乐府民歌，就是这种民间文学的一部分。我们今天看到的民歌文本，大多数通过南朝尤其是南朝史官和乐府机构而保存下来，很多都已然经过文人的改写。北朝的民歌尽管经过翻译、改写乃至剪裁，仍然保持了不同于南方的北地风貌。在传唱和写定的过程中，文人从民歌那里，汲取了内容与形式的资源，进而推动了文人诗的发展。

天下大势，分久必合，合久必分。政治史上的南北朝，以分为主；诗歌史上的南北朝，则以合为主。笼统地说，南北诗歌有同有异，北朝诗歌总体上不及南朝繁盛，大多数时候，南朝在前面引领风气，而北朝在后面追随。南朝的文学名家，在北朝往往有自己的“粉丝”，北朝“粉丝”之间往往还互不相能，以至彼此“掐架”，闹得不亦乐乎。细分开来说，某些诗人、某些题材、某些篇章，也有北朝反超南朝的，这就像当时南北朝聘使往来，在行人言辞交锋的场合，也不见得每次都是南朝占据上风。但总体上还必须承认，南朝诗歌比北朝发达得多，所以，任何一部诗歌选本，都是南朝诗人远多于北朝诗人，本书亦然。不过，北朝民歌《木兰辞》往往成为这一段诗歌选本的压轴篇章，却为总结这段诗史带来了别样意味。

三

本书共收录南北朝诗人五十家，诗作一百五十八首，南北朝乐府民歌三十二首。选录的原则有两条：首先是诗歌的艺术性，主要着眼于其艺术造诣的高低，其标准是“先进性”，也就是“选优”。其次是诗歌的代表性，主要着眼于其在题材、内容、形式等方面是否具有足够的诗史意义，其标准是“典型性”，也就是“选代表”。无论是“选优”，还是“选代表”，都难免掺入很多主观因素。既“先进”又“典型”，固然最为理想，但在具体操作中，不可能十全十美，难免有所偏重。

将近二十年前，我曾经编选过一册《魏晋南北朝诗选》（天地出版社，1997年）。与《魏晋南北朝诗选》相比，目前这本《南北朝诗选》去除了原有的魏晋诗人诗作，删除了一位南朝诗人，而新增了十八位诗人，篇目方面则增加了三十四篇（包括北朝民歌一篇）。原有的注释部分做了较大修订，原有的诗人小传和赏析文字，都重新写过。小传部分尽可能增加有效信息量，增加可读性；评赏文字则侧重于艺术的分析，尽可能与其他诗作相联系，进行对比印证。这些被当成“陪练”或者“舞伴”的篇章，遍及各个朝代，绝不限于南北朝诗。小传也好，评赏也好，并不太拘泥于篇幅的统一，有话则长，无话则短。

本书的编排，主要根据诗人的年代先后，不再标示朝代，也不区分南朝与北朝。有些诗人生卒年不详，就根据与其有交往或者联系的其他人的生卒年，来确定大致的位置。这当然不太精确，但暂时也没有更好的办法。就全书而言，是文人诗列于前，南北朝乐府民歌则排列在后。就某一位诗人而言，则反是，其所作乐府诗列于前，而后才是其他诗作。这么做，有两点考虑：一是从诗史整体上看，乐府题目早已有之；二是从诗人个体看，拟乐府诗大多无法确定作年先后。忽焉在前，忽焉在后，是为了求得诗史与诗人之间的整体态势均衡。

2015年2月6日

万古流不绝

——《大运河古诗词三百首》前言

众所周知，大运河是举世瞩目的东方奇迹，但是，却很少有人注意到，大运河实际上有两种存在形态，甚至可以说，这个世界上同时存在着两条京杭大运河。

一条是在中国大地上流淌着的大运河，它流经浙江、江苏、安徽、山东、河南、河北、天津、北京等八个省市，三十五座城市，贯通钱塘江、长江、淮河、黄河、海河五大水系，贯通南北。这条绵延二千二百多公里的大运河，是古代中国人伟大的工程创造，沟通了中国京津、燕赵、齐鲁、中原、淮扬、吴越等文化区域，是促进国家统一与民族融合的大动脉。这条大运河可以溯源至春秋时代，已有两千五百多年的历史，但直至今天，它仍与民生国运须臾不可分离，是中国大地的地理奇观，堪称中华文明的重要标志。

另一条是在中国古诗词中流淌的大运河，历经隋、唐、宋、元、明、清，在长达一千多年的时光里，在以宋之问、张若虚、王维、孟浩然、韩愈、刘禹锡、白居易、杜牧、李商隐、韦庄、柳永、范仲淹、张先、晏殊、梅尧臣、欧阳修、王安石、贺铸、周邦彦、杨万里、姜夔、戴复古、文天祥、袁桷、张翥、王冕、高启、张羽、李东阳、杨慎、朱曰藩、尤侗、陈维崧、朱彝尊、屈大均、王士禛、潘耒、姚鼐、郑板桥、龚自珍、文廷式等人为代表的众多著名诗家词人的手中，这条河流出了平仄相间的谐美音韵，也流出了五彩缤纷的隽永情味。这条河中沉淀了国族的盛衰，也浸透了个人的悲欢。这是一条古诗词的大运河，尽管长度难以精确统计，深度也难以准确测量，但是，可以确定无疑的是，它是从最有才华、最为敏感的一批中国诗人的心上淌出来，又流进更多中国人的心灵里的。这是中国人心中的一条大运河。

地上的大运河与心中的大运河，当然是不同的：前者是实体的、物质的，后者是虚拟的、文献的；前者是在大地之上流淌的，后者是在文字之中流淌的；前者是土石水草混合的流动道路，后者是字词章句构筑的文本之河；前者保留了历史遗址和文化遗迹，后者存录了古人的身影、声音和情怀。另一方面，心中的大运河又是地上的大运河的映现，两条大运河相互交叉缠绕，交相辉映，在日夜不停的流淌中，积淀成为中华文明的重要符号。

这条古诗词的运河，虽然历经一千多年，凝聚了无数名家巨匠之才智，却鲜以物质形态固定下来，也罕见系统的收集、爬梳和整理。编纂《万古流不绝——大运河古诗词三百首》，就是要以书籍的形式，呈现这条文本的大运河。我们从历代诗词总集和别集中，精选有关大运河的古诗词三百首，加上简要的注释以及要言不烦的评析，再配上精美的插图出版。全编共选录各体古诗词三百首，这是第一次以“三百首”这种经典选本的方式，将这条古诗词的大运河引介给21世纪的读者。从此，这条大运河将从古人的心目之中，潺潺流入今人的心目。

这部大运河古诗词选本，是地上的大运河和心中的大运河的融合，是古人的心目与今人心目的通接，是两条大运河在经典化道路上的交汇。大运河早已成为中华文明史的经典符号，而“三百首”则是中国文学史的经典符号。“诗三百，一言以蔽之，曰思无邪。”孔夫子一锤定音，奠定了《诗三百篇》也就是《诗经》的经典地位。后人继起，编撰了以《唐诗三百首》《宋词三百首》为代表的“三百首”系列的选本，“三百首”作为文学经典的地位越来越牢固，不可动摇。《万古流不绝——大运河古诗词三百首》中所选诗家词人，大多是古诗词的经典作家，前文所开列的那一长串名单可以为证。这些名家出手不凡，艺术功力深湛，为这些作品奠定了经典化的基础。例如，被称为“诗仙”的唐代诗人李白所作《题瓜州新河饯族叔舍人贲》，这原本是一首寻常的离别诗，但李白开门见山，开口便道：“齐公凿新河，万古流不绝。丰功利生人，天地同朽灭。”有了这样气象恢弘、大气磅礴的句子，这诗便显得不同寻常。本书书名中的“万古流不绝”，正是出自李白此篇。对于李白来说，“万古流不绝”说的自然是他眼中那条盛唐开元二十五年（737）润州刺史齐澣所开凿的瓜州新河，也就是瓜州运河，但我们完全可以借用这一句诗，来描述这条古诗词的大运河。

面对大运河这条历史长河，诗人们是观察者，也是感受者；是评说者，也是记录者。他们的感兴是丰富的，他们的视角是多样的。

在诗人眼中，大运河是一条时间之河。从时间上看，大运河所涉及的时间，既有突出的漫长性，又有明显的阶段性。就漫长性来说，它长达两千五百多年，一直可以上溯到春秋时代吴王夫差开凿邗沟那个时代。就阶段性来说，大运河的历史主要分为三期：雏形草创的春秋时期，这可以称为大运河的 1.0 版本时代；规模初见的隋代时期，这可以称为大运河的 2.0 版本时代；体系形成的元朝时期，这可以称为大运河的 3.0 版本时代。越到后来，大运河的网络联通能力越强，影响辐射范围越广。其中，隋代无疑是最有历史意味、最值得关注的时段。“眼看他起朱楼，眼看他宴宾客，眼看他楼塌了。”隋代只是一个短命的王朝，但是，隋朝两代雄主，尤其是隋炀帝主持开凿了通济渠、永济渠，又重新疏通拓宽了江南运河和浙东运河，使运河实现了全线贯通，形成全国性的运河体系，真正具有了“大”的规模和气势。从这一点来说，隋代承上启下，贡献最大。而大运河作为隋代给中国留下的最为重要的历史遗产，其成败利弊，自然成为后人评说隋朝及隋炀帝的最重要焦点，本书所选古诗词中，以隋堤、隋宫、隋帝陵为吟咏主题的，可谓比比皆是。与此同时，隋炀帝也顺理成章地成为“箭垛式的人物”，几乎受到千夫所指。实际上，隋炀帝之恶未必如史书所谴责的那样不堪，这正如当年子贡对商纣王的评说：“纣之不善，不如是之甚也。是以君子恶居下流，天下之恶皆归焉。”晚唐诗人皮日休在其《汴河怀古二首》之二中写道：“尽道隋亡为此河，至今千里赖通波。若无水殿龙舟事，共禹论功不较多。”比起屡见不鲜、陈陈相因的怀古感慨，比起诸多人云亦云的史论，皮日休这篇怀古诗貌似翻案，实则持论公平，一分为二，还隋朝以及隋炀帝以公道，不仅体现了诗人独特的视角，而且体现了他超卓的史识。

在诗人眼中，大运河是一条空间之河。从空间上看，大运河从南到北分为几段，串连了很多古都名城、名山大川，沟通了多个文化区域。很多历史文化名城的命运，与大运河息息相关，甚至可以说，有些名城就是由大运河哺育的，民间甚至有“北京城是从大运河上浮来的”的说法。望文生义地说，大运河就是这些名城的“大运”之河。以大运河江苏段为例，分布在大运河沿线的淮安、高邮、扬州、镇江、苏州等名城的兴衰，与大运河都有密切的关系。扬州是其中最为典型的例子。扬州处于大运河与长江交汇点上，自隋炀帝南游，在此修筑宫殿迷楼，扬州脱颖而出，成为全国水陆交通中心和中外贸易的重要港口，到了唐代，扬州与西南的益州（成都）并称“扬一益二”，是唐代除东西两京以外最引人瞩目的繁华城市。唐代诗人张祜客游至此，曾作《纵游淮南》一诗，表达其由衷的欢喜赞叹之情：“十里长街市井连，月明桥上看神仙。人生只合扬州死，禅智山光好墓田。”一个人生于何地，是不能自主选择的，但葬于何地，却可以选择。张祜不是扬州人，没有生长于扬州自是遗憾，只能希冀死后葬于扬州，可见他对这座运河之城的高度认同。另一方面，扬州又因其与隋代的特殊关系，而成为大运河文化带最富有意味的时空交汇点之一，本书所选诗词作品，有关扬州的特别多，并非偶然。

诗人们观察作为空间之河的大运河，还有另外一个特色视角，那就是眼光开阔，涉及整个大运河文化区域。根据专家研究，整个大运河文化带可以划分为三个层次：核心地带、中心地带、辐射地带。核心地带指的是紧邻河道的村、镇、县、区，中心地带指的是运河流经的地级市，辐射地带指的是运河穿过的六省二市全境。据此而言，与大运河水流相通的扬州瘦西湖、与淮扬运河扬州段相连的邵伯湖，无疑都属于大运河文化带的核心地带，而整个扬州都属于大运河文化带的中心地带。扬州特殊的地理位置和繁荣的城市景象，催生了很多优秀的运河诗篇，比如唐代扬州籍诗人张若虚的名篇《春江花月夜》。张若虚仅凭这一篇作品就名垂诗史，被人称为“孤篇横绝，竟为大家”。有人说这首诗创作于瓜洲镇，有人说创作于广陵古曲江之地，总而言之，它是扬州运河文化中心地带的产物。被历代朝鲜半岛学人尊为文学宗祖的新罗文人崔致远，在唐朝居留十六年，曾任职于淮南节度使高骈幕府。他回国前曾作《酬杨赡秀才送别》，期望“好把壮心谋后会，广陵风月待衔杯”，表达了对友人及唐朝的依依难舍之情。这首诗也可以说是扬州运河文化中心地带的产物。本书也选录了少量此类作品，借以尝鼎一脔，窥豹一斑。

在诗人眼中，大运河是一条意象之河，流淌着无数的意象。意象有的宏大，有的具体，但都充满了自然或者人文历史内涵。大者如钱塘江、长江、淮河、黄河、汴水、泗水、济水、海河等水系意象，中者如沟池、渡口、桥梁、亭驿、寺庙、隋堤等空间意象，小者如琼花、淮白、吴粳、鲈鱼、官柳等风物意象。经过诗歌的开掘，这些意象日益丰富，由文学意象深化成文化意象，成为运河沿线风景和历史文化的重要符号。这些意象与诗人们的行旅结合在一起，让人联想到大运河之上各种各样的流动：水的流动、船的流动、物的流动、人的流动，乃至情思的流动、生命的流动。大运河古诗词，写出的就是流动的历史、流动的情怀。细细品味这些诗作中的意象，脑海中会组合出一幅大运河的生活图画，也可以更好地理解大运河对人们日常生活的意义。唐代张继的《枫桥夜泊》，是人人耳熟能详的诗篇："月落乌啼霜满天，江枫渔火对愁眠。姑苏城外寒山寺，夜半钟声到客船。"乌啼和钟声诉诸听觉，霜月、江枫和渔火诉诸视觉，这些富含情韵的美妙的意象，只有与大运河的背景结合起来，只有在充满动感的夜行船中，才会显得格外美妙。城渐远，山寺渐近，寂静中传来声响，时间与空间发生切换，很多人的行旅经验都被这首短诗唤起了。

再举一例意象之大者。姚鼐是清代桐城派散文大家，并不以诗名，但他的《德州浮桥》诗在设喻取象上却很有特色："运河绕齐鲁，势若张大弓。隈中抱泰岳，两萧垂向东。""隈"指的是弓把两边的弯曲处，"萧"指弓箭的末段。从地图上来看，流经齐鲁大地的大运河确实形如一张大弓，姚鼐诗句采用鸟瞰视角，连环设喻，不仅形象生动，而且新奇贴切，给人留下深刻的印象。姚鼐的诗固然是一篇文学作品，但对于读者认识大运河的走向，尤其是大运河山东段的形势特点，却具有地图学所不可企及的生动性和形象性。

在诗人眼中，大运河还是一条历史之河。那些发生在大运河之上的史事，也通过诗人之眼，被记录了下来，成为一种特殊视角下、具有特殊价值的历史文献。南宋时代，大运河是宋金使节来往的必经之路。乾道五年（1169），楼钥随其舅汪大猷出使金朝，沿途作《北行日录》，还作诗记录所见所闻、所思所感。他在《泗州道中》写道：“行役过周地，官仪泣汉民。中原陆沉久，任责岂无人。”目睹陆沉已久的中原故国，听到遗民追思故国的悲泣之声，楼钥哀痛不已。此番运河之行，对楼钥而言，就是亲眼见证家国兴亡之旅。清代康熙、乾隆二帝南巡，途中往往考察漕运以及水利工程。康熙四十二年（1703），皇帝第四次南巡，途经高邮。当地士人贾国维献《万寿无疆诗》《黄淮永奠赋》，大合帝意，被召至沙船，试以《河堤新柳》七律一首，其首联“官堤杨柳逢时发”，暗含颂圣之意，再次大得康熙欢心，从此被康熙拔擢重用，成为康熙身边的红人。乾隆也曾多次南巡，理政馀暇，在运河沿线流连风景，留下了不止一首题咏大运河的诗作。清代著名文学家蒲松龄，曾担任宝应知县孙蕙的幕僚，协助孙蕙处理河务，并写过《河堤远眺》等诗作。对于小说家蒲松龄而言，宝应的游幕经历是他人生中难得的一段体验。按照传统的诗歌题材分类，大运河古诗词中最常见的是怀古咏史、羁旅行役、离别送行以及山水游览等几类诗。从广义的角度来讲，这些题材类型都与历史场景相关。大运河所具有的恢弘时空背景，对于敏感的诗人来说，就是最好的诗料，也为他们的诗作提供了深厚的历史背景。而这些诗作传之后世，也融入大运河的历史之中，成为运河的文化风景。

在诗人眼中，大运河也是一条文化之河，诗人们行走其中，自然也能体会其所蕴藏的中国文化精神。中国传统文化中，经常以自然界中的事物来比拟人世伦理道德，仁山智水，就是一种以山水比德的说法。“子在川上曰：‘逝者如斯夫，不舍昼夜。’”感慨时光流逝，提醒时不我与，强调不停歇的努力，这是儒家对于水德的认识。大运河的开凿、使用和治理的过程，就体现了这样一种民族文化精神。练湖闸是宋代大运河沿岸重要的水利工程，运河水位较低时，即开闸引湖水济漕。杨万里《练湖放闸》（其一）生动地描写了开闸放水时的壮观景象，体现了这一工程的浩大及其设计的精巧：“满耳雷声动地来，窥窗银浪打船开。练湖才放一寸水，跳作冰河万雪堆。”运河的治理，历来是一项艰巨的工程。清人潘耒在《汴河行为方中丞欧馀作》中，描述清代山东巡抚方大猷（欧馀）率领当地人民治河，废寝忘食，辛劳投入，十分感人：“公也捧节来治河，赤手与塞滔天波。指挥人徒三十万，北河柳尽南河柯。大帚如山小如堞，一浪不敌冲风过。晨餐掬泥土，夕眠枕盘涡。以身为石发为草，乃感帝力鞭鼋鼍。荆隆口闭神马塞，汴河南北重蚕麻。”另一方面，正如《荀子》所言，“水能载舟，亦能覆舟”，这是中国古代学者对人与自然、君与民、治理与被治理关系的思考。清道光十九年己亥（1839）五月十二日，诗人龚自珍行抵淮安清江浦，目睹运河纤夫艰难拉漕船的情形，深有感触，作《己亥杂诗》第八十三首，其诗云：“只筹一缆十夫多，细算千艘渡此河。我亦曾糜太仓粟，夜闻邪许泪滂沱。”这虽然只是一个普通官员的自省，也透露出对“覆舟”的戒惕。往深里说，这其实就是中国传统文化中忧患意识和民胞物与情怀的表现。从这一视角来说，大运河古诗词可以说展现了中国文化的情怀。

总之，大运河古诗词是一条诗歌之河。这些诗词体裁形式多样，有五七言绝句、五七言律诗、五七言古诗，还有词作，小令慢词皆有。本书将诗词混编，以诗人生卒年先后为序。词体之中，也不乏柳永、张先、周邦彦等名家之作。例如，周邦彦的《绕佛阁·旅况》就是一首慢词，其题材是周邦彦最为擅长的羁旅行役。其下片云："倦客最萧索，醉倚斜桥穿柳线。还似汴堤、虹梁横水面。看浪飐春灯，舟下如箭。此行重见。叹故友难逢，羁思空乱。两眉愁、向谁舒展。"其表达的精致和婉约，令人遥想北宋时代的人文风貌，即使是大运河旅途中的倦客，也不失其优雅气度。

这三百篇历代诗家词人们优美的诗作，有如文学献给大运河的三百颗珍珠。本书试图将其串成一串项链，披挂到大运河身上，也呈献于读者的眼前。让我们一起沿着古典斑斓的诗句，沿着时间这条"逝者如斯"的流水，走进"万古流不绝"的大运河。

本书从选题策划到最终出版，得到了原江苏省委常委、宣传部部长、现任省人大常委会副主任王燕文同志和省委宣传部、省大运河文化带建设工作领导小组办公室的关心指导，得到了江苏凤凰出版传媒股份有限公司总编辑徐海、江苏凤凰文艺出版社社长张在健、南京大学文学院院长徐兴无等领导的大力支持。书中插图选自江苏省国画院提供的《中国大运河史诗图卷》。在此一并致谢。

2020 年 8 月 16 日

《选》学汇新篇

——《〈文选〉与中国文学传统》编后记

2011年8月下旬，盛夏的南京一改昔日“火炉”的样貌，格外凉爽。在这宜人的气候里，“《文选》与中国文学传统”国际学术研讨会暨第九届《文选》学国际学术研讨会在南京华东饭店顺利召开了。百馀位来自海内外的《文选》学者以文会友，济济一堂，其乐融融。

这次会议共收到论文九十六篇，数量惊人，内容覆盖面也相当广泛，涉及以《文选》为中心的汉魏六朝文学研究的方方面面。会议闭幕之后，会议论文集随即开始编选。由于经费和篇幅的限制，提交会议的论文无法全部收集，只能有选择地编录。一般来说，会后已经在其他地方公开发表的论文，或者因作者本人意见等原因不便收录的论文，这本论文集就从略了。收入这本论文集的文章，基本上都经过作者会后的认真修改。个别作者由于特殊原因，调整了论文篇目。这次会议从最初筹划到最后成功举办，得到了南京大学尤其是国际交流处、社会科学处以及文学院等有关部门的大力支持。在筹措出版经费的过程中，南京大学文学院再次予以大力支持。只是，由于种种原因，在论文编选处理方面，我们没有抓紧时间，耽搁了流程，延误了出版，这是我们应该向大家致歉的。

中华书局同意出版这本论文集，俞国林先生和马婧女士为本书与学术界见面提供了方便，做了大量细致工作，谨在此表示衷心感谢。中国《文选》学研究会会长许逸民先生，在会议筹备过程中，就给予多方面的关心和指导。论文集编好之后，许先生又于百忙之中赐序，奖勉有加，使我们倍受鼓舞。特此向许先生致谢。

2014 年 4 月 30 日

千年《选》学再出发

——《扬州文化研究论丛》“文选学专辑”序

经典作品总是能够穿越时空、跨过国界，吸引世人不断研习，并从中汲取不竭的文化营养。在中国古代典籍中，萧统《文选》就是这样一部广为传颂、历久弥新的经典。

《文选》作为先唐文学总集，特别是六朝诗文的典范，其在东亚文学与文化圈中的地位及影响力，足以与四书五经等经典文本相提并论。“《文选》烂，秀才半”的俗语，不仅体现了科举考试风气下的功名追求，更显示出知识阶层对于《文选》典范意义的推崇。直到明清时代，我们仍可以在汗牛充栋的选学著作（例如《重订文选集评》）中，遥想当时文士持续涵咏经典的热情，也可以在韩国奎章阁中，觅得《文选》的珍贵版本，还可以在日本江户时代的和刻本中，看到邻邦学者朱砂批点的笔迹。

一百年前，当新文化运动勃兴之时，一些学者矫枉过正，以“桐城谬种”“选学妖孽”为口号，掀起了一场对《文选》与桐城派文章的猛烈攻击。这场攻击固然是新文化运动之大势所趋，却不免简单化与情绪化，其来势之凶猛，也正反映出《文选》作为六朝文章代表的影响力深远而持久，难以撼动。

世运有盛衰，书运有起伏，经典的光芒，往往需要拂去历史的灰尘，刮垢磨光。新时期以来越来越热的《文选》学研究，一方面是致力多元探索，重估传统文学与学术的价值；另一方面则是努力回归传统，重塑民族文化认同。

对于已有一千多年历史的《文选》学来说，2018年注定是不同寻常的一年。8月，第十三届《文选》学国际学术研讨会在北京大学召开，本届会议的主题被确定为“百年选学回顾与展望”。会议着重审视了百年选学的历程，重新体认《文选》研究对于弘扬传统文化的意义。在这次会上，一批年轻学者脱颖而出，一批优秀论文将选学研究推向新的高度。抚今追昔，与会同仁深切地体会到，百年选学的历史，就是百年中国学术文化史的缩影。

扬州与《文选》有着千丝万缕的联系。清代扬州学派代表学者焦循曾说：“扬州文学，如曹、李之于《文选》，二徐之于《说文》，此二书为万古之精华，而扬州泄之；为天下学者之性命，而广陵兼之。”《文选》不仅是江淮文士涵咏诵读的典范文本，更是历代学者探赜索隐的经典文本。隋唐之际，扬州学者曹宪著有《文选音义》，他以此广授门徒，其弟子“传其业，号‘文选学’”，从而开创了《文选》研究的先河。其后，李善撰著《文选注》，引经据典，渊雅博综，历代流传，影响深远。清代大学者阮元在其家庙题写“隋文选楼”的牌匾，以此追慕乡贤宗风。近代学者李审言“酷爱《文选》，日夜讽诵，不忍去手”，著有“选学五书”，此足见李氏选学之精湛，亦可见《文选》魅力之无穷。民国时期，扬州旌忠寺内还有“六朝遗迹”的牌匾，屋脊上砖雕“文风遐畅”四字，印证着扬州文风昌盛、选学不辍的文化传统。古城扬州作为《文选》学的诞生之地，作为选学家和选学成果萃聚之地，早已名闻遐迩。2009 年 8 月，第八届文选学国际学术研讨会在扬州召开，再次确认并深化了扬州与选学的深厚因缘。

第十三届《文选》学国际学术研讨会召开前夕，扬州文化研究会赵昌智先生联系我们，表达了《扬州文化研究论丛》要编辑出版《文选》研究专辑的愿望，并约我们代为组稿。回顾千年选学历史，当然不能遗忘古城扬州。扬州作为选学的诞生之地，也非常适合作为千年选学的重新出发之地。显然，为扬州编辑一册《文选》研究论集，既有历史意义，又有现实意义。因此，我们欣然应约，并以第十三届《文选》学国际学术研讨会为契机，约到优秀论文十余篇。其中有的是学者提交该次会议的论文，会后经过修订，有所提高；有的是专门为本编论文集而撰写的。同时，我们又向南京大学和扬州大学的优秀硕、博士研究生约稿，加上《扬州文化研究论丛》此前所约《文选》研究的几篇稿件，由此组成了本辑的二十篇文章。论文内容涉及《文选》作品研究、《文选》注释研究、《文选》与扬州文化、《文选》版本研究、《文选》研究综述及回顾等几个方面。这些论文能够紧密结合《文选》文本、文献、文体、音训等诸多方面，资料扎实，论述详实。其中既有对传统《文选》版本的考察，也有联系历史及扬州文化，对萧统后裔、李善生平、文选楼赋等问题做出的新考察，更有对《文选》学会议的综述以及对《文选》研究先贤曹道衡先生的追忆。论文集的作者以中青年学者居多，这不仅意味着选学研究实现了薪火相传，也兆示着《文选》研究队伍后继有人。这是令我们倍感欣喜的一点。

谨序。

2018 年 12 月 1 日

晚宋文人行迹新考

——《宋才子传笺证·南宋后期卷》前言

1986 年初夏，我完成了硕士论文《刘克庄年谱》的初稿。在此之前，将近有两年时间，我集中阅读的是以刘克庄《后村先生大全集》为核心的晚宋文学文献。在工作最紧张的那半年里，我几乎从早到晚都在读这些书，沉浸在由这些文献所构筑的文学世界和历史世界之中。这么一段大量而密集的阅读，培养了我对晚宋这一历史时期的浓厚兴趣。后来，尽管我的学习和研究与晚宋文学渐行渐远，可是，我的心里却一直惦记着它。刘克庄与晚宋政治的是是非非，理学与政治及文学的曲折隐微，晚宋闽、浙、赣等地的文学环境，江湖诗人的悲欢离合和湖海游踪……这一系列问题时时挑动着我的好奇心，也长时间盘踞在我的思维深处。我总希望有那么一天，能够回到自己所喜欢的晚宋文学研究领域，重新面对那些熟悉的名字和篇目，再次抚摸历史的筋节和脉络，收获一些也许无足轻重的阅读心得，抒发一些也许微不足道的评论感慨。多年以来，这已经成为我有待了结的一桩心愿。所以，当傅璇琮先生邀请我参预《宋才子传笺证》的编撰，并希望由我来主编《宋才子传笺证·南宋后期卷》的时候，我没有太多犹豫，就答应了。

没有太多犹豫，并不意味着毫无犹豫。我的犹豫主要集中在两个方面。主观方面，尽管我一直对晚宋文学情有独钟，并特别关注与刘克庄研究相关的学术进展，但我毕竟已经离开这一领域二十多年了。俗语云，曲不离口，拳不离手。尽管当年对此有所涉猎，可如今的我，只能算是一个生手。本来就学养不足，又生疏多年，重作冯妇，我最担心的是辜负了傅先生对自己的信任。客观方面，自己手头也积压了一些事，时间上能否安排好，能否保证《宋才子传笺证》按时保质地交稿，我心里也没有数，所以不免迟疑。傅先生是学术界公认的温厚长者，乐于提携后进，对我也是如此。在这件事上，他对我持续的鼓励、支持和信任，使我终于下定决心，对自己的工作日程做了一些调整，以便全力做好《宋才子传》的工作。

傅先生对《宋才子传笺证》一书所做的总体设计，富有特色和创意，也是吸引我参预这项工作的一个重要因素。显然，《宋才子传笺证》的思路是从《唐才子传》发展而来的。众所周知，元人辛文房所撰《唐才子传》，是唐代文学尤其是唐代诗歌研究中的重要文献。此书收录初唐至五代作家三百九十八名，基本上按时代和科第先后排列，其内容则包括传略、诗评以及著作流传情况，少数小传后还有附论。20 世纪八九十年代，傅先生曾经集合三十几位唐代文学研究者，合作完成了《唐才子传校笺》，并在中华书局出版。这部书的出版，标志着唐代文学文献研究达到了新的水准，并为唐代文学研究提供了一个坚实的文献基础。《宋才子传笺证》这一项目课题的设计，既参考了《唐才子传》和《唐才子传校笺》，但又有所不同。相同的是，《宋才子传笺证》也是汇聚一代文学家尤其是诗人于一书，在体制结构上，也是融合传记与诗文评于一身，在笺证方面同样既萃聚重要史料，更重视对这些史料加以考订辨证。不同的是，《宋才子传笺证》的撰传者与笺证者同属一人，可以说是自撰自注。传略是对才子之生平行迹及其文学成就的叙述，提纲挈领；笺证则择取文献材料详加考证，疑者析之，讹者辨之，误者正之。表面上看，这似乎有点“自我作古”，实质上，这是古典文献整理与研究中很值得注意的一项体例创新。处在高度信息化与网络化时代的今天，应该怎样整理和研究古代文献，其实是应该继续进行深入思考的一个问题。目前学术界习惯上将古典文献区分为传世文献与出土文献两大类，越来越多的人重视将这两类文献结合起来，进行研究。这种认识当然不错，但我觉得还不够，除了自觉结合这两类文献进行整理与研究，我们还应该琢磨如何在传世文献和出土文献之外，以新的形式编辑整理文献，日益丰富古典文献学的研究手段和研究资源。也可以说，在传世文献和出土文献之外，还应该特别重视新编文献，尤其是那些具备突出的文献性、基础性和工具性的新编文献。在这一方面，前辈学者陈垣已经为我们树立了良好的典范。他所编撰的《中西回史日历》和《史讳举例》等书，不仅是卓有建树的新编文献，而且为多学科研究提供了新的手段和方法，也无疑为学术研究的深入开拓奠定了重要的文献基础。我以为，无论从文献性、基础性还是工具性来看，《宋子才传笺证》都属于这种新编文献，它不仅对既往宋代文学文献研究做了总结，也必将为开展后续的相关研究提供新的研究基础和文献依据。

辛文房大约是13世纪末到14世纪中叶的人，他编撰《唐才子传》之时，距离五代之世已经三四百年。今日编撰《宋才子传笺证》，距离宋末已经七百多年，距离宋初则已超过一千年，这个时间距离差不多是《唐才子传》与唐代距离的一倍以上。与研究对象时代距离太远，固然有利于客观地评判历史，但从文献的保存和使用方面来讲，却往往捉襟见肘，未必是有利条件。假设时间倒退六百年，假设是明代初年的学者编撰《宋才子传笺证》，他们能够寓目更多的宋代文献，是没有疑义的。不过，在那个时代，很多文献收藏于皇家图书馆，或在私人藏书家之手，除非以官府之力广泛动员，集合人力物力等各种资源，否则，以个人之力量，在文献搜集和使用方面必然会遇到很多困难。今天从事这项工作者所面临的困难，肯定要比六百年前更多更大，当代人最突出的劣势体现在可资利用的文献总量及其多样性方面。但是，也必须看到，在文献使用的便利性和研究手段的现代化方面，当代人也有自己的优势。即使与三十年前相比，今天编撰《宋才子传笺证》，这一方面的优势也是相当突出的。例如，我很清楚地记得，在我撰写《刘克庄年谱》的时候，很多像《宋史翼》之类的常用文献还没有整理出版，《文渊阁四库全书》也没有影印出版，更不用说使用其电子本进行数据检索了。那个时候，要查一条材料，考订一个作家的生平，甚至要找一本书，肯定比现在费时费力得多！

最近出版的《宋代文学编年史》（曾枣庄、吴洪泽著，凤凰出版社，2010 年），将整个宋代文学分为北宋前期（960—1067）、北宋后期（1068—1126）、南宋前期（1127—1194）、南宋后期（1195—1279）四大阶段。其中，第四阶段跨越宁宗、理宗、度宗、恭帝、端宗、赵昺六朝。《宋才子传笺证·南宋后期卷》差不多对应于其第四个阶段，但还包括了光宗朝（1190—1194）的一些文学家，即跨越七个朝代。就本卷所收录的八十七名才子的情况来看，大多数都是活跃于这七个朝代的，少数人在孝宗朝后期已经登上历史舞台，例如高似孙在孝宗淳熙十一年（1184）已中进士，危稹则是淳熙十四年（1187）中进士。这两位年寿都比较高，危稹享年七十四岁，高似孙理宗宝庆元年（1225）尚在知处州任上。又如“永嘉四灵”中的徐玑生于高宗绍兴三十二年（1162），江湖诗人中的曾极约生于孝宗乾道三年（1167），他们至少在光宗朝已经活跃于文学舞台上了。从宏观文学的角度来看，这一时期的诗词创作都非常活跃。在诗歌史上，这一时期最为显眼的是以“永嘉四灵”和江湖诗派为主的两个彼此颇有联系的群体，虽然缺少像欧阳修、苏轼、王安石、黄庭坚那样在整个中国诗史上影响巨大的大家，但是，这一时期的诗坛还是非常热闹的。诗歌积极介入时代政治，在当时社会生活中发挥多方面的作用，在这一时期表现得也相当突出，这一点甚至也体现在这一时期同样引人瞩目的诗学研究之中。词坛上，则出现了史达祖、张炎、吴文英、周密等很多影响深远的重要词人。按《宋才子传笺证》的规划，词人单列为一卷，否则，《南宋后期卷》应该收录的才子数量，会比目前更加可观。

参与《宋才子传笺证·南宋后期卷》撰稿的，共有罗鹭、林日波、卞东波、程章灿、张宏生、陶然、王宏生、许净瞳、沈松勤、刘婷婷、魏宏远、颜庆馀、刘德重、彭国忠、陶文鹏、管琴、刘荣平、丁晨晨（以上按承担篇数多少为序），计十八位作者。这些作者中，既有像刘德重先生、陶文鹏先生这样早已在学界闻名遐迩的学者，也有像张宏生、沈松勤、陶然这样在宋代文学研究中卓有建树的中年学者，更多的则是像王宏生、卞东波、林日波、罗鹭、魏宏远、管琴这样的学界后起之秀。上海大学刘德重教授是中国古代诗话研究的专家，早就出版《诗话概说》等著作，由他与学有专精的兰州大学魏宏远博士合作撰写《魏庆之传》，自是驾轻就熟。中国社会科学院文学研究所陶文鹏先生，才华横溢，此次与专精词学的华东师大彭国忠教授合作撰写《华岳传》，体现了实证研究的不俗功力。南京大学张宏生教授著述宏富，早年即以《宋元之际作家的心灵活动》以及《江湖诗派研究》闻名学界，他这次携带其雄厚的学术积累，负责撰写“永嘉四灵”和几位江湖诗人的传记。杭州师范大学沈松勤教授先后出版《北宋文人与党争》和《南宋文人与党争》二书，在宋代文学研究上造诣精深。此次，他与杭州师范大学刘婷婷博士合作，完成了多篇传记笺证的写作。浙江大学陶然教授，对宋元文学文献精熟于心，所撰戴复古、魏了翁、舒岳祥、谢枋得、金履祥、林景熙、汪元量、谢翱八篇笺证，展现了考证绵密的功力。颜庆馀博士先后毕业于南京大学和复旦大学，现在供职于江南大学中文系，考辨论析俱有功底。福建师范大学文学院王宏生副教授、四川大学文学与新闻学院中文系罗鹭博士、凤凰出版社编辑林日波，都曾经随我攻读文学博士学位。他们三位都擅长实证研究，博士学位论文皆与宋代文学文献相关。王宏生副教授对于宋代文献尤其是艺术文献有专深研究，他的博士论文《北宋书学文献研究》已经出版，其博士后课题《南宋书学文献研究》也已完稿，正待面世。这次用心考索，完成了七篇传记笺证。罗鹭博士从硕士阶段开始，即专力研究宋末及元代文学文献，已出版《虞集年谱》和《〈元诗选〉与元诗文献研究》两部专著，这样的成绩在80后的年轻一代学人中可谓凤毛麟角。这次他由元代上溯晚宋，撰写了二十篇传记笺证（其中一篇编入《南宋前期卷》），用力甚勤。林日波博士的硕士论文是《真德秀年谱》，博士论文是《现存南宋别集中所见宋人佚著考述》，浸淫于南宋文献之整理考证有年，这次完成了包括《真德秀传》等在内的十八篇传记笺证，攻克了不少难点。南京大学文学院卞东波博士视野开阔，现已出版两部专著《唐宋千家联珠诗格校证》和《南宋诗选与宋代诗学考论》，在宋代文学文献研究领域已崭露头角。他负责撰写的十二篇传记笺证，体现了他在这一方面的研究实力。许净瞳目前仍在随我攻读古典文献学博士学位，从硕士阶段开始，她的研究兴趣一直是宋代文学文献，尤其是宋代笔记文献。我和她合作撰写的共有七篇。需要特别说明的是，由于最初约稿时工作做得不够细致，因而《洪咨夔传》和《吴子良传》都收到了两篇稿子。《洪咨夔传》两篇，分别出自《北京大学学报》编辑部编辑管琴与厦门大学中文系副教授刘荣平和丁晨晨之手，各有千秋；《吴子良传》分别出自魏宏远和罗鹭之手，各具特色。我所做的只是对读两篇文稿，取长补短，这一过程是轻松愉快的，而在比较对读中，体会对于同一研究对象的不同处理手法，更是难得的一次引人入胜的体验。

《南宋后期卷》传文条目的撰写，大量参考了近年学术界最新研究成果，尽可能吸取了近年出土或发现的新文献材料。例如，《汪元量传》《文天祥传》分别参考了很多近年出版的有关汪元量、文天祥的研究论著。又如，前几年，珍贵的《宋刻南岳稿》四卷重见人间，2007 年在福建省福清县渔溪镇出土了《林希逸墓志铭》，在撰作《刘克庄传》和《林希逸传》时，便分别参考利用了这方面的文献资料。再如,《周弼传》补充了《三体唐诗》在日本的流传情况。在撰作过程中，各位作者细心甄辨，深入考索，澄清了历史文献中若干模糊不清的记载，纠正了前人研究中的一些错误，订正了一些相沿已久而以讹传讹的说法。例如，孔凡礼先生在《汪元量事迹纪年》中认为，汪元量曾用楚狂、江南倦客、江淮倦客、倦客诸号，陶然教授考辨后指出，“楚狂”本为用典，“倦客”等亦为泛称，宋元间人没有这样称呼汪元量者，似不应为其自号。又如，《全宋诗》“洪咨夔”卷自元富大用《古今事文类聚》遗集卷九辑得《奉使燕山回早行书事》一首，不见于洪氏《平斋集》。《洪咨夔传》考定咨夔诗宋末时就有伪作流传，《奉使燕山回早行书事》一首亦是后人伪托或误题，不可据此推断洪咨夔曾出使金国。再如，一般人都认为，戴复古生于孝宗乾道三年丁亥，当公元 1167 年。《戴复古传》根据《石屏诗集》卷五《生朝对雪张子善有词为寿》诗，指出戴氏生辰在腊月，则其公元纪年应为 1168。此外，对一些史料较少的才子的生平行迹，此次也有较多丰富补充甚至突破。例如，关于叶绍翁之生平，向来只有《四朝闻见录》中的零星记载可以依据，此次撰写的《叶绍翁传》，则又补充了多条史料证据，可以确认叶绍翁在朝为官并司文字之职。又如，关于戴复古从孙戴昺的家世生平及其文学交游，历来研究不多，此次所撰《戴昺传》在这一方面用力颇勤，并指出旧题杨万里《〈东野农歌集〉序》实际上是后人假托。至于凭借《南宋后期卷》可以更全面地把握晚宋诗人交游的详情，建构晚宋文学世界中的社交网络，则更是意料之中的事。在阅读这些传稿的过程中，我不仅补充了不少专业知识，也学到了一些文献考订的方法。

作为《南宋后期卷》的主编，我的工作主要包括三个方面：第一，在工作刚开始的时候，与总主编傅璇琮先生确定《南宋后期卷》选录才子的人选，然后在工作过程中，与其他诸位分卷主编磋商，对各分卷选录才子名单进行最后协调。例如有若干位才子，似乎既可以收入《南宋后期卷》，也可以收入《词人卷》，我便与《词人卷》的主编王兆鹏教授商量定夺。在确定入选才子之时，卞东波博士和罗鹭博士都提供了很好的建议。第二，邀约各位作者撰稿。在这一方面，我要感谢参加本卷稿件撰作的诸位先生，还要特别感谢作为总主编的傅先生。他凭借自己崇高的声望和广泛的人脉，帮我约请了刘德重、陶文鹏、陶然、沈松勤等先生，参加此卷的写作。第三，收齐全部文稿之后，就我力所能及进行校订。如果需要修改之处比较多，便发还作者进行修订。这显然给各位作者增添了不少麻烦，我想在这里感谢各位作者对我的支持和容忍。当然，由于时间比较紧迫，加上我学力不足，视野不够开阔，不能对文稿做更多献替，只能请各位作者原谅，也真诚欢迎读者批评订正。

从 2008 年夏天正式着手，到现在完成《南宋后期卷》的全部定稿工作，前后历时两年半。相对于五十万字的文稿而言，两年半不是一段太长的时间。我为此感到高兴。除了这一堆文稿，现在，我的案头还堆着一摞厚厚的信札，那是傅先生的来信。这两年半时间里，除了不时接到傅先生的电话，与我交流撰作情况，了解工作进展之外，还经常收到傅先生的来信。每一封来信都是他亲笔所写，内容极为丰富，最主要的是商量撰作体例，交流各卷已完成的文稿，并对这些文稿提出具体修订意见。无论谈什么事，涉及什么内容，他的语气从来都是平易的、温厚的，充满宽容、鼓励和信任。毫无疑问，作为总主编的傅先生，不仅是《宋才子传笺证》的总设计师，也是这一工程的总指挥。有时候，我感觉，他很像排球赛场上的二传手，不断向我们传递重要的信息。这些信息旋即转化为推动工作进展的力量，或者提供了改善文稿质量的机会。从傅先生身上，我学到了课题的设计和规划，也学到了团队的组织和协作，更感受到前辈学者的人格魅力。这是令我难忘的。

2010 年 12 月 18 日

定稿于金陵选念楼

“文献传承与文化认同研究丛书”总序

作为中国传统文化最重要的载体之一，古典文献对中国文化传承的贡献是全方位的。它不仅以一种相对集中而凝固的方式保存了中华民族的文化，而且通过传抄、印刷、编辑、整理、诵读、研究等传播方式，对中国社会各阶层产生重大而深远的影响，从而参与了对中国人的心理情感和思想文化内涵的塑造，促进了中华民族的文化认同。在文献传承的过程中，不仅各个学科领域和各种不同类型的具体文献的传承，参与了对中国文化之民族特色的塑造，并影响了中国人对自身心理情感与思想文化的民族认同，而且，作为文献著录和书籍传承的重要支撑的目录学，也一贯致力于整合林林总总的固有文献与已有知识，使之系统化与合理化，与此同时，其自身还构成了一种具有中国特色的知识体系与学术框架。有鉴于此，几年前，当南京大学文学院（当时的南京大学中文系）正式实施国家“985工程”“汉语言文学与民族认同”哲学社会科学创新基地的研究计划时，中国古代文学学科和古典文献研究所的同人们集思广益，提出以“文献传承与民族文化认同研究”为名设立子课题，并很快通过了专家组的立项论证。现在呈现在大家面前的这套“文献传承与文化认同研究丛书”，就是这一子课题的研究成果。

显然，在设计这个子课题时，我们主要着眼于其理论框架的建构与宏观思路的拓展，力图在大处着眼，以开拓我们的思维。但是，在这项研究具体实施的过程中，我们深切地感到，只有针对具体的对象和确定的问题展开学术研究，运用多年的学术积累，发挥自身的学术优势，才能真正推动这一领域的学术进展，不管这些进展是理论方法的创新，还是文献史料的丰富，抑或是对具体问题研讨的深入。因此，我们决定从专题研究入手，对各项历史文献展开整理、解读和阐释，不避小题，以避免不切实际的蹈空议论。也可以说，我们的宗旨就是大处着眼，小处着手。我们相信，对各种不同类型的文献进行整理与研究，可以构筑坚实的工作基础，搭建良好的阐释平台，进而深入探究中华民族在某一时代或某一方面基于心理情感以及思想文化基础之上的民族文化认同；同时，研究作为文献传承的知识支撑系统的目录学在中国的发展情况，也有助于追踪中国文献、知识以及学术思想框架形成的过程及其特殊性。另一方面，我们既注重历来为研究者所重视的传世文献、儒家正统文献以及域内文献的传承研究，又重视对出土文献、非儒家文献以及域外文献的传承研究。关注这些不同性质、不同类型的文献，当然意味着文献视野的进一步开阔，但更重要的是，从新的文献视野中，也有可能发展出观察中国历史与文化的新眼光。

具体说来，这套丛书内容主要包括以下三个方面：

第一，以目录学及其历史发展为核心，探讨富有中国特色的文献、知识以及学术文化框架渐次形成的过程及其特质，最终叩问中华民族文化之特质。清代史家章学诚在其名著《校雠通义·自叙》中早就说过，“校雠之义，盖自刘向父子，部次条别，将以辨章学术，考镜源流，非深明于道术精微、群言得失之故者，不足与此。”近代文献学家余嘉锡先生在《目录学发微》中更明确指出：“目录者，学术之史也。”徐有富长期致力于目录学研究，其《目录学与学术史》一书，择取《汉书·艺文志》《七录》《隋书·经籍志》《新唐书·艺文志》《宋史·艺文志》《元史艺文志》《千顷堂书目》《四库全书总目》《书目答问》等目录学名著，从文献聚散、类别分离、序跋评说等方面入手，辨析古代学术各门类的兴衰分合，从中觇见中国学术思想的起伏变迁与学术发展的大趋势。在中国传统学术文化体系中，经学无疑占有首要地位，相关研究著作汗牛充栋，经学目录在目录学中也有举足轻重的意义。长达三百卷的朱彝尊《经义考》是清初最重要的经学目录著作。它从目录学角度，对清初以前的经学著述之目及其分类、存亡、阙佚等情况详加考述，“源委详明，足称博赡”，可称一部集大成的经学目录。另一方面，作为朱彝尊“穷一生之力”完成的私家著作，《经义考》所建立的经学目录的新体系，在经学学术史上亦具承先启后的意义。张宗友《〈经义考〉研究》一书，从文献著录与学术承传的角度对这一部专书条分缕析，论列甚详。

第二，以书院研究为中心，探讨书院这一具有中国特色的教育体制对文化传承的作用。正如《书院与文化传承》一书编者所强调的，“对书院史研究的重视，并不是在单纯保存文化记忆，而是在教育体制发展的背景下，在传统中寻找可供转化的精神资源”。这是众多书院研究者共同的人文关怀，也是这本论文集的编选动机之一。从官学与私学的关系来说，书院显然属于私学。在一定意义上，研究书院与研究私家书目颇为类似。研究私家书目，就是探讨中国传统目录学形成过程中有别于正统官修目录的另一个目录传统；研究私家书目与官修目录如何互动，就是探讨民间学术如何与官方学术相互影响，以及不同知识学术体系如何共同构成传统知识文化体系，并影响后代中国人的知识文化系统的构建等问题。在这套丛书中，《书院与文化传承》有些与众不同。作为一部论文集，它既荟萃了胡适、聂崇岐、邓之诚、瞿宣颖等前辈学者的重要论文，又选录了近年学者的研究心得；而它的编者卞孝萱和徐雁平，也同样属于两代学者。它从两个方面象征了学术文化的薪火传承。

第三，从那些不太为人重视的文献入手，挖掘一些曾经受到忽略，甚至被长期埋没的学术问题，探究这些文献中新的学术文化蕴涵。石刻文献、笔记小说文献、域外汉籍文献，都是以往研究中不大为人重视的。虽然从宋代以来，金石学便成为一种专门之学，但进入 20 世纪以来，随着世风和学风的转变，关注石刻文献的人越来越少，特别是那些传世石刻文献，似乎已经被世人遗忘了。实际上，不仅 20 世纪新出土的石刻值得研究者注意，传世石刻中也仍然有许多意义空间有待开掘，有许多学术问题有待探索。《古刻新诠》是作者近十馀年来所撰石学研究论文的结集。书名中所谓“古刻”，既包括传世石刻，也包括新出土的石刻。书名中标明“新诠”，意在强调这两类石刻都有重新诠释的必要和前景，这也正是文化传承的题中应有之义。书中考释涉及文学、语言、史学、艺术等领域，说明这种诠释正不必画地自限。严杰《唐五代笔记考论》实际上也可以改题“古稗新探”。作者潜心研治唐五代笔记小说二十馀年，对笔记小说的概念、范围，唐五代笔记传承情况及其文化价值都有独到见解，对与此相关的正史与笔记、事实与虚构、当世记录与后代修饰等重要问题亦有深切理解。本书分上、中、下三编，包括总论、述要与具体考述三个部分，面、线、点相结合，考论相兼，无论是全局描述，还是微观考证，对于唐五代小说、历史及文化研究，都有重要参考价值。要深入理解文献的意义，不仅需要了解文献自身的形成及其传承过程，也需要参考和借鉴前人的研究积累。在中国传统学术史上，小说研究基本上不登大雅之堂，20 世纪以降，小说研究才“升格为一门具有现代学科性质的专学，这是 20 世纪中国学术的重要收获，也是中国现代学术区别于传统学术的特色与个性之所在”。这一份丰厚的学术遗产应该及时清理，其中的利弊得失亦有待总结。苗怀明《20 世纪中国小说文献学述略》将 20 世纪中国小说研究分为四个时期：20 世纪上半期、新中国成立后三十年、20 世纪 80 年代、20 世纪 90 年代以来，从小说文献的搜集、整理和研究等方面，对这一学术领域的成果作了全面盘点，尤其突出有关《三国演义》《水浒传》《西游记》《金瓶梅》《聊斋志异》《儒林外史》《红楼梦》等小说名著的文献。小说的产生、存在与传播的社会文化语境与诗文辞赋等文学样式有很大差异，小说研究也相应地形成了自身的特点，苗著从学术史角度所做的文献清理，显然有助于这两方面的正本清源。

对域外汉籍文献的重视，是本丛书的一个特色。《古刻新诠》中有长文考释《大越国李家第四帝崇善延龄塔碑》。巩本栋《宋集传播考论》也十分重视域外所存的宋代文学史料，并以相当可观的篇幅论述宋集撰述流传高丽、朝鲜两朝的情况。金程宇《稀见唐宋文献丛考》更是致力于发掘日本、韩国所藏唐宋文献，并利用域外访获的资料对中国固有文献进行订补，其中特别值得注意的就有《帝王略论》《李元宾文集》《精刊补注东坡和陶诗话》等多种。另一方面，作者还从出土文物以及法帖、墨迹等传世文物中，发掘并整理出一批珍贵的唐宋文献。如果说文物是以另一种物质形态出现的文献，那么，域外汉籍则是在另一种文化环境生存的文献。如果说文物指向的是物质文化与典籍文化的复杂联系，那么，汉籍在域外的承传，则往往是中国文化与周边国家文化密切关系的见证。

第四，对宋代文献的研究是本丛书的重点之一。这不是偶然的。在中国文献传承史上，宋代是由抄本时代真正进入刻本时代的转折点。无疑，刻本时代的到来对文献传承和文化繁荣有显著的促进作用，宋集的刊刻和流传，无论就其外部条件还是就其质量及数量而言，都远胜前代。《宋集传播考论》从宋集的编辑、刊刻、流传以及明清人对宋集的整理等方面，对宋集的传播做了全面论述。宋代文学是宋代文化的重要组成部分，宋集是宋代文化最重要的载体之一，从某种意义上说，宋集的传播也就是宋文化的传播。在宋集之中，诗选颇为引人注目。宋人尤其是南宋人好讲学，好议论，也好选诗、评诗，加上刚迎来刻本时代，南宋诗歌选本盛极一时。甄选前代或当代的诗歌，甚或加以评说，这本身就是一种以积极主动的姿态介入文献传承的行为，而其成果便转化为一种特殊形式的文献。这些文献承载了当时人的诗学观念，承载了后人对前代诗歌文化的理解，记录了后人对再后人的影响痕迹，尽管其后来或存，或残，或佚，但通过对这些文献遗存的清理，我们观察南宋诗学之时，就可以占据一个更好的文献传承的视点。卞东波《南宋诗选与宋代诗学考论》中重点考论的八种南宋诗选以及其他二十多种诗选，在这一方面的意义不容小觑。与前两种著作不同，孙立尧《宋代史论研究》则以史论文献的整理与阐述为中心。“宋代是中国史学的巅峰，而史论正好契合了宋代的文学、史学、经学与理学等诸多学术问题。”史论据史事而发，集中体现当时人对历史的理解与利用；又依经立论，深受宋代理学思想的影响；作为一种论说文体，其文章又呈现出文学化等诸多趋向。夸大一点说，宋代史论是一种跨越经、史、子、集四部的文体，遗憾的是，以往学者对此类文献关注甚少。孙著不仅有对两宋史论发展的线性描述，对史论的文学化与理学化也有颇为深入的剖析，很值得一读。

这套丛书的作者和编者，目前都供职于南京大学中国古代文学学科和南京大学古典文献研究所。多年以来，他们精诚合作，凝聚成了一个团结奋进的集体。这个集体的成员们坚持将文献学与文艺学相结合的学风，初步形成了自身的特色。本丛书就是部分团队成员的集体展示。我们高兴地看到，在作者队伍中，既有寿逾耄耋而老当益壮的卞孝萱先生，也有年富力强的中年学人，还有年方而立的后起之秀。当然，读者们也不难看出，丛书中有少量成果是在课题开始之前完成的，这说明我们一贯的研究方向与这一课题旨趣不谋而合。整理典籍，阐释国故，发古典之新义，阐旧邦之新命，这是文献传承的核心内涵，也是我们的终极目标。也许我们做得不够好，但是，我们一直在努力。

2008 年 10 月

“古典文献新视野丛书”总序

古典文献是传统文化的载体，研究传统文化，不能不从古典文献整理与研究的基础工作做起。另一方面，对古典文献进行整理、阐释与研究，不仅是传统文化研究的重要内容，也是继往开来、建设 21 世纪中国学术文化的重要一环。众所周知，中国历史悠久，古典文献汗牛充栋，研究者面临的任务是相当繁重的，而如何通过对古典文献的整理与研究，表达当代人的学术趣味和文化关怀，体现当代人的学术眼光和学术水准，我们所面临的挑战也是相当艰巨的。这是一项伟大而繁复的事业，可以分解成无数项具体的工作，需要很多同仁的投入与协作；同时也是一项细水长流的事业，每一位传统文化研究者都责无旁贷，尽管各人所能贡献的也许只是涓滴之水。实际上，如果打一个比方，文献传承就好比一条河流，那个表面上似乎看不见摸不着的文化传统，正如粼粼波光，荡漾于宽阔的河面之上。这条河流蜿蜒曲折，在流淌过程中不断接纳来自山涧的溪流，吸收来自天上的雨水，也慷慨地奉献，灌溉着其所流经的广袤的中华大地。今天，这条河已经流到我们面前，我们怎么能不对它有所贡献呢？

有鉴于此，2008 年，南京大学中国古代文学学科同仁在中华书局出版了一套“文献传承与文化认同研究丛书”。在那一套丛书的总序中，我曾经强调文献传承对于传统延续、文化建设以及文化认同的形成的重要性。我在序言的最后，表达了这样一个态度："也许我们做得不够好，但是，我们一直在努力。"现在呈现在各位面前的这一套"古典文献新视野丛书"，就是我们继续努力的表现。前一套丛书的标目，强调文献传承研究对于文化建设的现实意义，而这一套丛书的标目，则强调以新的视野来整理与研究古典文献。从表面上看，两套研究丛书似乎颇有不同，实质上却是相辅相成、后先承续的。

中国古典文献学是一门古老的学科，历代成果积累之丰厚、传统学术方法之完善，都使人们容易产生这样一种感觉：这样一门学科很难再有新的领域开拓和学术创新了。从某种角度来看，这种感觉有一定道理，因为我们毕竟处于一个与前人不同的时代，我们既没有从小接受过古人那样的蒙学教育，也没有像前辈大家那样深厚的小学基础，甚至也不可能像古人那样聚精会神，穷毕生之力专治一经。作为当代人，我们不得不分出若干精力，学习其他知识，掌握其他技能，以应付日常生活和学术研究之必需。但是，我们毕竟拥有某些古人所没有的优势，例如在文献资源的占有和使用方面，我们便有着较古人方便优越的条件。当代公私图书馆整理并开放自己的典藏，虽然情况并不完全理想，但毕竟已经有了很大的改进；新时期以来，古籍整理研究成果的出版也取得了令人瞩目的成就。这些都是古人难以想象的。近年来，随着电子技术和网络工程的发展，众多体量庞大而且以前难得一见的古典文献，纷纷化身为便携易检的电子数据，成为几乎随时随地都可利用的资源，这种景象非但古人无法想象，即使前推半个世纪，恐怕也没有学者能够想到。总之，无论是传世文献还是出土文献，无论是影印出版还是整理出版，纷至沓来的文献资源，为今天的研究者打开了一扇更开阔的窗口。文献资源方面得天独厚的条件，也使当今研究者拥有了文献资源的新视野。

这里所讲的文献资源，实际上已包含前人在古典文献整理研究方面所取得的成果。这些学术积累不仅是我们整理研究和消化吸收的对象，而且也为我们的研究奠定了学术的基础，使我们可能拥有更开阔的视野。套用那句老话，站在巨人的肩膀之上，就有可能看得更远。我们不仅可以上下流连，还可以“左顾右盼”和“东张西望”，吸收国内外相邻学科在文献整理研究上的经验和方法，提升研究的学术境界。掌握更全面完备的资源，辅以新的研究方法与理念，就有可能取得更为高远的立足点。在这样的学术基点之上，即使处理古典文献中的基本典籍和基本问题，也有可能采取与传统学术不尽相同的方法，得出不同结论，取得新的成果。换句话说，视角的更新与多样化，也就可能带来视野的更新与多样化。以往未曾受到关注和重视的古典文献，就有可能因此进入我们的视野，生僻可以变为熟悉，冷门可以变成热门，伴随着研究对象与研究主体的风云际遇，古典文献学术史也将打开新的篇章。

运用包括现代电子技术在内的各种研究手段，不断开拓可利用的文献资源，是当代古典文献研究者的职责。在这一方面，除了重视对传世文献的发掘和整理，强调对新出土文献的整理和利用之外，还应该加大对既有文献总体再加工的工作强度，生产出更多、更具学术价值的新学术文献。也就是说，如果我们志在建设一座古典文献的宏伟大厦，那么，除了发掘并整理传统文献和出土文献，使用那些现成的建筑材料，还应该自己动手，设计、发明和生产更方便、更安全、更坚固耐用的建筑材料。要之，古典文献不仅是供我们整理和研究的，也是需要我们生产、积累并重构的，只有这样，这一资源才会日益丰富，而不至于陈旧、匮乏。

显而易见，古典文献的整理与研究是分不开的，辑佚学就是很好的一个例子。辑佚学中既有整理，又有研究，是一门很能体现中国古典文献学特色的学问。利用既有的古典文献资源，努力恢复已经佚失的古代典籍，重建古典文献彼此之间已经失落的某些联系，进行这些工作的学者，有如施展回春妙手的医生，使亡书佚籍“起死回生”。在研究的基础之上进行整理，根据重新建构的新文献，展开新一轮的研究，学术疆域便可能如涟漪般向外扩展。在这里，我们不仅可以看到，中国古典文献是一个纵横双向开放、不断变化、日益丰富的系统，而且应该看到，中国古典文献还是一个环环相生、彼此联系的系统。乾嘉学人热衷辑佚之学者不乏其人，其旨趣绝不止于个别典籍，更着眼于其背后的那个宏大的古典文献系统，志存高远。在现当代学术界颇为流行的各种辑编汇纂，在某种意义上，就可以说是从辑佚学中发展起来的，虽然二者的方法与结果有所不同，但是在“无中生有”的思路上，却堪称殊途同归。当然，这些辑佚或者辑编汇纂涉及不同学科，规模不等，大小各异，类型繁多，形式多样，其方法亦因研究对象的不同而做相应调适。至于其对象的选择，则往往取决于学者的立场与旨趣。在这里，新视野主要体现在整理和研究的方式上，这种方式不仅体现了现代学术的旨趣，也在方法和视角上体现了现代学术方法的进步。

上文主要是就资源、视角、方法和动机这几个方面而言，严格说来，古典文献研究的新视野，绝不限于这些。这一套丛书中所包含的诸书，各有侧重，各有特色，将会证明这一点。就像它的研究对象一样，我们希望，这一套丛书也能成为一个开放的系统，只有更多的人、更多的研究成果参与进来，古典文献及其研究才能与古为新，生机勃勃。

是为序。

2010 年 12 月 8 日

煮海采山与借石他山

——《古典文献研究》三十年精粹集前言

办一本学术集刊不容易，将这本集刊坚持三十年，更不容易。南京大学古典文献研究所主办的学术集刊《古典文献研究》创办于1988年，到2018年已经整整三十年。伴随着中国改革开放的历程，伴随着新时期以来的风风雨雨，《古典文献研究》也经历了自己的曲折起伏，它不仅坚持了下来，而且茁壮成长，从最初的一年一辑甚至两年一辑，到目前的一年两辑，在学术界的影响也越来越大。这个成果来之不易。在这个过程中，集刊得到了学校、文学院以及出版社等诸方面领导的大力扶持，也得到了海内外学界同道的鼎力支持，感恩之心永存。

《古典文献研究》面向海内外学界公开征稿，主要登载以古典文献为中心而展开的各种专门研究成果，包括各种研究论文、学术书评、研究综述等，也刊发一些意义重要的文献考证、校勘订补和史料整理等。从第13辑开始，《古典文献研究》每辑都重点开设数种专栏，集中发稿，汇聚海内外学者对某一学术专题的最新探讨。集刊秉承义理、考据、文章三者相结合的原则，倡导考证精深、阐释独特、视角新颖的学术方向。三十年来，《古典文献研究》共已刊载五百馀篇各种学术论文，其中既包括近代学术大家如黄侃、胡小石、汪辟疆、赵少咸等近现代名贤的遗作，也包括当代老一辈学者如程千帆、周策纵、卞孝萱、周勋初等先生的经典论文，还包括新时期成长起来的新一代学者和新世纪脱颖而出的当今学术新锐的文章，绝大多数堪称高水平的研究成果。可以说，经过三十年的努力，《古典文献研究》已成为在中国传统研究领域中富有影响力的一个学术交流平台。

值兹《古典文献研究》创刊三十周年之际，南京大学古典文献研究约请校内外专家，于五百馀篇已刊论文中选取精萃，汇为二集，分别命名为《煮海采山：〈古典文献研究〉三十年论文精粹集》和《借石他山：〈古典文献研究〉三十年译文精粹集》。这不仅是要为《古典文献研究》三十年办刊历程留一份记录，也有意为近三十年传统学术研究演变提供一个角度的写照，其大旨则在于温故知新、继往开来。

西汉初年，吴国占东南之地，地方数千里，采山铜以铸钱，煮海水以为盐，遂致国富民众。《古典文献研究》强调对原始文献的开掘、考释、阐发与利用，一如采山铸铜，煮海为盐。书山有路，学海无边，没有探险深山、泛舟蓝海的勇气和实践，很难指望有新资源和新景观的发现。学术文化的传承弘扬，既要靠文献典籍，也要靠贤人学士。《煮海采山》第一部分选录诸文，意在绍述前贤，以见南雍学统之一斑，其后诸文则大致以传统四部分类编排，老中青三代学者济济一堂。所录论文以古典文献研究为主，方法上则新旧东西兼收并蓄，但纯文学研究之论文则尽量不录。近年来，《古典文献研究》多次设立专栏，主推用不同学术方法，从各种不同角度研究古代文献文化史的论文，故本次选录论文，亦适当突出中国古代文献文化史研究的视角。

《古典文献研究》自创刊伊始，即重视海外汉学的译介。它是国内较早刊发海外汉学译文的学术集刊之一，也是国内为数不多的坚持刊发海外汉学论文的学术集刊之一。三十年来，共翻译发表北美、欧洲、日本、韩国等国家和地区学者的汉学论文三十馀篇，涵盖东西洋汉学名家周策纵、康达维、宇文所安、包筠雅、斯波六郎、兴膳宏等人的论文，多为这些汉学名家的代表性成果。发表以来，在学术界曾发生了较大影响。其中颇多文章，如周策纵《文道探源》《诗字古义考》等刊出较早，印本无多，价值虽高，而一本难求。兹值《古典文献研究》创刊三十周年之际，我们从已刊汉学译文中再事甄选，择其典型之作汇为此书，贡献于学术界，期能使他山之石，再攻新玉。

“三十而立”，《古典文献研究》出刊三十年，这是一件值得庆祝的事。不必锣鼓喧阗，也不用鲜花环绕，我们选择向学界奉献这两本精粹选集，作为庆贺的印记。热闹终究会过去，学术毕竟是清寂冷静的事业。前路正长，祝愿三十岁的《古典文献研究》与新时代中国学术共成长，走向自己更加成熟的岁月。

2019 年 5 月 31 日

同人笔会

——《南雍随笔》前言

2007年，山东文艺出版社出版了一册《学府随笔（南大卷）》，这是南京大学中文系教师的随笔集。从书名来看，这很像是一套丛书，“南大卷”之外，应当还有其他学校卷，尽管我并没有看到。书是本系许志英老师主编的。我清楚地记得，许老师向我征文的时候说过，这本随笔集只是第一本，以后还可以有续编。我不知道他说的以后具体是什么时候，也许三五年，也许七八年，也许在某个有纪念意义的年份，我心里暗自猜想。

南京大学中文系历史悠久，屈指算来，今年恰逢一百周年。虽然几年前，中文系就已改名文学院，但其间的血脉是不曾间断的。无论如何，一百周年算是大日子，总要留下一些可备未来纪念的东西，在这个时候再来编一册本系教师的随笔集，应该是恰当其时吧。院务委员会将这个任务交给我，我第一时间想起的，便是许老师编的那册《学府随笔（南大卷）》。

随笔是个极其宽泛的概念，也许每个人的理解都不一样。许老师将其理解为“随意之笔”，这或许确实有些“望文生义”，却很好用。抒情可以，描写可以，怀人也好，记事也好，随意挥洒，任情发挥，这就是随笔。都说中文系不培养作家，但研究语言文学的人总会写些随笔，也总要有些与众不同吧。硬要指实这不同，那只好说就是许老师所谓的“学术性”和“书卷气”。既然认可许老师对随笔的界定，我就仿照他当年征文的大意，写了一个征稿启事，向全院老师征集随笔。篇幅有限，我担心字数太多有所不便，于是规定每位老师最多交两篇，两篇总字数原则上不超出五千字，还规定了交稿的截止日期，怕无止境的拖延会影响后续的编辑出版进度。这样处理实在有失机械，情非得已，实际上，有些文章非常精彩，只是字数超了一些，我最后定稿时，实在不忍割爱，只好自食其言。

这本随笔集收录了六十二位本院教师的作品，已占本院教职员工六成以上。还有些老师可能工作过于忙碌，这次没顾得上贡献大作，诚为美中不足。每位老师或一篇，或两篇，出于自选，我图省事，按音序编排。说到内容，则五花八门，或回忆往事，或感怀人生，或漫谈学术，或见才情，或重思想，或于自家的专业念兹在兹，不假考索，就能看到不同的个性经历，猜出各自的专业背景，正所谓文如其人，各见性格。我曾经抑制不住兴奋，与几位同人聊到自己作为编者先读为快的感觉。实际上，这本随笔集好有一比，它是百年院庆之际本院同人的一次“笔会”，同人们欢聚一堂，以文字铭刻岁月的屐痕，珍惜胜缘，见证历史，岂止“盍各言尔志”哉！

此集的命名，令我踌躇再三，现在定名为《南雍随笔》，朴实无华。众所周知，“南雍”是南大的雅号，《南雍随笔》翻译成现代汉语，就是《学府随笔（南大卷）》，将无同？

2014 年 7 月